KB126180

안녕

배호 1942-1971

불멸의 가수
배호와
위로의 노래

안녕

배호 평전

1942-1971

이태호 지음

눈빛

저자 이태호(李泰昊)는 광주일고, 서강대학교 사학과를 졸업하고
1970년 동아일보사 기자로 입사하여 주로 방송뉴스부 소속 사건기자
로 유신체제 하에서 맹활약했다. 1974년 10월 24일 동사의 자유언론
실천선언에 가담해 박정희 정권과 예각으로 대립하다가 박정권의 압
력으로 동사로부터 동료 기자, 프로듀서, 아나운서 등 120여 명과 함
께 해고된 그는 한겨레신문 창간위원, 동사 민생인권부 차장, 평화신
문 편집국장 대리를 역임했다. 현재 동아자유언론수호투쟁위원회(약
칭 동아투위) 위원, 논픽션 작가 겸 사회평론가로 활동하고 있다.

안녕 배호 평전 1942-1971

이태호 지음

초판 1쇄 발행일 — 2015년 11월 7일
발행인 — 이규상
편집인 — 안미숙
발행처 — 눈빛출판사
　　　　　서울시 마포구 월드컵북로 361 이안상암2단지 506호
　　　　　전화 336-2167 팩스 324-8273
등록번호 — 제1-839호
등록일 — 1988년 11월 16일
편집 — 성윤미
인쇄 — 예림인쇄
제책 — 일진제책사
값 13,000원

ISBN 978-89-7409-899-5 03800
copyright ⓒ 이태호, 2015

* 이 책은 저작권법에 따라 보호를 받는 저작물이므로
무단 전재와 복제를 금합니다.

머리말

한반도는 도전과 응전의 대결장이요, 고통과 영광의 융합체다. 끊임없는 외세의 침탈과 헤아리기 어려운 시련을 이기고 5천 년 이상 국가를 유지해 온 민족은 한민족 외에 지구상에 없다. 한민족이 고통 중에도 자부심을 가져야 할 까닭은 여기에 있다.

한민족의 일원으로서 전쟁과 빈곤 그리고 병마에 시달리면서도 가요계에 선풍을 일으켰지만 1971년에 29세로 요절한 가수 배호 — 그러나 그의 삶과 노래는 찬란한 불꽃으로 타오르고 있다.

5만 명이 넘는 배호 팬클럽 회원, 배호란 이름을 내건 트로트 가요제, 배호 노래 모창대회, 노래방에서 인기 높은 배호의 노래 등은 다른 어느 가수와도 달리 그의 진가가 사후에도 시퍼렇게 살아 있다는 증거다. 필자는 이것을 '배호 현상'이라 칭한다.

그렇다면 배호는 단순히 노래를 잘한 가수였는가? 아니다. 그가 어떤 가문에서 태어났고, 격동하는 한국 사회에서 무슨 고통을 겪었으며, 어떤 창법으로 노래하여 뭇사람의 심금을 울렸고, 짧은 생애를 통해 동포와 인류에게 남긴 선업이 무엇인가를 규명하는 작업이야말로 같은 시대를 살아온 누군가의 책무일 것이다.

필자는 천학비재하지만 일제강점기를 겪고, 해방 후에는 동족상잔의 참혹한 전쟁을 치른 결과 지구상에서 유일한 분단민족으로 남아 있는 한반도의 구성원들의 한이 서린 발자취를 좇으면서, 배호라는 대중가수의 삶과 노래를 축으로 하여 정치사, 사회사, 가요사의 영역에서 주요 사건을 진단하는 한편, 경우에 따라서는 신학, 음악, 미학, 심리학, 동양철학, 풍수지리학, 민속학 등의 이론도 원용해 상황을 설명하려고 노력했다.

이러한 방법으로 논리를 전개한 필자는 프롤로그, 7개의 장, 에필로그마다 주제에 부합하는 배호의 노래를 1곡에서 3곡까지 모두 13곡을 뽑아 가사 전문을 싣고 해설을 덧붙였다. 이 중에는 예술적 가치만 따지면 다소 격이 떨어지지만 시대적 상황, 가수의 체험을 감안해 포함한 곡도 몇 곡 있다. 그러나 종합적 관점에서 이 13곡은 배호가 생시에 부른 3백여 곡 중 시대적 상황, 가수의 체험, 예술적 가치를 두루 반영한 배호 노래의 정수요 압축판이라고 필자는 생각한다.

지난 여러 해 동안 배호가 어린 시절에 부대낀 서울 숭인동과 창신동을 30번 이상 들러 관련 인사들을 만나 배호의 생애의 중요한 국면을 파악하고, 무참하게 깨뜨려진 산 등을 취재해 온 필자는 한국 현대사에 새겨진 상처가 너무나 깊어 슬픔의 심연에서 치솟는 눈물을 감추느라 자주 선글라스를 끼었음을 고백한다.

필자는 한국의 대중음악 가수인 배호의 생애와 음악을 서술한다 할지라도 동시대의 한반도의 파란만장한 상황과 진흙 속에서 피어난 연꽃과 같은 배호의 삶의 특수성 때문에 호흡이 짧고 감각적인 대중가요가 아니라 차이콥스키의 교향곡 〈비창〉과 같은 길고 비장한 운율을 타고 그를 조명하려고 노력했다.

졸저는 대부분 사실에 입각해서 서술했지만 예외적으로 상상력에 의존한 경우도 있다. 전자는 필자가 주어진 여건에서 최선을 다해 취재한 결과며, 후자는 취재가 불가능하거나, 관련자가 함구하거나, 증언들이 엇갈릴 때 배호의 생애의 맥락에 비추어 나의 상상으로 묘사한 부분이다.

필자가 배호의 삶과 노래를 취재하고 집필하면서 파악한 핵심 주제는 위로(consolation)다. 사람들 — 어느 나라의 성직자건 평신도건, 권력자건 민중이건, 유산자건 무산자건 간에 — 은 한세상 살면서 위로 받고 싶은 순간이 있을 것이다.

배호는 자신이 체험한 극심한 슬픔과 고통을 애가에 용해하면서도 이것을 이겨 낸 여유와 희열로 가슴 아픈 이들을 위무한다. 많은 사람이 그의 노래를 듣거나 부른 후 연원을 알기 어려운 카타르시스를 느끼는 까닭은 여기에 있다. 이것이 배호의 삶과 노래의 본질이라고 나는 생각한다. 졸저는 이 점에 관심을 집중한 작은 성과다.

필자는 이 책을 계기로 배호를 잘 아는 사람들은 물론 배호 이후의 세대로서 그를 모르는 사람들뿐 아니라 음악에 관심이 있는 외국인들까지도 짧은 생애를 끈질기게 괴롭힌 빈곤과 질병에 굴하지 않고 지순하고 명징하게 산 배호, 노래를 위해 촛불처럼 치열하게 자신을 불태운 배호에 대해 깊은 관심을 갖고, 그의 노래를 국경을 초월하여 함께 부르면서 슬프지만 따뜻하고, 아프지만 시원한 감동을 공유할 수 있기를 소망한다.

그럼에도 불구하고 불초는 졸저가 내포하고 있는 미비점들이 배호 자신의 결함에서 비롯한 것이 아니라 전적으로 나의 능력 부족에 기인함을 밝히면서 다행히 판을 거듭한다면 허전한 구석을 메워 갈 것을 약속한다.

필자는 과분한 작업을 마무리하면서 앞서서 기록을 남기신 분들, 배호의 생애에 관해 새로운 증언을 하고 귀한 자료를 제공하신 분들, 사실 확인을 위해 애써 주신 국내외 인사들, 일부 사진을 찍어 주신 분, 그림을 그려 주신 분, 그리고 눈빛출판사의 여러분이 있었기에 졸저가 빛을 볼 수 있었으므로 깊은 감사의 말씀을 드림과 아울러 한분 한분의 장도에 영광이 있기를 빈다.

끝으로, 필자는 사적으로는 졸저의 주인공 배호와 등장인물들을 존경하지만 공적으로는 역사상의 인물들(Historical figures)로 접근했기 때문에 경칭(예컨대 '국부' '지도자' '선생님' '씨' '불세출의 가수' 등)을 생략하고 객관적 호칭이나 성명만으로 표기한 점을 관련 인사와 독자 여러분께서 널리 이해해 주시기 바란다.

2015년 10월
서울의 한 모퉁이에서
이태호(李泰昊)

차례

■ 프롤로그

1. 국경을 넘어

2. 뜨거운 눈물 (1)

◀ 〈안개 낀 장충단공원〉을 발표한 후 공원을 산책하는
배상태(오른쪽)와 배호(왼쪽).

3. 뜨거운 눈물 (2)

4. 삼각지를 아시나요?

5. 아, 장충단공원

6. 가슴 아픈 사랑

7. 찬란한 불꽃

■ 에필로그

큰 호수에

가랑잎 하나

띄웁니다

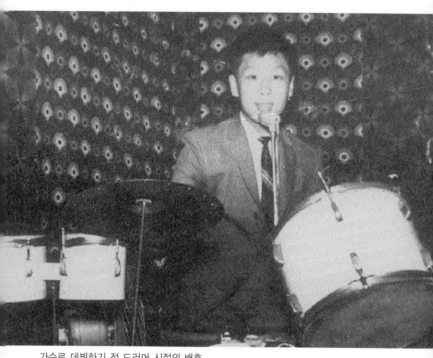

가수로 데뷔하기 전 드러머 시절의 배호.

프롤로그

> 도는 빈 그릇이다. 그러나 거기에서 얼마든지
> 퍼내서 쓸 수 있다(道沖而用之). ─ 노자

갑자기 걸려온 전화

나는 대학교 4학년 때 마포구 아현동의 쪽방에서 자취하면서 혁명 또는 저항에 관심을 기울이고 있었다. 어느 날 어두컴컴하고 차가운 방에서 차이콥스키의 〈비창〉에 심취하고 있을 때 전화가 왔다고 주인집 가정부가 알려 왔다.

몇 명의 자취생을 거느리고 있던 이 집은 안방 앞마루에 전화기를 놔두고 있었다. 수화기를 들었다.

"이태호입니다."

"아, 동생!"

사회에서 조폭으로 알려진 선배의 목소리가 튀어나왔다.

"어이, 내가 오늘 근사한 곳에서 술을 살 테니 저녁 5시에 나오소. 시간은 있겠지?"

"예, 좋습니다."

"장소는 을지로5가 천지호텔이 있는데, 그곳 카바레야."

"예? 카바레요? 저는 춤을 출줄 모를 뿐 아니라 그런 곳은 타락의 온상이라고 생각하므로 장소를 바꾸면 어떻겠습니까?"

"사람 살아가는 모습이야 여러 가지 아닌가? 내가 설마 동생을 타락시키기 위해 카바레를 만날 장소로 선택하리라고는 생각하지 않겠지? 인생도 배울 겸 나오면 손해는 없을 것이시."

"곰곰이 생각하니 제 은사님 중 한 분은 학문의 깊이가 대단하고 매우 점잖으신데 가끔 카바레에 가서서 서양의 사교춤을 잘 추신다는 말을 들었습니다. 사람 나름일 것 같네요."

"물론이지."

"그럼, 저녁 그 시간에 가겠습니다."

나는 오후 5시 정각 난생 처음으로 천지호텔 카바레 입구에서 기웃거렸다. 건장한 청년이 다가와서 내 이름을 확인하고 선배에게 안내했다.

카바레 중앙홀에서는 10여 명의 남녀들이 희미한 조명 아래서 손을 잡고 춤을 추기 시작했다. 술을 마시는 좌석은 텅 비어 있었다.

"술 손님으론 자네가 첫 마수일세."

내가 술고래인 줄 잘 아는 선배가 맥주 한 박스와 마른안주에 과일까지 두 가지 안주를 주문했다.

"술은 마음대로 마시되 너무 빨리 취하지 마소. 내가 오늘 한 사람을 소개시켜 줄게."

"기대하겠습니다."

선배와 나는 맥주잔을 주고받으면서 담소했다.

2시간쯤 지나 맥주가 한 박스에서 반으로 줄어들 무렵이었다. 춤 손님들이 30여 명으로 늘고 술 손님도 10여 명쯤 됐다.

"나, 잠시 다녀올게."

선배가 일어섰다.

"배호다!"

얼마 후, 카바레가 술렁거렸다.

"아, 배호다!"

"매혹의 가수 배호가 왔다."

"핸섬 보이, 배호 환영합니다."

"잘 오셨어요."

하얀 양복에 베이지색 모자와 금테 안경을 쓰고 무대 한쪽에 나타난 배호는 TV에서 가끔 본 모습대로 깔끔했다.

카바레에서 질서를 잡고 민원을 해결하는 역할을 하는 선배는 배호에게 무슨 말을 하더니 그와 함께 내 자리로 걸어왔다.

선배가 나를 보며 말했다.

"다 알다시피 배호 씨는 불멸의 가수요. 그러나 배호 씨가 독립운동가의 후예요, 극심한 고통을 이겨 온 입지전적 인물이란 사실은 잘 알려져 있지 않아. 동생이 관심을 가지리라고 믿어."

선배는 배호를 바라보며 나를 소개했다.

"여기, 이태호 씨는 글로써 나라에 도움을 줄 사람, 그리고 내가 아끼는 후배요. 서로 인사하세요."

"배호입니다. 형님이 저를 과찬하셨습니다. 잘 지낼 수 있기를 바랍니다."

"이태호입니다. 만나서 반갑습니다. 종종 뵙겠습니다."

배호가 돌연 입을 열었다.

"아참, 이태호 씨는 혁명이나 저항을 꿈꾸신다면서요?"

"아닙니다. 저는 혁명사에 관심이 있을 뿐입니다."

나는 부리나케 부인했다.

"이 형님이 그러시던데요. 저 같은 건 딴따라에 지나지 않지요?"

나는 '딴따라'란 말에 즉시 반응을 보였다.

"무슨 그런 말씀을…. 우린 '딴 나라'가 아니라 같은 나라에 살고 있습니다."

배호가 만면에 웃음을 띠었다.

우리는 손을 굳게 쥐고 흔들었다.

1969년 4월 10일이었다.

"무대에서 죽겠습니다"

30분 후 악단이 무대에 좌정했다. 배호가 화려한 스포트라이트를 받으며 무대의 중앙으로 걸어 나왔다. 춤을 추던 사람들도, 술을 마시던 사람들도 환호하며 그를 맞았다.

배호는 모자를 벗고 좌중을 향해 공손히 인사한 후 마이크를 쥐었다. 그러나 아까 인사할 때의 밝은 모습과는 달리 그의 얼굴에 피로의 기색이 역력했다.

그는 반주에 맞춰 〈돌아가는 삼각지〉를 불렀다. 춤추는 사람들이 조용히 노래에 맞춰 몸을 움직였다.

배호는 앙코르를 받아들여 〈누가 울어〉를 부르기 시작했다.

소리 없이 흘러내리는
눈물 같은 이슬비
누가 울어 이 한밤
잊었던 추억인가
멀리 가 버린 내 사랑은…

그러나 그는 가쁜 숨을 몰아쉬면서 더 이상 노래를 잇지 못한다. 상체를 수그렸다가 다시 선 그가 마이크를 떨어뜨리며 고꾸라진다. 선배와 나는 거의 동시에 무대로 튀어 올랐다.

고객들은 아우성을 치면서 배호의 건강을 염려했다. 노래가 중단된 데 대한 불평과 불만의 목소리는 없었다. 이것은 정연한 질서요, 기다림의 미학이었다.

배호는 우리의 부축을 받으며 무대 뒤 분장실로 가서 누웠다. 파리한 얼굴에 가느다란 미소를 띠며 그는 말했다.

"죄송해요. 노래를 끝까지 못해서. 여기서 좀 쉬면 괜찮을 것 같습니다. 저는 노래냐, 건강이냐 중 하나를 택하라고 말한다면 노래를 꼽겠습니다."

나는 그의 의외의 결심에 놀라면서,

"그래도 건강을 회복한 후 노래를 더 잘하면 어떻겠습니까?"

배호는 잘라 말했다.

"그것이 최상의 방법인 것은 틀림없지만 최상이 어렵다면 그냥 보신이나 하면서 오래 살기보다는 많은 이가 좋아하는 노래를 부르다가 무대에서 죽겠습니다."

선배는 배호의 손을 어루만지면서 충고했다.

"배호 씨의 결심은 장하오. 그러나 당신은 4대 독자요, 팬들이 열화처럼 환영하는 이 시대의 최고 가수이니 건강한 상태로 오랫동안 노래하기 바라오. 이것은 내 생각일 뿐 아니라 모든 팬들의 바람일 것이오."

"예, 좋은 말씀 감사합니다."

그날 배호는 끊어진 노래를 이어서 부르진 못했다.

무대에서 죽겠다 — 이 한 마디를 나는 잊지 못한다. 진정한 프로, 선구자, 희생자의 길이란 이런 것인가?

배호의 〈마지막 잎새〉

몇 차례의 고비 끝에 건강을 회복한 배호는 2년 후인 1971년 6월 서울 장충동 녹음실에서 정귀문 작사, 배상태 작곡의 〈마지막 잎새〉를 녹음한다.

그 시절 푸르던 잎 어느덧 낙엽 지고
달빛만 싸늘히 허전한 가지
바람도 살며시 비켜 가지만
그 얼마나 참았던 사무친 상처길래
흐느끼며 떨어지는 마지막 잎새

싸늘히 부는 바람 가슴을 파고들어
오가는 발길도 끊어진 거리
애타게 부르며 서로 찾을 걸
어이해 보내고 참았던 눈물인데
흐느끼며 떠나는 마지막 잎새

신장염이 악화돼 숨이 가쁜 상태로 삶의 마지막을 예고하듯
비장한 분위기에서 취입한 이 노래.

그 시절 푸르던 잎 어느덧 낙엽 지고

젊음은 잠시 가고 어느덧 목숨을 다하는 것이 생명체다.

달빛만 싸늘히 허전한 가지

태양은 뜨겁고 동적인 빛을 투사하지만 달은 싸늘하고 고요
한 빛을 안긴다. 달빛 아래 앙상한 가지는 처연하기까지 하다.
'싸늘히'에서 떨리고 '허전한'에서 잠깐 맺혔다가 '가지'에서
축 늘어지는 그의 목소리.

바람도 살며시 비켜 가건만

슬픔이 무거우면 바람도 피해 가는가? 바람이 비켜 가는 슬픔이 있다면 나는 그것을 체험하고 싶다.

여기까지는 배호가 호흡을 조절하면서 도입부로 부르는 가락이다. 그러나 배호는 갑자기 톤을 바꾼다.

그 얼마나 참았던 사무친 상처길래

가사와 음표에서는 포착되지 않는 절제된 감정을 일시에 폭발시키는 '그 얼마나'란 목소리. 이것은 갑자기 책상을 치는 주먹 소리, 예상치 않은 순간에 울리는 종소리와도 같다.

'참았던'이란 목소리 또한 고도의 인내를 체험한 사람만이 외치는 절규요, 고통의 중계다.

'사무친'에서 배호는 짧지만 고도로 응축한 슬픔을 토한다. 사무친 슬픔을 겪지 않은 사람은 '사무친'이라는 낱말을 발음할 뿐 '사무친' 감정을 전달할 수 없다. 그러나 배호는 한 마디로 그것을 소화한다.

배호의 "사무친 상처길래'는 '가슴에 사무친' '뼈에 사무친'이란 표현에서 알 수 있듯이 처절하게 오래 참은 상처가 아닐 수 없다.

흐느끼며 떨어지는 마지막 잎새

마지막 잎새는 흐느끼며 떨어지고, 흐느낌은 잎새의 최후다. 마지막 잎새에 대한 배호의 연민의 정이 흠뻑 배어 있다.

낙엽을 바라보며 노래하는 사람이 저 잎은 사라지니 참 안

됐다, 가을에는 잎이 떨어지지만 봄에는 다시 나지 않는가, 잎사귀 하나를 두고 내가 깊은 사색을 하면 뭣하냐라는 등의 사고방식을 가지면 절대로 배호처럼 노래할 수 없으리라.

무성한 푸른 잎을 지나 흐느끼며 떨어지는 마지막 잎새를 바라보는 배호의 가슴에는 삶과 죽음을 관통하는 따뜻한 눈길과 위로의 마음이 녹아 있다.

배호는 1971년 11월 7일 세브란스병원 538호실에서 이틀 전에 나온 〈마지막 잎새〉의 음반을 머리맡에 둔 채 29세를 일기로 삶을 하직한다. 〈마지막 잎새〉는 배호요, 배호는 〈마지막 잎새〉다.

양심을 걸고

운명은 자신의 것이건 남의 것이건 사람의 손에서 놀아나지 않고 하늘에서 주어진 것이다. 그러므로 사람의 운명을 정확하게 예측할 수 있는 사람은 없다. 불확실한 현재와 미래를 사는 사람들이 언제든 급박한 일이 벌어질 수 있는 가능성을 염두에 두어야 한다.

베토벤의 비서였던 안톤 쉰들러는 베토벤이 제5교향곡(일명 〈운명〉)의 머리에 '다다다단 다다다단'이라는 격렬한 타악기를 배치한 데 대해 "운명은 이처럼 문을 두드린다"는 말을 했다고 전한다. 이 진술은 운명의 불가측성, 돌발성을 함축하고 있다.

나는 운명이 예고 없이 찾아온다고 하더라도 배호가 건강이 나쁜 상태에서 노래를 좋아했으며, 팬들의 열화 같은 요청에 부응하다가 그렇게 빨리 세상을 떠나리라고는 예상하지 못했다.

슬픔과 충격과 아쉬움. 이것은 배호의 어머니가 가장 심하게 느꼈을 것이요, 여동생, 그리고 열성 팬들이 다음을 차지할 것이다. 나도 이 반열에 든다.

그러나 나는 박정희 대통령이 통치하던 1970년 11월에 정부에 대해 가장 비판적이었으며 다른 의미로 소외된 인권에 지대한 관심을 가졌던 동아일보사의 제13기 수습기자로 입사해 1년 동안 수습하면서 눈코 뜰 새 없는 시간을 보내야 했다.

이 같은 와중에도 나는 배호를 두 번 더 만나고, 네 번 전화로 통화하면서 부족하나마 몇 가지 취재를 한 것이 천만다행이었다. 인간의 미래는 불확실하므로 일을 미루지 않아야 한다는 선각자들의 조언이 아찔하게 와 닿았다.

나는 배호를 저세상으로 보낸 이후 그에 관한 책을 써야겠다는 생각을 하지 못한 채 엄혹한 유신체제의 격랑에 휩쓸려 파란곡절을 겪은 끝에 권력의 압력에 의해 동아일보사에서 집단 해고된 기자의 한 사람이 되고 말았다.

그리고 세월은 광속도로 흘렀다. 나는 가끔 배호 생각을 하면서 보충 취재를 계속했지만 치열한 사회문제에 우선적으로 관심을 기울여 온 나의 기질상 배호에 관한 집필에 긴박성을 느끼지 못했다.

나는 2014년 새해 벽두에서야 배호에 관한 취재와 기록을 너무 오랫동안 미룬 나의 불찰에 대해 맹성하고 독립운동 가문의 배호에 관한 평전을 해방 70주년인 2015년에 반드시 써야 한다고 결심했다.

　그리고 나는 양심을 걸고 불철주야로 보충 취재를 하고, 지금까지 여러 권의 책을 쓴 다른 어느 경우보다도 진지하고 치열하게 준비했다. 취재로 한 걸음 한 걸음 다가섬에 따라 배호는 점점 더 비중이 큰 인물로 나의 뇌리에 새겨졌다.

　배호에 관해 사색하고 취재하고 그의 생애를 복원하기 위해 전력을 쏟는 동안 연민의 정을 느낌과 아울러 형언할 수 없는 감동을 받은 나는 그를 1971년 11월 7일에 우리 곁을 떠난 사람으로 보지 않고 지금 이 시각에도 절창하고 팬들과 어울리고 진실한 일화를 남기는 살아 있는 사람으로 묘사하려고 노력했다. 나는 "도는 빈 그릇이다. 그러나 거기서 얼마든지 퍼내서 쓸 수 있다"는 노자의 비유를 원용해 배호라는 빈 그릇에서 능력껏 도(진리)를 퍼 담으려 했다.

현존하는 천지호텔과 천지카바레,
서울 을지로5가, 2015, 이태호 사진.

1. 국경을 넘어

> 역사를 잊은 민족에게 미래는 없다.
>
> — 신채호

"조국의 부르심을 네가 아느냐?"

신대한국 독립군의 백만 용사야
조국의 부르심을 네가 아느냐
삼천리 삼천만의 우리 동포들
건질 이 너와 나로다
가자 가자 싸우러 가자
가자 가자 싸우러 가자
독립문의 자유종이 울릴 때까지
싸우러 나아가세

원수들이 강하다고 겁을 낼 건가
우리들이 약하다고 낙심할 건가
정의의 날센 칼이 비끼는 곳에
이길 이 너와 나로다
가자 가자 싸우러 가자
가자 가자 싸우러 가자

독립문의 자유종이 울릴 때까지
싸우러 나아가세

나 살거든 독립군의 용사가 되고
나 죽거든 독립군의 혼령이 됨이
동지야 너와 나의 소원 아니냐
빛낼 이 너와 나로다
가자 가자 싸우러 가자
가자 가자 싸우러 가자
독립문의 자유종이 울릴 때까지
싸우러 나아가세

구한말의 의병, 독립군, 광복군으로 이어지는 해외에서의
독립전선은 일제로부터 한국을 해방한 원동력이었다. 이들이
목숨을 걸고 투쟁해 일제를 응징함으로써 세계의 지도자들과
양심 세력들이 한국의 독립에 깊은 관심을 갖고 지원했으며,
국내의 투사들도 투쟁의 대오를 재정비해 조국의 해방을 위해
자신을 불살랐다.

위의 독립군가는 독립군이 용기를 북돋고 투쟁의지를 결집
하면서 독립의 그날이 반드시 온다는 희망을 피력하고 있다.

이 군가의 첫마디는 "신대한국 독립군의 백만 용사야 조국
의 부르심을 네가 아느냐"다. 독립군이 조국이 부른 총아라는
사실을 이 노래는 함축하고 있다. 그리고 이 싸움은 "독립문
의 자유종이 울릴 때까지" 즉 해방의 그날까지 이어진다는 것
을 밝힌다.

특히 "나 살거든 독립군의 용사가 되고/ 나 죽거든 독립군의 혼령이 됨이/ 동지야 너와 나의 소원 아니냐"(제3절)라는 대목은 생과 사를 함께하는 눈물겨운 동지애의 천명이요, 순국을 영광으로 여기는 단심(丹心)의 집약이 아닐 수 없다.

국경을 넘는 사람들

국가와 국가를 가르는 국경선은 대체로 긴장과 대결의 압축판이다. 국경선에서 총격전이 발생하고, 그것이 전투나 전쟁으로 확대되는 경우가 흔하다. 그러므로 국경선은 팽팽한 긴장이 감도는 곳이다.

한반도의 북쪽 국경선인 압록강과 두만강은 파란만장한 역사를 내포하고 있다. 이 선을 전쟁으로 군인들이 오갔고, 역사에 기록된 사신들이 공식적으로 오간 내력을 역사가는 기록하고 있다.

그러나 지배자들이나 실력자들 중심으로 역사를 기록하는 인간들이 이름 없는 사람들의 무수한 월경(越境)의 고통과 죽음에 관한 실상을 놓친 것과는 반대로 독립운동가요 역사가인 박은식은 『한국독립운동지혈사』에 우리 민중들의 러시아 개척의 궤적을 기록했다.

1864년 춘궁기를 맞아 초근목피로 연명하던 함경북도 무산의 최운실과 경흥의 양응범이 두만강을 헤엄쳐 훈춘, 흑룡강을 건너 소련의 인추에 도착해 황무지를 개간해 가을에 큰 수확을

했다. 더 큰 흉년이 든 1869년 최운실의 소식을 들은 개마고원의 빈민 수십 가구가 두만강을 헤엄쳐 건너 인추로 갔다.

최운실은 혹한에 얼어 죽게 된 빈민들에게 자신의 양식을 나눠준 후 이들을 이끌고 추풍에서 새로운 근거지를 마련했다. 그해 6월에 또 65가구, 1870년에도 몰려든 빈민들은 쌍성에서 황무지를 개간했다. 그러나 동사자가 속출했다. 소련군은 군량 중에서 매일 보리 한 말씩을 이들에게 제공했다.

이들은 얼어 죽고 굶어 죽는 사람들이 속출하자 사방으로 흩어졌다. 청나라 사람들은 값싼 곡물로 우리나라의 빈민들을 샀다. 심지어 청나라 사람에게 시어머니와 며느리가 함께 팔려 간 슬픈 사연도 있다.

1874년 블라디보스톡에 도착한 25명의 빈민들은 첫 해에 풀을 엮어 지은 집 5채에서 살았지만 1년도 못 되어 양옥, 교회, 학교도 짓는 등 눈부신 발전을 이룩했다. 1875년 8월 안병국, 김구삼 등이 흑정자를 개척해 큰 부락으로 성장했다. 1884년 김석남, 김정연이 남석동을 개척했다. 그해 6월에 조선과 러시아 양국이 육로통상장정을 체결해 국경을 자유롭게 넘나들도록 했다.

한편 독립운동을 위해 국경을 넘은 사람들도 많다. 1910년 한일합방 직후 이건영, 이석영, 이철영, 이회영, 이시영, 이호영 등 6형제는 식솔을 이끌고 두만강을 건넌다. 이회영은 뱃사공에게 배 삯을 두 배 지불하면서 "앞으로도 이 배를 타고 한국인들이 중국으로 몰려들 것이다. 내가 더 준 삯만큼 그들에게 돈을 받지 말라"라고 당부한다.

또한 수많은 애국지사들은 가족과 헤어진 채 단독으로 압록강과 두만강을 넘어 중국과 러시아로 흩어져 독립운동에 투신한다. 국경선으로서의 압록강과 두만강은 체포되면 죽을 수도 있는 위험한 선이요, 이 선을 넘는 사람들이 망국의 한을 안고 이국에 몸을 의탁할 수밖에 없는 현실이 비통해서 굵은 눈물을 떨어뜨린 선이요, 조국의 해방을 위해 목숨을 바칠 것을 두 주먹을 쥐고 맹세한 선이다.

배호의 〈당신〉 (1)

1942년 4월 24일에 태어난 배호는 구한말과 일제강점기의 독립운동을 지각을 가지고 현장에서 목격한 세대는 아니다. 그러나 우리는 혹독한 시련기 이후에 태어났건, 치열한 독립운동 전선의 밖에 있었건 간에 민족의 뼈아픈 시련을 사실과 해석의 종합으로서의 역사를 통해 접할 수 있다.

배호는 전우 작사, 나규호 작곡인 〈당신〉을 1969년에 부른다. 이 노래는 얼핏 생각하면 사랑하는 사람 간의 이별을 주제로 하는 통속적인 작품으로 보인다. 그러나 필자는 이 노래가 일상적인 사랑의 아픔 이상의 의미를 함축하고 있다고 생각한다. 우선 가사를 살펴보자.

보내야 할 당신 마음 괴롭더라도
가야만 할 당신 미련 남기지 말고

맺지 못할 사랑인 줄을 알면서도 사랑한 것이
싸늘한 뺨에 흘러내리는 눈물의 상처 되어
다시는 못 올 머나먼 길을
떠나야 할 당신

맺지 못할 사랑인 줄을 알면서도 사랑한 것이
싸늘한 뺨에 흘러내리는 눈물의 상처 되어
다시는 못 올 머나먼 길을
떠나야 할 당신

일반적으로 사랑하는 사람들이 헤어질 때 한쪽이 다른 쪽을
대의명분에 입각해서 이성적으로, 논리적으로 보내기란 어렵
다. 왜냐하면 사랑은 전 인격의 몰입이요, 헤어짐은 전 인격의
충격이기 때문에 당사자에게 이성과 논리보다는 감정을 폭발
시킬 소지가 크기 때문이다.

이 노래의 첫 마디는 "보내야 할 당신 마음 괴롭더라도/ 가
야만 할 당신 미련 남기지 말고"다. 마음이 괴로워도 보내야
할 당신, 미련을 남기지 말고 가야만 할 당신이란 필유곡절의
주인공일 것이다. 그것은 평범한 사람들의 실연이 수반하는
앙금과 충격을 넘어서는 어떤 이유를 전제하지 않고는 상상하
기 어렵다.

이 노래에서 그 사랑의 내력은 "맺지 못할 사랑인 줄을 알
면서도 사랑한 것이/ 싸늘한 뺨에 흘러내리는 눈물의 상처 되
어"로 나타난다. 맺지 못할 사랑인 줄을 알면서도 사랑한 사람
이 있다면 상대방과 신분이나 환경의 격차가 심해서 끝까지 계

속하기 어렵지만 결혼으로 결합한 경우이거나 상대방이 이미 결혼한 몸이지만 애인으로서 열렬히 사랑한 경우일 것이다.

그러나 이 노래는 "다시는 못 올 머나먼 길을/ 떠나야 할 당신"에서 그 비밀을 밝힌다. '다시는 못 올 머나먼 길'이란 임이 어떤 임무를 수행하다가 목숨을 잃을 가능성이 있는 위험한 길이거나, 가령 임이 죽지 않는다 할지라도 목표를 관철하기 전에는 돌아올 수 없고 그 시기가 한없이 길어질 수 있으므로 사실상 다시 만나기 어려운 사연을 함축한다.

〈당신〉은 이러한 관점에서 큰 목표를 위해 사랑하는 사람을 멀리 보내는 마음을 담은 노래다. 이 큰 목표 안에는 독립운동을 위해 해외로 망명하는 대의명분이 뚜렷하고 생과 사를 초월하는 결단이 포함될 수 있다. 노래를 부르기 전 가사를 숙독하면서 노래의 의미를 꿰뚫기로 유명한 배호가 독립운동사를 이해하고, 자신이 독립운동가의 후손임을 안 시점에 어찌 이 노래를 허투로 부를 수 있었겠는가.

배호의 〈당신〉 (2)

배호는 "보내야 할 당신 마음 괴롭더라도/ 가야만 할 당신 미련 남기지 말고"를 부르면서 '당신'에 악센트를 주지만 '마음'과 '미련'을 색연필로 둥그렇게 칠하듯 부각시키면서 노래를 시작한다. 이어서 그는 "맺지 못할 사랑인 줄을 알면서도 사랑한 것이/ 싸늘한 뺨에 흘러내리는 눈물의 상처 되어"에서 슬픔의 절정으로 이끈다.

맺지 못할 사랑만큼 아픈 것은 없다. 맺지 못할 줄 알면서도 사랑한 사람처럼 무모하면서도 용감한 사람은 없다. 그 앞에는 상처가 예고되어 있고, 그 앞에는 아픔이 이미 새겨져 있다. 이것이 운명이라면 달게 받을 수밖에 없다.

그러나 우리는 '당신'을 보내면서 아픔을 참아야 하는 그 '당신'의 짝에 대해 얼마나 깊은 관심을 기울여 왔는가? 그 '당신'이 전장으로 떠나는 장군이나 사병이라면 '당신'의 짝은 배우자나 가족이나 애인일 것이다. 그 '당신'이 해외로 이주하는 정치인이나 레지스탕스의 지도자나 독립운동가라면 그 짝 또한 배우자나 가족이나 애인일 것이다.

실제로 독립운동가나 저명한 정치인들이 해외로 망명할 때 데리고 가지 못한 가족, 배우자, 애인들은 버림받은 경우가 적지 않다. 우리나라에서 손꼽히는 정치인들 중 몇 사람도 독립운동의 과정에서 또는 해방 이후에 조강지처를 버리고 재혼했다. 하물며 그들이 옛 애인이야 거들떠보겠는가?

멀리 떠나보낸 '당신'이 갑(甲)의 역할을 훌륭히 수행할 때 을(乙)은 잊혀져 간다. 이 빛에 딸린 그림자는 어제도 오늘도 있고 내일도 있을 것이다. 배호는 이 〈당신〉이란 노래에서 잊혀지기 쉬운 을의 존재를 일깨우고 있다.

보내야 할 당신 마음 괴롭더라도
가야만 할 당신 미련 남기지 말고

당신의 짝은 괴롭거나 미련이 남더라도 자신의 존재보다 당위를 중시해서 당신을 보낸다. 그의 스케일은 얼마나 큰가.

다시는 못 올 머나먼 길을
떠나야 할 당신

당신을 보내는 짝은 다시는 못 올 머나먼 길 저편에서 당신을 잃을 수도 있지만 당신을 보낸다. 그의 마음은 얼마나 깊은가.

배호는 〈당신〉이란 노래에서 갑의 장도를 비는 을의 심경을 간절하고 의연한 톤으로 묘사하고 있다.

독립군의 활약

독립군은 1919년 3·1운동 이래 만주와 시베리아를 거점으로 광범한 반일 무장투쟁전선을 구축했다.

남만주에서의 독립군은 경학사, 부민단, 서로군정서, 광한단, 신흥무관학교, 대한독립단, 광복군총영 등으로 활약했으며, 북만주에서의 독립군은 북간도 국민회, 대한정의군정사, 의군부, 북로군정서, 광복단, 광정단, 의민단, 야단, 대한신민회, 혈성단을 중심으로 활동했다. 시베리아에서의 독립군은 대한청년교육회, 대한국민의회 등을 중심으로 독립운동을 전개했다.

독립군은 청산리전투에서 가장 빛나는 승리를 거두었다.

1920년 10월 21일부터 6일 동안 김좌진이 이끄는 북로군정서, 홍범도의 대한독립군, 안무의 국민군 등 독립군 연합부대 약 2천여 명은 두만강 상류 화룡현 일대에서 5천여 명의 일본군에 맞섰다.

혼춘사건을 조작해 출병의 구실을 찾은 일본군을 화룡현으로 유인한 독립군 연합부대는 북로군정서군이 화룡현 삼도구 백운평 계곡에서, 대한독립군·국민군 연합군이 완루구·어랑촌·천수평·봉밀구·고동하 등 밀림지대에서 10여 차례 일본군과 혈전을 벌인 결과 일본군 1천 6백여 명을 죽이거나 다치게 했다. 그러나 아군은 5명이 부상했을 뿐이다.

청산리전투의 승리는 독립군의 영웅적인 투쟁 정신과 계곡을 이용해 적을 혼란시켜 섬멸하는 유격전의 도입, 만주 일대에 산재한 우리 민족의 헌신적인 지원 등이 작용한 역사적인 업적이었다.

만주에서의 독립군은 1929년 조선혁명당, 조선혁명군, 1930년 한국독립당, 한국독립군을 조직하는 등 통일전선을 형성하려고 노력했다. 그러나 일제의 괴뢰정부인 만주국 건국과 일본군의 진주로 만주를 본거지로 한 독립군의 활동은 빛을 잃었다.

이밖에 청년들이 압록강과 두만강 북쪽에 근거지를 두고 소규모의 유격부대를 편성하여 독립군 형태로 국내로 침투해 일본인과 친일파를 처단하거나 군자금을 확보해 도강했다.

일제의 간도 양민 학살

일제는 훈춘사건을 계기로 비적을 소탕한다는 구실로 대규모 군대를 간도지방에 파견해 독립군들이 산산이 흩어져 자리를 비운 사이에 조선족의 양민들을 학살했다.

애국지사들이 무장 독립투쟁을 위해 압록강과 두만강을 건너기 전 가족, 아내 또는 애인과 헤어졌을 때 후자가 을(乙)의 처지였듯이, 독립군이 일본군의 간도지방 진입으로 작전상 후퇴했을 때 이국에서 피땀 흘리며 삶의 터전을 일궈내고 평화롭게 살다가 일본군의 만행으로 떼죽음을 당한 조선족 양민들 또한 을의 신분이었다.

박은식은 『한국독립운동지혈사』의 간도 양민학살 편에서 비분강개한 어조로 다음과 같이 기술하고 있다.

그들의 장교라는 것들이 많은 병사를 지휘하여 각 부락의 민가·교회·학교를 비롯 수만 석의 양곡을 불태워 버렸다. 그리고 우리 겨레라면 남녀노소를 가리지 않고 총으로 쏴 죽이고 칼로 찔러 죽이며, 몽둥이나 주먹으로 때려 죽였다.

산 채로 땅에 묻기도 하고 불로 태우고 가마솥에 넣어 삶기도 하였다. 코를 뚫고 갈빗대를 꿰며 목을 자르고 눈을 도려내고, 껍질을 벗기고 허리를 자르며 사지에 못을 박고 손발을 끊었다.

사람의 눈으로는 차마 볼 수 없는 짓을 그들은 무슨 재미나는 일이라도 하는 것처럼 했다. 조손(祖孫)이 동시에 죽음을 당하기도 하고, 혹은 부자(父子)가 한자리에서 참혹한 형벌을 당하기도 했다. 남편을 죽여 그의 아내에게 보이기도 하고, 아우를 죽여 형에게 보이기도 했다. 죽은 부모의 혼백상자를 가지고 도망가던 형제가 일시에 화를 당하기도 했으며, 산모가 포대기에 싸인 갓 난애를 안은 채 숨지기도 했다.

박은식은 이 책에서 10월 5일부터 11월 23일까지 서북간도 각지에서의 '왜적의 만행 참상 조사표'를 통해 피살자 수를 다음과 같이 적고 있다. 즉 훈춘현 6촌에서 249명, 연길현 36촌에서 1,129명, 화룡현 23촌에서 583명, 왕청현 8촌에서 1,177명, 영안현에서 17명, 서간도 각지에서 804명 등이다.

영어로 발행된 『태오사보(泰晤士報)』는 목격자의 진술을 토대로 이렇게 보도했다.

　한 노인이 박가고 교회의 지도급 인물로 있었다. 그는 평소에 한국인 독립군과 아무런 관련도 없었는데, 또 다른 무고한 사람들과 함께 밤 1시에 그의 집에서 일병에게 끌려 나가 두 귀가 꿰뚫리는 참혹한 죽음을 당했다. 그리고 그 집안 사람에게 만일 시체에 손을 댄다면 곧 총살하겠다는 위협까지 했다.

배국민과 김금순

　평안북도 출신의 배국민 총각과 김금순 처녀가 일제강점기인 1938년에 결혼했다. 대륙과 해양에 걸친 한반도의 최북단을 흐르는 압록강을 따라 남서로 뻗은 국경지대, 중국과의 문물교환이 빈번했으며 대륙세력인 중국이 한반도를 침공하면 가장 먼저 짓밟는 곳, 해양세력인 일본이 한반도를 넘어 대륙으로 진출하려면 반드시 거쳐야 할 관문 — 이곳이 평안북도다.

북한이 1949년 1월 평안북도에서 강계군·자성군·후창군·위원군·초산군·회천군과 함경남도에서 장진군의 일부를 갈라서 자강도를 창설함으로써 평안북도는 축소됐다. 현재 평안북도는 신의주·구성 등 2개시, 23개 군으로 구성되어 있다. 도청 소재지는 신의주시다.

배국민은 1905년 철산군 백양면 도암동 391번지에서 성산 배씨 가문의 4대 독자로 출생했다(일제강점기의 호적이 일부 멸실돼 배국민의 부모 이름과 배국민의 생일이 불명임. 졸저는 그의 출생년도가 1909년으로 기록된 경우가 많지만 부인 김금순의 증언에 따라 1905년으로 기록함). 대대로 농업에 종사해 온 손이 귀한 중농 집안의 가문에서 태어난 배국민은 성산 배씨 가문의 기대를 한몸에 모으면서 자랐다. 그는 동경제국대 농학부 수의학과를 졸업했다고 부인 김금순이 말한다. 그러나 이 학교에 확인한 결과 졸업생 명단에 배국민은 없다. 그렇다면 입학은 했지만 졸업을 못했을 수 있다.

배국민은 식민지 조선의 청년이 고향에서 소나 돼지의 엉덩이를 두들기면서 주사를 놓고 소나 돼지와 고락을 함께하기에는 상황이 너무나 엄중하기에 국내에서 독립운동을 하느냐, 중국으로 망명하느냐의 갈림길에서 엉거주춤하면서 서른 살이 넘도록 결혼하지 못했었다.

어느 날 이웃의 중매로 그는 신의주시에서 태어난 김금순을 만나 선을 봤다. 그녀는 1918년 11월 19일 신의주시 약죽동 2

번지에서 경주 김씨 가문의 아버지 김경재와 어머니 이승희의 4남 2녀 중 2녀로 태어난 처녀였다. 농업과 상업을 겸한 이 가문은 네 아들 중 김광수, 김광빈을 대학에 보내 한국 가요계에 이름을 날린 작곡가로 우뚝 서게 하고 두 딸도 여고를 보낼 정도로 교육열이 강했다. 김금순은 신의주시의 보성여고를 졸업했다.

강한 의지가 얼굴에 새겨진 배국민, 예쁘고 상냥한 김금순은 보자마자 마음에 들었으며, 양가의 부모들도 이들의 결합을 흔쾌히 허락했다. 그리하여 33살 청년 배국민과 20살 처녀 김금순은 양가의 축복을 받으며 결혼했다. 국권을 상실한 채 일본 경찰이 젊은이들의 동향을 감시하고, 언제 위기가 닥칠지 모르는 상황에서 결혼한 이 부부는 허니문을 즐길 처지가 못 되었다.

이 부부는 독립운동을 하기 위해 중국에 가고 싶다는 표현을 삼간 채 넓고 안전한 중국에서 생활하면서 손을 보는 것이 바람직할 것 같다는 이유로 중국으로 가는 것을 승낙해 줄 것을 간청했다. 두 가문의 부모들은 일제강점기가 언제 끝날지 모른 데다 중국보다 조선이 훨씬 위험하므로 신랑 신부의 중국행을 적극적으로 찬성했다. 부부는 1939년 신의주에서 만주를 거쳐 산둥성 성도인 지난시에서 신혼생활을 시작한다.

배국민의 광복군 활동

충칭 임시정부는 1940년 9월 17일 한국광복군 총사령부를 창설하고 지청천을 총사령으로, 이범석을 참모장으로 임명했다. 그러나 한국광복군은 총사령부만 두었을 뿐 예하부대를 편성하지 못하고 있었다. 1942년 김원봉이 이끄는 조선의용대 대원 3백 명이 한국광복군에 합류해 그 세력을 강화했다.

중국 국민당은 1941년 11월 '한국광복군 9개 준승 사항'으로 한국광복군이 독자적인 작전을 수립하고 집행할 수 없도록 규제했다. 이것은 국민당이 한국광복군을 군대로서 인정하지 않고 국민당 휘하에 두고 관찰한 것을 의미한다. 장제스는 김구의 요청을 받아들여 1944년 8월에야 준승 사항을 폐기함으로써 광복군의 작전권을 허용했다.

한국광복군은 제1지대, 제2지대, 제3지대, 제5지대로 편성됐다. 제1지대(지대장 이준식)는 1941년 초 서안에서 군사특파단원들을 중심으로 하여 편성됐다. 이들은 산서성 대동지역으로 파견되어 활동하기 시작했다. 광복군 제2지대(지대장 공진원)는 충칭에서 서안으로 이동하였던 총사령부 인원을 중심으로 하여 편성됐다. 제3지대(지대장 김학규)는 안휘성 부양을 근거지로 활동했다. 제5지대(지대장 나월환)는 한국광복군에 편입한 한국청년전지공작대를 중심으로 편성됐다.

당시 지난대학교 음대에 재학 중이었던 배국민의 처남 김광빈은 "매형은 광복군 제3지대에 소속돼 장교 계급장을 달고 있었다"라고 당시를 회상한 바 있다. 그러나 제3지대에 배속된 대원들의 명단에 배국민이란 이름은 발견되지 않는다. 그렇다면 배국민이 광복군의 편제 단계에서 활동하다가 그만두었을 가능성이 제기된다.

평안북도 철산군 출신으로서 배국민의 후배요, 광복군 제3지대를 거쳐 해방 후 육군 장성이 된 장호강은 독립운동에 관심을 가진 인사들이 "배국민이 독립유공자가 되도록 힘써 달라"라고 요청하자 "연대가 안 맞는단 말이야"라고 난색을 표명한 적이 있다. 이것은 배국민이 제3지대의 초기에 활동하다 중단함으로써 기록이 남아 있지 않다는 것을 의미한다.

배국민이 광복군을 일찍 떠난 까닭은 무엇일까? 첫째, 군인보다는 자유인을 선호한 점. 둘째, 자신이 4대 독자이므로 안정된 환경에서 대를 이을 아들을 낳아야 하는 것이 급선무인데 군인 신분으로 아내와 떨어져 집단생활을 하기가 곤란한 점. 셋째, 당시 광복군은 중국군으로부터 작전 통제를 받아 전망이 유동적이었던 점. 넷째, 식민지 체제가 장기화할 경우 자금이 있어야 독립운동도 지속할 수 있으므로 자금을 확보하는 일에 치중하는 것이 바람직하다고 생각한 점 등으로 유추할 수 있다.

배국민의 특수 임무 종사

백범 김구는 임시정부가 내부적으로는 반목과 대립으로 어수선하고 외부적으로는 1932년 상하이사변으로 유랑 신세를 면치 못한 상황인데다 때로는 자신이 도피해야 하는 상황도 겹쳐 우울한 나날을 보내야 했다. 1940년 9월에야 임시정부는 충칭에 거점을 마련할 수 있었다. 의정원이 1940년 10월 제4차 개헌을 통해 권한이 강화된 주석제를 도입하면서 김구는 새로운 주석으로서 임시정부와 독립운동 전선의 명실상부한 기둥이 된다.

그러나 그는 집무실의 의자가 바늘방석처럼 느껴졌다. 1933년에 임시정부가 입수한 일제의 거미줄 같은 사찰 내역은 1920년 임정이 사용한 암호 체계와 응용법 분석, 1920년 연통제 도·군 직원 명부, 내무부 특파원 명부, 1926년 임시 대통령 이승만 심판서, 1927년 임시의정원 제24회 회의 내용, 중국본보 한인청년동맹 상하이지부 집행위원회 채택 성명서, 1929년 조선의열단 중앙집행위원회 회의, 1932년 상하이 한인대표 전체회의, 1933년 조선혁명동지회 선언 등으로 이어졌다.

일제가 압수한 품목은 대한민국 2년도 중요 서류, 대한민국 5년도 민적부, 상하이 대한교민단 14년도 세출입 예산표, 재산가 조사 대장, 병기학 교정, 임시정부 경제후원회 일람, 구국방안, 대한민국 임시 약헌, 백범일지, 권총, 등사기, 태극기, 내무부 세출입 결산서, 상여·위로·구휼금 원부, 직원 이력서철, 기밀 관계철, 유력가 조사표, 기독교 조사보고철, 대한민국 임시의정원 의사록, 구국 월례연금 인명대장, 의원 출석부, 내무부 경과보고서, 군무부령 제1호, 대한민국 임시정부 우편

물 발송부, 교민단 의사록, 대한민국 14년도 민간세 부과 등급표, 임시정부 시정방침, 대한민국 13년도 예산서, 구제 의연인 씨명 급 금액 등이었다.

총칼로 조국을 병합한 데 이어 대동아를 제압하려는 일본군은 물론 임시의정원과 임시정부, 그리고 재중 한국인의 동태를 손바닥을 들여다보듯 소상하게 파악하고 대처하고 있었다. 이러한 일본군에 맞서 임시정부가 한정된 일제의 요인들을 암살하는 것만으로 독립을 쟁취하기는 어려운 현실이었다.

백범은 적군의 동향을 보다 정밀하게 파악하고, 아군에 속하면서 적군에게 기밀을 누설하는 밀정을 찾아내며, 장기전에 대비하여 부족한 통치 자금을 보충하는 과업이 절실함을 깨닫는다. 그리하여 백범은 평소에 눈여겨보아 둔 몇 젊은이에게 비밀리에 연락하기 시작한다. 그는 이 조직을 사조직으로 운영하는 것이 바람직하다고 판단하고 대상자를 따로 불러 독대하면서 임무를 부여한다.

배국민은 지난시에서 택시 몇 대로 운수회사를 운영하고 있었다. 1943년 1월 이 회사로 초기 광복군 시절에 함께 활동했던 한 청년이 배국민을 찾아왔다. 그는 주석이 부른다는 사실과 만날 날짜와 장소를 지정하고 돌아갔다. 며칠 후 배국민은 충칭의 한 집에서 백범을 만났다.

백범은 산둥성에 거주하는 주요 일본인의 동향을 보고하고, 일본인에게 협조하는 한국인의 명단과 내용을 파악하며, 산둥성에 거주하는 한국인들의 민원을 해결하고, 운수사업을 계속하면서 독립자금을 확보하라는 것이었다. 백범은 이 임무를 누구에게도 발설하지 말 것이며, 모든 보고는 3개월 후부터 월 1회, 지정된 시간과 장소에서 자신에게 직접 하라고 덧붙였다.

백범은 또한 평안북도 강계 출신으로서 당시 상하이 호강대학 유학생으로서 충칭 임시정부를 찾아와 인사를 하곤 했던 김형국을 믿을 수 있는 청년으로 보고 상하이에서의 일본인 동향, 일본인에게 협조하는 한국인의 명단 파악, 상하이 거주 한국인들의 애로사항 등을 보고하라고 지시했다. 김형국은 가끔 충칭의 임정 사무실에 들렀을 때 백범과 배국민이 독대하는 것을 목격하고 자신과 비슷한 임무를 수행하는 것으로 짐작했다. 배국민은 백범과 헤어진 후 김형국에게 용돈을 주기도 했다.

김형국은 해방 후 중국에서 귀국한 후 6·25전쟁 중 미군 특수부대인 KLO에 소속돼 서울과 양평전투에서 낙하산 부대원으로 맹활약하고 제대한 후 1980년대 중반에 서울 명동의 로얄호텔 커피숍에서 필자와 만나 독립운동의 비화를 언급하면서 배국민의 특수 임무를 처음으로 밝혔다.

공자와 쑨원을 존경한 아버지

김형국은 방학 중에는 산둥성 지난시로 배국민을 찾아와서 우리나라의 독립 문제로 얘기를 나누곤 했다. 배짱이 두둑하고 강직한 두 사람은 이미 의기가 투합했다.

"형님, 표면에 드러나지 않게 활동하시기 힘드시죠?"

"드러내 놓고 일하는 사람들은 정보망에 노출되기 쉽고, 따라서 결과적으로 조직에 해를 끼치는 경우가 많지."

"그런데 우리나라의 해방을 위해서 진력하시는 것 외에 남은 시간은 어떻게 보내세요?"

"가끔 곡부에 있는 공자님 묘나 쑨원(孫文) 선생 묘에 가고, 일요일에는 별일이 없는 한 태산에 오른다네."

공자의 묘는 곡부의 추읍에 있다. 공자는 서자로 태어나서 비참하게 자란 후 유학의 대가가 되어 성인으로 불리고 있다는 사실을 웬만한 사람은 다 안다. 배국민은 공자의 묘 앞에서 향을 피우고 추모의 정을 쏟았다.

유학의 비조 공자는 인(仁)에 기초한 도덕 정치를 실현하고자 전국을 주유하며 군주들을 설득했다. 그러나 군주들은 오직 부국강병책으로 천하통일만을 꾀하느라 정신이 팔려 있었다. 그의 주유천하는 현실의 벽에 부딪쳐 큰 성과를 얻지 못했다.

공자는 말년에 고향으로 돌아와 후학 양성에 힘을 기울였다. 그는 중국의 오래된 전통적 경전들을 제자들에게 가르쳤다. 배국민은 공자의 저서 중 『논어』를 가장 많이 읽었다.

또한 배국민은 중국 혁명의 선구자요, 공화제 창시자로서 '국부'라는 칭호를 얻은 쑨원을 중국 역사상 드문 진보적인 지도자로서 높이 평가했다. 중국의 전통적인 유교의 가르침에 머무르지 않고 신학문과 서양 문물을 받아들여 개화된 사고와 결단력으로 중국을 선진국으로 만들기 위해 진력한 쑨원의 주요 저서들을 배국민은 읽었다.

배국민이 쑨원을 존경한 것은 매우 인간적인 동기에서 출발했다. 1842년 난징조약에 의해 열강은 1845년 11월부터 1943년 8월까지 100년 가까이 상하이를 국제 공동조계지로 사실상 분할 점령했다. 상하이가 세계의 문물이 집결한 도시요, 각국의 인종이 모여 사는 도시란 점에서 국제도시란 사실은 널리 알려져 있었다. 조차 기간 중 상하이의 중앙에 있는 만국공원의 출입구에 쇠로 된 경고판이 우뚝 서 있었다. 거기에 영어와 한자로 적힌 내용은 "Notice / No admitted to inter park the dog and Chinese 不許入園 華人與犬" 즉 "경고 / 중국인과 개는 공원 출입을 금지함"이란 것이었다. 이것은 중국인과 개를 동렬에 놓는 폭언이었다.

쑨원은 거대한 중국이 깨어나서 선진국이 되기 위해서는 청국을 타도하고 민주 정부를 세워야 한다는 논리를 세우고 중국 인민에게 호소하면서 다른 한편으로 외교 채널을 통해 이 경고판을 철거해 줄 것을 강력하게 호소했다.

그러나 쑨원은 외국인들이 콧방귀도 뀌지 않음에 자극을 받고 더욱더 중국의 민주화, 자주화를 위해 분발했다. 쑨원의 비장한 각오와 불굴의 투쟁이 배국민의 가슴에 울렸다.

배호의 산둥성 탄생의 의의

배국민과 김금순은 산둥성 지난시에 살면서 지성이면 하늘도 감응한다는 이치를 믿었다. 그리고 부부는 열심히 그리고 정성스럽게 노력했다. 드디어 김금순이 임신했다. 배국민은 아내의 배를 만지며 기뻐했다.

1942년 4월 24일 지난시 경7로 위1로 제15호 집에 아기의 울음소리가 유난히 크게 울렸다. 반사적으로 아기를 살핀 배국민이 만세를 불렀다. 아이의 사타구니에 달린 조그맣게 튀어나온 물건(한국인은 이것을 '고추'라 부른다)이 무엇이길래 조국이 해방되지도 않았는데 아버지가 만세를 부를까?

배국민은 아들의 이름을 '만금'이라고 지었다. 그 글자는 일만 만자에 쇠 금자다. 즉 금을 만석으로 쌓으라는 기대를 아버지가 아들에게 걸었다는 것을 의미한다. 이 만금이가 바로 배호다. 자신과 기쁨을 획득한 배국민은 내친 김에 아내를 더욱 사랑해 이듬해 연년생으로 또 아들을 낳게 했다. 부부의 기쁨은 만금이를 낳을 때 못지않게 컸다. 이제는 어느 누구에게도 부러울 것이 없다. 아버지는 둘째 아이의 이름을 '천금'이라고 지었다.

우리는 여기서 자본주의 사상에 투철한 배호의 아버지 배국민의 철학과 취향을 엿볼 수 있다. 그러나 애석하게도 '천금'이는 얼마 후 사망하고 말았다. 부부의 슬픔은 컸다. 이로써 '만금'이가 4대 독자가 될 운명은 굳어졌다.

배호가 중국 산둥성에서 태어난 것은 무엇을 의미하는가? 필자는 이 점을 네 가지로 요약하고자 한다.

첫째, 산둥성은 황해와 인접한 중국에서 가장 동쪽에 있는

성이다. 이곳은 일출지처다. 눈부신 태양이 이른 아침에 바다를 박차고 솟아오르면서 하루는 시작된다. 태양은 생명을 위해 절대적으로 필요한 빛을 투사하고, 생물이 얼어 죽지 않도록 열도 제공한다. 일출지처는 배호에게 세상의 빛이 되라고 격려한다.

둘째, 산둥성은 성현 공자의 고향이다. 산둥성 곡부라는 시골에서 태어나 가난을 이겨 내고 절차탁마하여 위대한 학자가 된 공자는 중국의 위대한 인물일 뿐 아니라 세상의 스승 중의 한 명이다. 공자의 인의예지신 등 오륜은 인간의 마땅한 도리에 관한 덕목이다. 공자의 고향은 배호에게 전공이 뭐든 간에 큰 인물이 되라고 암시한다.

셋째, 산둥성은 하늘을 찌를 듯한 태산을 거느리고 있다. 중국의 5악 즉 다섯 개의 험한 산은 산둥성 태안시의 태산(1545m), 섬서성 화음시의 화산(2154.9m), 산서성 혼원현의 항산(2016.1m), 하남성 등봉시의 숭산(1491.7m), 호남성 형양시의 형산(1290m)이다. 산의 험한 형세로 치면 태산이 오악의 으뜸이다. 태산은 배호에게 고고하고 강인한 품성을 지니라고 요청한다.

넷째, 산둥성은 닭에 관한 전설을 가지고 있다. 즉 산둥성의 해안에서 수탉이 큰소리로 울면 황해도나 인천에서 그 소리를 들을 수 있다는 것이다. 닭의 울음은 노래이기도 하다. 산둥성의 닭은 배호에게 노래를 잘 불러 중국과 한국의 가교 역할을 해달라고 주문한다.

절벽 주변의 고층 아파트, 서울 창신동, 2015. 이태호 사진

2. 뜨거운 눈물 (1)

> 눈물 젖은 빵을 먹어 보지 않은 사람은
> 인생을 알지 못한다.
> ― 괴테

동대문 밖 궁안으로 간 배호 일가

1946년 4월 중국 산둥성을 떠나 미군의 배에 올랐던 배국민 부부와 아들 배만금 및 한국인들은 인천항에 내렸지만 고국에 생활의 근거지가 없고, 환경에 적응하는 데 시간이 필요한 데다 이들에게 생활의 토대를 마련하기 위해서는 행정절차가 필요했기 때문에 한 달 동안 수용시설에 머물러야 했다.

그동안 광복군 제3지대에서 활동했으며 평안북도 철산군 출신 후배이기도 한 장호강이 배국민 일가의 거처를 알아본 결과 동대문 밖 궁안이 적합한 것으로 결론짓고 김구에게 보고했다. 김구는 즉시 수용시설에 통보해 배국민 일가가 새로운 보금자리로 이사하도록 협조하라고 장호강에게 지시했다.

궁안이란 서울 종로구(당시는 동대문구였음) 숭인동 81번지에 있는 특수한 지역이다. 2천 5백여 평의 궁안 부지에는 궁궐의 담장보다는 조악했지만 높이 2미터의 돌과 시멘트가 섞인 담장으로 둘러진 채 중앙에 큰 기와집인 본채와 남북으로 나뉜 작은 기와집의 별채들이 바짝 붙어 있었다. 궁안은 오른쪽으로 150여 미터 떨어진 동망봉의 울창한 숲에서 사는 새들의 노래가 들려오는 경관이 수려한 보금자리였다.

조선의 왕실과 고종 이후의 대한제국 황실은 궁안이라 이름 붙여진 이 터에 은퇴한 궁녀들이 기거하도록 배려했었다. 일제는 1910년 한일합방을 한 후 친일 조직인 조선귀족회(회장 박영효)를 앞세워 궁안을 차지했다. 궁안의 사실상의 주인은 구한말의 개혁파요 일본과 친밀했던 박영효였다.

그 까닭은 첫째, 철종의 유일한 혈육 영혜옹주와 결혼해 부마가 된 박영효가 결혼한 지 석 달 만에 영혜옹주가 사망하고 홀로 지내는 것을 불쌍하게 생각한 명성황후가 궁녀 박경희를 내보내 궁안의 본채에서 박영효와 함께 살게 했으며, 둘째, 박영효는 1930년 자본금 20만 원으로 이 궁안에 주소를 둔 화순무연탄 주)를 설립하고 자신이 사장, 화순 출신 부인 박경희를 이사로 등록한 사실이 있기 때문이다.

그 후 박영효의 친구요 일제강점기에 증권계의 대부로서 3백만 원(현재 3천억 원)이란 거액을 벌어들인 조준호가 미군정 시대인 1947년에 남몰래 궁안터를 사들였다. 하지만 그는 친일파들을 타도해야 한다는 해방 직후의 사회 분위기에 눌려 땅 주인 행세를 하지 못했다. 오히려 해방 직후 김구 등 임정 요인들이 이곳을 적산으로 취급하고 배국민을 포함한 독립운동가들의 거처로 삼는 한편 1945년 11월 6일에는 한국광복군

국내 지대를 이곳에서 결성해 건군 준비를 하도록 했다. 그러나 이 단체는 미군정청 법령 제28호인 사설 군사단체 해산령에 따라 3월 2일 해산되었다.

궁안은 6·25전쟁 때 담이 파괴됐고, 낡은 본채도 부서졌으며, 배호 일가가 살았던 정문 입구의 별채는 온전했지만, 갈 곳 없는 난민들이 밀물처럼 몰려들어 빈민촌으로 변모한다. 1950년대부터 1990년대까지 판잣집들이 빽빽이 찬 궁안, 공동으로 사용하는 재래식 화장실의 분뇨 냄새가 코를 찌른 궁안은 서울 속의 시골 마을이었다.

그러나 일본에 연고를 가진 롯데그룹이 조준호의 자녀들로부터 궁안터를 사서 1999년 7월 2일 철거에 항의해 농성하던 빈민들을 쫓아낸 후 롯데캐슬이란 고층 아파트를 지었다.

배호 일가는 1946년부터 1955년까지 궁안에서 살았다. 배호가 소년 시절을 이 궁안을 포함한 숭인동과 창신동에서 보낸 사실은 그의 생애에서 결정적인 의의를 지닌다.

분단이라는 멍에

1945년 8월 15일, 한반도의 남녀노소가 일제로부터 해방된 기쁨을 나누며 만세를 불렀다. 그 소리는 천지를 진동했다. 그러나 그 울림은 매우 짧았다. 오늘 이 시각까지 한민족의 삶을 규제하고 있는 3년이라는 짧고 좁은 해방공간의 실체는 무엇인가?

일제라는 외세에 의해 36년간 국권을 빼앗긴 암흑시대를 겪은 한민족은 해방이 되자마자 미국과 소련이라는 외세에 의해 국토가 절반씩 점령당하는 분단시대를 맞는다. 한민족의 해방은 일제의 폭정으로부터 자유를 획득한 대신 미소 군정으로부터 타율을 강요받는 또 하나의 시련의 시작을 의미한다.

1943년 말부터 국제 정세는 연합국의 수뇌들의 잇따른 회동과 함께 긴박하게 움직였다. 그 회동의 결과 카이로선언, 얄타협정, 포츠담선언이 채택됐다.

첫째, 카이로선언은 1943년 11월 27일 미국 대통령 루스벨트, 영국 수상 처칠, 중국 총통 장제스가 이집트의 카이로에서 회담한 결과 채택한 대일전의 기본 목적을 담은 선언이다. 즉 그것은 일본 영토에 대한 연합국의 처리 방침을 언급하고 한국에 관한 특별 조항을 삽입해 한국의 독립을 처음으로 국제적으로 언급했다.

둘째, 얄타협정은 1945년 2월 루스벨트, 처칠, 소련의 스탈린 등이 소련의 크림 반도의 얄타에서 개최한 회담에서 채택한 협정이다. 이 회합은 제2차 세계대전 후의 문제를 협의해 소련이 전쟁 참가의 대가로 사할린 등을 차지하는 것을 주요 내용으로 한다. 그러나 루스벨트와 스탈린은 회담 기간 중인 2월 8일 오후 3시 30분 리바디아 궁전에서 비밀리에 만나 한반도의 신탁통치 문제를 협의했다. 1955년 3월 16일 미 국무부가 10년 만에 공개한 비밀문서의 주요 내용은 다음과 같다.

루스벨트 대통령은 신탁통치 문제를 스탈린과 토의하고 싶다는 의사를 표명했다. 그는 한국을 미소중 3국 대표로 구성된 신탁통치위원회의 관리하에 둘 의사를 가지고 있다고 말했다.(중략) 스탈린은 신탁통치 기간이 짧을수록 좋다고 말하고 한국에 외국군을 주둔시킬 것인가의 여부를 질문했다.(하략)

이와 같은 비밀회담이 후에 중국의 장제스가 마오쩌둥과의 내전으로 정신이 없어 중국을 뺀 미소 양국이 신탁통치를 통한 한반도 분할정책을 굳히는 단초를 마련한 것은 틀림이 없다.

셋째, 포츠담선언은 1945년 7월 26일 독일의 포츠담에서 미국의 트루먼, 영국의 처칠, 중국의 장제스가 먼저 참가하고 소련의 스탈린도 8월에 참가한 회의에서 일본에 대해 항복을 권고하고 일본에 대한 처리 방침을 표명한 선언이다. 13개 항으로 된 이 선언은 제8항에서 "카이로선언의 모든 조항은 이행되어야 하며, 일본의 주권은 혼슈, 홋카이도, 규슈, 시코쿠와 연합국이 결정하는 작은 섬들에 국한될 것이다"라고 규정함으로써 카이로선언에서 결정한 한국의 독립을 확인했다.

미 국무차관보 제임스 던은 1945년 8월 11일 육군부 작전국에 소련군의 남진에 대응한 군사분계선을 강구하라고 지시했다. 이에 미국 육군부 작전국의 본스틸 대령과 미 육군 장관 보좌관이었던 딘 러스크가 내셔널 지오그래픽사의 벽걸이 지도에 한반도의 중간을 달리는 38선에 색연필을 그어 본 후 이 선으로 분할 점령하는 안을 수립했다. 트루먼 대통령은 이 안을 결재했다. 소련도 미국의 안을 받아들였다.

　미군과 소련군은 한반도의 남과 북에 진주해 군정을 실시하면서 서울에서 미소공동위원회를 열어 주요 정책을 협의하고 신탁통치를 실시한다. 대부분의 한국민은 신탁통치에 반대하는 데모를 벌였지만 미국의 힘에 눌렸다. 이처럼 미소는 군정을 통해 분단이라는 한반도의 운명을 결정할 상수로 작용했다.

　한민족이 해방된 조국을 설계하는 과정에서 김구를 비롯한 민족주의 진영은 분단을 기정사실화하는 단독 정부 수립 움직임에 반기를 들었다. 특히 김구와 김규식 등은 1948년 4월 19일 김일성, 김두봉 등과 평양에서 남북협상을 했지만 아무런 성과도 거두지 못했다. 결국 1948년 8월 15일 대한민국 정부가, 같은 해 9월 9일 조선민주주의인민공화국 정부가 수립됨으로써 분단은 확정됐다. 해방공간이 우리 민족에게 씌운 것은 분단이라는 멍에였다.

남인수의 〈가거라 삼팔선〉

　해방공간에서 '가요 황제'로 불린 남인수는 이부풍과 반야월이 작사하고 박시춘이 작곡한 〈가거라 삼팔선〉을 한 맺힌 목소리로 불러 한국민들로부터 열화 같은 환영을 받았다. 당대의 민중의 정서를 가장 정확하게 대변하는 대중가요, 그 중에서도 이 노래가 전국의 방방곡곡에서 애창됐다는 사실이야말로 외세에 의한 분단을 한국민이 원치 않았음을 의미한다.

아 아 산이 막혀 못 오시나요
아 아 물이 막혀 못 오시나요
다 같은 고향땅을 가고 오련만
남북이 가로막혀 원한 천리길
꿈마다 너를 찾어
꿈마다 너를 찾어
삼팔선을 탄한다

아 아 꽃필 때나 오시려느냐
아 아 눈올 때나 오시려느냐
보따리 등에 메고 넘던 고갯길
산새도 나와 함께 울고 넘었지
자유여 너를 위해
자유여 너를 위해
이 목숨을 바친다

아 아 어느 때나 터지려느냐
아 아 어느 때나 없어지려느냐
삼팔선 세 글자는 누가 지어서
이다지 고개마다 눈물이더냐
손 모아 비나이다
손 모아 비나이다
삼팔선아 가거라

이 노래는 제1절에서 38선을 '원한 천리길'로 규정하고, 제2
절에서 자유를 위해 목숨을 바칠 각오를 표명하며, 제3절에서
38선의 철폐를 간구하고 있다. 민족의 운명을 가로막는 38선

을 한탄하는 자주 의식의 발로요, 자유를 수호하는 결연한 의지의 표명이요, 38선의 철폐를 간절히 비는 전 민족적 염원의 응결인 이 노래가 해방공간에서 최고의 인기를 독차지했음은 두말할 필요가 없다.

작사와 작곡의 수준이 빼어난 데다 남인수의 타고난 미성, 분명한 발음, 비애가 짙은 창법으로 더욱 빛나는 이 노래는 민족사에 대한 확고한 신념과 사회과학적 인식을 바탕에 깔고 있다. 특히 남인수가 '꿈마다'(제1절), '자유여'(제2절), '손 모아'(제3절)에서 열창할 때 정수리에 결연한 기가 모이고, "꿈마다 너를 찾아 꿈마다 너를 찾어"(제1절), "자유여 너를 위해 자유여 너를 위해"(제2절), "손 모아 비나이다 손 모아 비나이다"(제3절)라고 반복할 때 애타는 소망은 절절이 맺히고, 절실한 외침은 긴 공명을 일으킨다.

서울, 그 백두대간 정기의 핵

중국 당나라의 풍수지리학 분야의 최고 권위자요 국가의 스승이란 칭호도 얻은 양균송은 『감룡경』이란 명저에서 "수미산이 천지의 뼈며 천지를 가운데서 진압하는 거물이다. 사람에 비하면 척추요 큰 대들보다. 이 산은 우뚝 선 네 개의 지룡을 산출한다. 이 지룡들이 세계를 넷으로 나눈다. 서북룡은 아득하게 수만 리를 뻗어가고, 동룡은 삼한으로 들어가 멀찍이 떨어져 있고, 오직 남룡이 중국으로 들어온다"라고 설파한다.

양균송이 수미산(불경에 나오는 전설적인 산으로 독립된 산이라기보다는 히말라야 산맥을 가리킨다는 것이 정설임)의 동룡이 삼한 즉 한반도로 들어갔음을 밝힌 것은 한반도의 지리적 중요성을 중국의 대가가 인정했음을 의미한다. 청나라의 풍수 대가 섭구승은 『산법전서』에서 『감룡경』을 해설하면서 "동쪽으로 가는 용은 요동·조선에서 끝나고 거기서 나뉜 것이 중국으로 들어왔다"라고 기술함으로써 동룡의 비중을 높이 사고 있다. 수미산의 동룡은 고비사막을 거쳐 만주를 통과한 후 백두산에서 우뚝 선다.

일본 메이지시대의 대학자 구니도모 지이껭이 「등장백산음」이란 시에서 장백산 즉 백두산을 얼마나 높이 평가했던가.

　장백산은 하늘 찌르며 솟아 있고, 그 영롱하고 맑은 자태는 구름 밖에 솟아 있구나
　신령한 기운이 가득차 가로질러 뻗어 가고, 구불구불한 반석은 수 천리를 둘렀도다(중략)
　요금원청도 예서 일어났고, 동방에서 일어난 한국의 역사도 여기서 빛나도다
　영불독미는 어린이들 장난일 뿐이요, 흥하고 피폐함을 어찌 한과 당에게 물을쏘냐(하략)

한국인이 구니도모 지이껭의 시를 안다면 스스로를 비하해 '엽전'이라고 자조한다든가, 하늘이 베풀어 준 대자연을 파괴하고 개발이라는 이름 아래 무수한 생명을 능멸하는 짐승만도 못한 짓을 능사로 한다든가, 무지한 자가 용감하다는 속담의

충실한 실천자가 되지는 않을 것이다.

조선시대의 실학파 신경준은 한민족의 산의 족보라 할 수 있는 『산경표』라는 저서에서 백두산에서 지리산까지의 산의 흐름을 백두대간이라고 명명했다. 그는 우리나라의 산줄기를 1대간, 1정간, 13정맥으로 구분했다. 백두대간은 일본의 학자들이 강에 잘린 산까지 억지로 이어 붙여 여러 산맥으로 나눈 것과는 다른 주체적 연구의 산물이다.

조선의 태조 이성계가 고려의 개성에서 서울로 수도를 옮긴 것은 신흥국가의 토대를 새롭게 마련했다는 점 외에 풍수지리학의 요체요 본질을 간파한 이성적 결단의 소산이었다. 서울 천도론에는 풍수지리학에 밝았던 승려 무학이 결정적으로 작용했다.

일제강점기 조선총독부의 촉탁으로서 한반도의 거의 전역을 답사하고 통치의 기본 자료로 『조선의 풍수』라는 책을 쓴 무라야마 주진은 "서울의 지리는 풍수적으로 잘 갖추어진 국도로서 적합한 곳이다"라고 평가했다. 뿐만 아니라 중국, 일본, 서양의 지성인들은 한국을 여행할 때 서울을 자연과 인간의 관계에 입각하여 면밀하게 관찰하는 것으로 알려졌다.

일제가 서울의 청룡을 박살낸 까닭은?

메이지 유신을 통해 서양의 학문과 기술을 받아들이면서도 중국에서 출발한 동양철학과 풍수지리학 등도 심도 있게 연구하여 동양에서 선진국의 반열에 가장 먼저 들어선 일본은 1910년 한국을 병합하고 한국을 영원히 통치하기 위해 독립운동을 극렬하게 탄압하는 한편 한국에서 인물들이 배출되는 것을 봉쇄하기 위해 풍수지리학의 이론을 원용해 한국의 중요한 산을 파괴한다.

서울은 경복궁을 핵으로 하고 북악봉을 진산으로 삼을 경우 남산 또는 관악산이 안산이요, 낙산과 동망봉이 좌청룡이며, 인왕산이 우백호임은 풍수지리학의 기본 원리에 속한다.

중국 송나라의 국사 장자미는 『옥수진경』에서 "청룡과 백호는 하늘의 짐승이며 천궁을 좌우에서 호위한다. 청룡의 변화는 운무처럼 일고 백호의 위엄은 재앙을 보내버린다"라고 갈파한다.

또한 명나라의 서선계·서선술 형제는 『인자수지자효지리학』에서 "청룡은 완연코자 하고 백호는 순수코자 한다", 즉 청룡은 꿈틀꿈틀 기고자 하고 백호는 순하게 따르고자 한다고 설명한다.

당나라의 양균송은 『감룡경』에서 산의 형태를 탐랑, 거문, 무곡, 좌보, 우필, 염정, 문곡, 녹존, 파군 등 9개로 논하면서 끝이 뾰족한 탐랑을 문필, 위가 평평한 거문을 부귀의 상징으로 꼽는다. 이 이론에 의하면 북악봉은 탐랑, 낙산은 거문, 동망봉은 탐랑이다. 거문이 상징하는 부란 재벌 또는 부자, 귀란 관리 또는 특정 분야의 전문가를 가리킨다.

조선을 건국한 이성계도 풍수지리학에 정통한 도선 국사의 유지를 받들어 서울의 청룡에 해당하는 낙산에서 동망봉으로 넘어가는 산기슭에 청룡사를 중건해 스님들로 하여금 기도에 정진케 하고, 청룡의 터에 세운 절 자체가 조선의 부와 귀를 공고하게 유지하는 데 일조하도록 했다. 오늘날 조계사의 말사인 청룡사는 규모는 작지만 비구니들의 경건한 기도의 장으로 꼽히고 있다.

그러나 천황에게 충성한 일제의 관리들과 이 땅의 몽매한 부역자들은 바위로 이뤄진 낙산과 동망봉을 대대적으로 그리고 철저하게 깨뜨려 한국 현대사의 주인공들에게 재앙을 초래함은 물론 거기서 확보한 양질의 바위들을 갈고 닦아 조선총독부, 조선은행, 경성역의 외부 벽을 아름답게 꾸미는 데 썼다. 필자는 가공할 이 대자연 파괴 행위를 청룡 섬멸작전이라 칭한다.

동망봉과 낙산의 참경 (1)

조선총독부는 1924년에 경성부에 낙산과 동망봉의 깨뜨릴 채석장 운영을 맡기고, 경성부는 조선총독부 청사의 시공을 겸하는 시미즈구미에게 돌을 깨뜨릴 책임을 맡긴 순간 청룡 섬멸 작전을 시작한 것인가?

그러나 조선총독부는 1907년 11월 시미즈구미의 시공으로 조선은행 본점 공사를 시작해 1912년 1월에 준공하고, 1922년 6월 시미즈구미의 시공으로 경성역 공사를 시작해 1925년 9월에 준공하는 한편. 경복궁 앞을 차지한 총독부 본 건물을 1912년에 설계를 시작해 시미즈구미 등의 시공으로 1916년 7월 10일에 공사를 시작해 1926년 10월 1일에 준공했다. 조성총독부 관리들은 이런 건물들의 외벽으로 질이 좋은 창신동과 숭인동에서 깬 화강암을 사용했다.

따라서 조선총독부가 청사 건축과 관련해 숭인동의 동망봉과 창신동의 낙산을 본격적으로 깨기 시작한 시점은 1924년이 아니라 1910년 전후로 올라간다고 파악하는 것이 합리적이다. 일제는 한일합방을 단행한 무렵부터 지질학적 조사를 끝내고 바위로 이뤄진 서울의 청룡을 박멸할 흉계를 꾸민 것이 분명하다.

한편 영국의 생화학자 루버트 쉘드레이크는 많은 실험을 통해 대자연은 고유한 형태장(Morphic Field)을 보존하고 있으며 지구의 한 곳에서 형태가 파괴되거나 변형되면 그 영향이 광범하게 미친다고 주장한다. 다시 말하면 누군가가 대자연을 훼손하면 대자연은 그것을 기억하며 다른 곳에 악영향을 끼친다는 것이다. 이것을 형태 공명이라 한다.

오늘도 서울의 동쪽 청룡 자리에 낙산과 동망봉이 참혹한 모습으로 서 있다. 눈에 확연하게 들어오는 참상은 창신동을 바라보는 숭인동의 동망봉 일부와 숭인동을 바라보는 창신동의 낙산 일부다. 그러나 파괴된 청룡이 그것뿐인가? 일제의 주구들만 죄인이요, 우리 민족의 구성원들로서 그들의 하수인 역할을 한 자들은 양민인가? 파괴된 낙산과 동망봉은 살아 있는 후손들에게 냉엄한 질문을 던지고 있다.

　박원순 서울시장은 2014년 11월 17일 '창신 숭인 채석장 다시 태어나다'를 주제로 한 아이디어 공모전을 공고했다. 어린이 그림 공모와 시민 아이디어 공모 두 분야로 나뉜 이 공고는 '창신 숭인의 지역 재생(지역정체성 강화, 관광자원화)을 위한 채석장의 활용에는 어떤 방법이 있을까?'를 내용으로 하고 있다. 서울시가 "치욕의 역사도 역사다"라는 명제에 입각해 우리나라의 아픈 역사를 되새기면서 이것을 관광자원으로까지 연결시키겠다는 것은 사려 깊은 시도로 보인다.

동망봉과 낙산의 참경 (2)

　일제는 낙산에서 다시 뻗어간 동망봉이 서울의 청룡의 끝발을 가장 강하게 발휘하므로 낙산보다는 동망봉의 파괴에 주력한 것 같다. 수양대군에 의해 세자에서 쫓겨나 영월로 유배된 후 사약을 받고 숨진 단종의 비 정순왕후가 남편의 안위를 걱정하면서 매일 산에 올라 먼 영월 쪽을 바라보면서 기도한 곳이 동망봉이다.

　조선의 현명한 왕 영조가 불쌍한 정순왕후가 살았던 청룡사 구내의 정업원 터를 1771년에 방문하고 비각 현판에 "전봉후암어천만년" 즉 앞산과 뒷바위 천만 년 가오리라고 쓰고 비석에는 "신묘년 9월 6일에 눈물을 머금고 쓰다"라고 아픈 심경을 토로했다. 또한 영조는 동망봉에 올라 '동망봉'이라는 친필 비석을 세웠다. 그러나 일제는 동망봉의 정상을 훼손할 때 영조의 이 비석을 깨뜨려 버렸다.

낙산은 봉우리가 평평한 거문의 형태를 취한 데 비해 동망봉은 꼭대기가 불쑥 솟은 탐랑의 형태를 취하고 있었다. 이 두 봉우리가 서울의 청룡을 이루고 있다는 점은 앞에서 언급했다. 풍수지리학상 귀하고 길한 거문과 탐랑의 특징을 함께 지닌 낙산과 동망봉은 이것을 깨뜨리면 대자연으로서의 서울의 청룡을 죽이고 이어서 이 땅의 인물들을 제거하는 이중 효과를 올릴 수 있기에 조선총독부 관리들은 표독한 눈초리를 번뜩이며 폭약을 터뜨리기 시작했다. 그 첫 희생자가 뾰족한 탐랑이었지만 민둥산으로 변해 버린 동망봉이다.

1910년대에 일제는 오늘날 거의 모든 사람들이 알지 못하는 동망봉의 동쪽 옆구리를 가차 없이 깨뜨려 반신불수로 만들었다. 즉 그들은 현재 종로구 숭인동 178번지 묘각사 부근에서 성북구청이 진행하는 보문동 재개발 공사장까지의 폭 20×길이 250미터=5,000㎡ 가량과 보문동 공사장의 남단과 북단을 잇는 폭 20×길이 150미터=3,000㎡ 가량의 바위를 깨서 동망봉을 훼손함과 아울러 영문 모르는 한국인들로 하여금 숭인동 178번지–181번지, 숭인동 562번지–577번지, 숭인동 880번지–888번지 일대와 보문동 6가의 반석 위에 집을 지을 여건을 제공했다.

관심 있는 사람들은 묘각사 뒤 절벽이 동망산의 옆구리를 깬 바위에 틀림이 없음을 한눈에 알 수 있고, 숭인동 181번지의 148 다가구 주택의 바닥을 깨뜨려진 바위가 견고하게 받쳐 주고 있음을 건물의 옆에서 파악할 수 있으며, 숭인동 880번지 모범아파트의 101동이 깨진 바위 위에 서 있음을 가까운 곳에서 관찰할 수 있다.

이어서 일제는 동망봉의 서쪽 옆구리를 대대적으로 파괴해 눈이 있는 사람들은 누구라도 볼 수 있도록 처절하게 일그러 트렸다. 그리하여 숭인동 56번지-59번지, 숭인동 68번지-72 번지에 이르는 동망봉의 중심부 폭 25×길이 250×높이 30미터 =187,500㎥의 바위는 흔적도 없이 사라진 채 남은 절벽이 좌 청룡으로서 형뻘인 창신동 쪽 낙산의 일그러진 모습을 보며 울부짖는 모습을 드러내고 있다.

이 절벽에는 코가 크고 눈두덩이 쑥 들어간 서양인이 고개를 숙인 채 놀라서 비명을 지르고, YS와 닮은 한국인이 경악하며, 등이 바늘로 찔린 거북이가 숨을 거두고, 용이 곤두박 질하며, 생기를 잃은 동물들이 축 늘어져 있는 섬뜩한 형상들이 드러나 있다. 그러나 유심히 관찰하지 않는 사람들은 대자 연은 가해진 힘을 기억하며 울림으로 응답한다는 루버트 쉘드레이크의 형태장이 일으킨 것으로 해석되는 이 같은 참상들을 포착하지 못한다.

뿐만 아니라 일제는 1930년대에 동망봉의 정상에서 동묘 쪽으로 조금 내려간 깃대봉이라고 불린 봉우리를 청룡의 콧잔등과 입으로 보고 동묘를 향해 서서히 몸을 낮추는 이 산 줄기를 가차 없이 깨뜨렸다. 현재 동망정이 들어선 깃대봉 남쪽의

15미터 높이의 수직의 절벽은 콧잔등과 입이 문드러진 청룡의 처참한 몰골을 보여주고 있다. 오늘날 숭인동 68번지에서 72번지까지의 대부분의 집들은 용의 머리를 훼파한 터에 지어졌다.

일제강점기인 1930년대 초에 흥인지문에서 신설동을 바라보는 사진에는 깃대봉에서 종로통까지 산줄기가 뻗어 있는 모습을 보여준다. 이것이 사라져버린 용의 콧잔등과 입에 대한 확증이다. 청룡의 양 옆구리를 훼파하는 것으로는 부족하다고 느껴 청룡의 콧잔등과 입을 무참히 깨뜨려 버린 일제의 만행을 어이할 것인가?

동망봉과 낙산의 참경 (3)

일제는 1924년부터 숭인동 동망봉에 이어 창신동의 낙산을 부수기 시작한다. 낙산과 동망봉의 주요 상흔이 마주보고 있다는 사실은 처절의 극을 이루면서 이 땅에 사는 사람들에게 무언의 교훈을 주고 있다. 문화재 전문가와 관리들은 지척으로 바라보는 파괴된 청룡에서 바위가 무너져 내리지 않도록 시멘트로 범벅을 해놓았다.

일제는 낙산 중 창신동 산23번지 일대의 바위 폭 50×길이 20×높이 20미터=20,000㎥를 깨뜨렸다. 이곳은 낙산이 왼쪽으로 동망봉으로 가는 한 줄기를 떨어뜨리고 오른쪽으로 흥인지문으로 치닫는 한 줄기를 떨어뜨린 다음 중간을 점하는 한 줄기를 타고 가면서 갑자기 왼쪽으로 낙하하는 지점에 있다. 깨먹은 바위의 바닥에는 목불인견의 가건물 10여 채가 남아 있다.

이어서 일제는 창신동 산16번지의 벼랑 끝에서 폭 50×길이 100×높이 20미터=100,000㎥나 되는 거대한 규모의 바위를 깨뜨렸다. 오늘날 그 빈자리에 경찰기동대와 창신아파트 B, C동이 들어섰다. 그리고 다시 창신동 산23번지 남쪽으로 폭 20×길이 150×높이 20미터=60,000㎥를 깨뜨렸다. 그 빈자리에 옛 창신아파트 A동을 허물고 지은 이수아파트와 브라운스톤아파트 등 고층 건물이 서 있다. 특히 창신동 산23번지는 바위들이 깨지고 부서진 면적이 넓어 번지 다음에 붙는 호수가 몇십 개 또는 몇백 개 씩 비어 있는 경우마저 있다(예컨대 23번지의 1호-36호, 67호-75호, 95호-257호, 300호-426호, 811호 이상이 결호로 파악되고 있음).

그러나 현재 쌍룡아파트 단지가 있는 창신동 702번지 건너편 국제경영고에서 오른쪽으로 꺾어진 곳에 있는 절벽도 일제가 바위를 깨뜨린 형해를 보여주고 있다. 창신동 13번지의 이 바위는 폭 20×길이 50×높이 20미터=20,000㎥ 가량이 깨져 나갔다. 현재 절벽 아래에 20여 채의 허름한 집에서 사람이 살고 있다.

일본이 패망해 물러가자 한국인들이 바통을 이어받아 산을 파괴하는 데 열성을 보였다. 배호의 창신초등학교 동기생으로서 졸업 후 경기중학교에 입학한 진장박은 "1954년 창신동 채석장에서 폭파한 지름 40센티미터의 돌덩이가 150미터 떨어진 숭인동의 우리 집 지붕으로 떨어져 지붕이 파괴된 적이 있다"라고 증언한다.

진장박은 "사람들이 숭인동과 창신동의 돌산을 계속 파괴해 건축 재료로 쓰는 한편 고속도로와 간선도로를 깔거나 확장할 때 반드시 필요한 콜탈도 생산했다. 채석장 주인의 아들 두 명이 물에 빠져 죽거나 교통사고로 죽었다"라고 증언한다.

1960년대 말까지 돌을 깬 창신동 595번지 일대는 높이 30×폭 30×길이 250미터=225,000㎥ 가량의 바위가 파괴된 흔적을 남기고 있다. 이 일대의 절벽 아래 남아 있는 집들이 가장 열악하다. 심지어 높이가 20-40미터나 되는 절벽의 중간에서 바위가 무너져 가건물의 지붕을 깨뜨린 경우도 있다.

문민정부 시대를 연 대통령 김영삼은 1993년 8월 9일 조선총독부 청사를 해체하여 경복궁을 복원하고 새로운 국립중앙박물관을 국책사업으로 건립하라고 내각에 지시했다. 이에 따라 업자들은 1995년 8월 15일 조선총독부 청사 중앙돔 랜턴의 해체를 시작으로 철거 작업에 돌입해 1996년 11월 13일 청사의 지상 부분 철거를 완료했다. 천안에 있는 독립기념관은 1998년 8월 8일 중앙돔 랜턴과 몇 가지 부재를 전시했다.

조선총독부 청사를 철거한 조치는 민족정기의 발현 차원에서 일리가 있다. 그러나 김영삼 휘하의 관리들이나 그에게 협조한 인문사회과학 분야의 학자들, 예술인들 중 그 주요 자재들이 한국의 낙산과 동망봉을 작살내고 확보한 고급 화강암이었음을 인식한 사람이 단 한 명이라도 있었다면 그것을 깨뜨리면서 쾌재를 부르는 대신 조금이라도 더 많이 보관하기 위해 노력했을 것이다.

나는 흉측하게 일그러진 숭인동과 창신동의 절벽으로 수십 차례 접근해 관찰하고 사진을 찍는 동안 지리적으로, 역사적으로, 사회적으로 중요한 이 곳을 훼파한 일부 인간의 야수적 횡포에 분노하면서도 작지만 경이로운 모습을 목격하고 깊은 생각에 잠긴 바 있다.

즉 깨진 바위 결에서 또는 바위 위에 얹힌 흙더미에서 풀과 나무가 자라고, 담장이덩굴은 수직으로 홀립한 바위를 상하좌우로 누비고 있다. 바람에 날려 온 씨앗들이 옹색한 틈에서 풀과 나무로 자라 인간이 불순한 의도나 개발이라는 명목으로 파괴한 산의 뼈인 이 바위들을 어루만지면서 희생과 부활의 이치를 설파하고 있는 듯하다. 한낱 미물들이 못된 인간들보다 못하다고 어찌 말할 수 있으랴.

일제의 폭약 저장고

일제는 바위를 뚫어서 생긴 구멍에 무수한 폭약을 넣고 전선을 연결한 후 멀리 떨어진 곳에서 전기를 통하거나 불을 붙여 폭파하는 방법으로 동망봉과 낙산의 견고한 바위를 부쉈다. 그들이 폭파를 보조하는 방법으로 사용한 것은 해머와 망치였다.

폭약에 의해 집채보다 더 크거나 집채만 한 바위들이 깨져 무너져 내릴 때 난 "쿵!" 소리는 뇌성과 벽력이 치는 것과 다름이 없었다. 일제강점기의 경성부 소속 관리들이나 업자들, 해방공간의 한국 관리들이나 업자들을 막론하고 폭파 예정 시각과 장소를 공지한 예가 없었다.

대자연에 대한 폭파는 대자연에 대한 악의적인 보복이요, 신의 은총에 대한 난폭한 유린이다. 이것을 개발이라는 명분으로 기정사실화 하는 부류들이 있긴 하다. 그러나 인간이 대자연을 파괴하는 행위를 무한히 확대하면 지구는 폐허로 변할 것이다. 개발을 위해 대자연의 일부를 파괴할 경우에도 인적이 드물거나 사람들의 눈에 띄지 않는 오지를 택해야 한다는 것은 문명사회의 불문율이다.

어렸을 때부터 소리에 민감한 배호는 집이 있던 궁안에서 150미터쯤 떨어진 숭인동 채석장에서 예고 없는 폭발음이 울릴 때마다 깜짝깜짝 놀랐다. 그 소리는 창신동 채석장에서 200미터쯤 떨어진 창신초등학교 수업 시간에도 들렸다. 배호는 창신동과 숭인동을 누빌 때 가능한 한 채석장에서 먼 길로 돌아다녔다.

화약과 다이나마이트를 포함한 폭약은 문명이 자연을 정복해 자신의 영역을 확장한다는 관점에서는 일등 공신이지만 문명이 자연을 파괴해 창조주의 작품을 훼손한다는 점에서는 원흉이다. 한번 훼손된 자연은 복원이 거의 불가능하다. 그렇기 때문에 다이나마이트를 발명한 노벨이 속죄의 의미에서 노벨상을 제정하지 않았던가?

필자는 2015년 5월 숭인동 56번지 동망봉의 남쪽 기슭에 철
문으로 닫힌 공간 안으로 들어가 바위를 깨뜨린 높이 2미터,
폭 3.5미터, 길이 25미터의 굴을 발견했다. 그것은 인간이 폭
약으로 화강암을 폭파하고 해머와 망치로 깨뜨려 만든 굴이
다. 굴 안의 화강암은 벽과 천장이 날카롭게 패인 채 오랜 세
월을 흘러 보내면서도 견고한 모습을 유지하고 있다.

이 폭약 저장고야말로 일제에게는 청룡의 목을 깊숙이 찔러
확인 사살함으로써 청룡 섬멸작전을 압승으로 이끈 영광의 현
장이지만 우리 민족에게는 국토의 요부(要部)를 참혹하게 유
린당한 치욕의 현장이 아닐 수 없다.

가난하지만 착한 이웃들

배호가 1946년부터 1955년까지 살았던 숭인동과 창신동에
서 가장 낮은 종로통과 그 주변에는 1950–1960년대에 기와집
들이 밀집해 있었다. 그러나 야산의 능선과 비탈 그리고 산꼭
대기는 가난한 서민들의 모진 삶의 안식처인 판잣집들로 가득
찼다.

필자는 대학생 시절과 동아일보사의 사건기자 시절 창신동
의 빈민촌을 취재한 적이 있다. 6·25전쟁 전부터 흥인지문에
서 가까운 비탈에서 지금의 서울성곽을 이루는 낙산의 능선을
타고 판잣집들이 꽉 들어차 있었다. 판잣집들이 점거한 골목

은 폭이 1.5미터에 불과했다. 낙산 꼭대기에 이르는 길 양쪽에는 대문도 없는 판잣집들 투성이였다.

현재 쌍룡아파트단지로 변한 낙산 기슭의 창신3동 702번지엔 3천여 채의 판잣집들이 콩나물처럼 밀집해 거대한 콩나물시루를 연상케 했다. 판자촌 주민들은 집에 화장실이 없어 공동화장실 앞에서 줄을 서서 순서를 기다려야 했다. 그러나 급한 사람들은 으슥한 곳으로 달려가 볼일을 봤다.

창신동의 가난한 서민들은 식수를 구하기 위해 동대문역사문화공원 쪽의 공동수도까지 가서 물을 사서 물지게로 기울기 30도에서 45도의 가파른 골목으로 올라야만 했다. 물지게는 청소년은 물론 아주머니, 할아버지, 할머니 들도 졌다. 그들이 집에 도착할 즈음에는 험한 길을 오르는 동안 물이 쏟아져 절반으로 줄어 있는 것이 보통이었다. 이곳에서 노동하거나 자취하던 여공들은 물을 아끼기 위해 으레 쌀뜨물로 세수하거나 발을 씻어야 했다.

더구나 청계천을 따라 창신동, 숭인동, 용두동, 답십리로 이어지는 둑의 위에는 판자촌, 둑의 둔덕에는 판잣집보다 훨씬 열악한 움집 수준의 집들이 다닥다닥 붙어 있었다. 청계천변 둑에 지어진 빈민촌은 '개미마을'이라고도 불리었다. 그러나 1970년대 중반까지 존재한 이 '개미마을'은 일제강점기에 흙벽에 헤진 천막을 두른 토막집에 산 최하의 빈민층이었던 토막민(경성제국대학교 위생조사부 편, 『토막민의 생활·위생』이와나미서점, 1943 참조)의 후예들이었다.

가난한 이웃들은 방음 장치가 전혀 없는 허술한 집들이 다 닥다닥 붙어 있었기 때문에 낮에는 이웃의 말소리를 듣고 실시간으로 현황을 파악함은 물론, 밤에는 이웃집 부부가 사랑하며 환희에 찬 소리까지 본의 아니게 들어야 했으며, 이웃이 슬픈 일을 당하면 발 벗고 나서서 아픔을 함께 나누며 격려했다. 그들은 이러한 유대를 바탕으로 강고한 공동체를 형성했다.

가난하지만 착한 이웃들은 "눈물 젖은 빵을 먹어 보지 않은 사람은 인생을 알지 못한다"는 괴테의 명언이 함축한 젊은 베르테르의 슬픔을 오래전부터 체험했다.

1967년 6월 8일에 실시된 제7대 국회의원 총선거는 광범한 부정선거 시비가 인 가운데 진행됐다. 여당인 공화당이 129석, 야당인 신민당이 45석을 얻었다. 공화당의 민관식, 신민당의 송원영이 대결한 당시 동대문갑구는 창신동, 숭인동, 신설동, 보문동 1가~7가, 용두동, 제기동 등을 포함하고 있었다. 이 가운데 창신동과 숭인동 유권자의 60퍼센트가 판자촌에서 사는 서민들이었다.

동대문 옆에서 창신동으로 오르는 골목의 가장자리에 창신 사진관이 있었다. 선거 전에 이 사진관의 사람 눈에 잘 띄는 쇼윈도에는 송원영의 큰 사진이 걸려 있었다. 그러나 이 사진관은 경찰의 압력에 못 이겨 선거운동 기간 중에 송원영의 사진을 떼고 그 자리에 민관식의 사진을 걸 수밖에 없었다. 이처럼 날카로운 신경전이 동대문 갑구의 도처에서 벌어졌다.

이 선거에서 공화당 당원들이 6월 9일 아침 8시 반경 중단된 개표장에 난입해 개표장의 기물을 부수고 취재 기자에게 폭행하는 등 소란을 피웠지만 46,197표를 얻은 송원영이 32,207표를 얻은 민관식에게 압승했다. 창신동과 숭인동에 강고하게 포진한 가난한 서민들이야말로 야당의 철통 같은 교두보였다.

배호가 누빈 창신동과 숭인동 (1)

4살 때 창신동에 발을 디딘 후 무럭무럭 자란 배호는 호적상의 이름 배만금으로 통했다. 배호는 7살까지 창신동 131번지의 107호에 있었던 창신성결교회에 다니면서 어린이 합창반에서 활동했다. 그 후 배호는 창신초등학교에 입학해서 졸업할 때까지 숭인동에 있는 동망봉과 창신동에 있는 낙산의 구석구석과 모든 골목을 누비며 세상을 배웠다.

동대문으로 알려진 흥인지문은 배호가 창신동에서 가장 먼저 눈여겨본 건물이다. 그는 흥인지문이 보물 1호인 사실을 몰랐다. 하물며 그가 국보 1호인 남대문으로 알려진 숭례문과 흥인지문의 차이를 알 턱은 없었다. 그러나 흥인지문은 서울로 들어오는 4대문 중 동쪽에 있는 서울의 관문이라고만 들었다.

건물 전체가 크고 처마가 아름답고 기와가 정교하며 담이 우람한 흥인지문의 뜻이 "어진 성품을 흥성하게 기르는 문"이라고 아버지는 설명했다. 배호는 흥인지문 앞으로 갈 때마다 아버지의 설명대로 착한 어린이가 되어 어질게 살기로 결심했다. 그리고 언젠가는 저렇게 큰 집에서 살고 싶다는 생각도 했다.

배호는 궁안에 있는 집 뒤의 동망봉에 자주 올랐다. 이 산은 숲이 울창한 편이었다. 동망봉 정상으로 접근하는 길은 숭인동에서 완만하게 오르는 길과 동묘 쪽에서 가파른 고개로 오르는 길 두 개가 있었다. 배호는 전자는 오르기가 편해서 좋고, 후자는 운동량이 많아서 좋아 기분에 따라 어느 한 쪽을 선택했다.

동망봉의 남쪽에서 북쪽으로 이어지는 능선에서 왼쪽으로 조금 벗어나면 돌을 깬 후 방치해 둔 깎아지른 절벽이 도사리고 있다. 그 아래서 일제에 이어 우리나라 사람들이 숭인동의 동망봉과 창신동의 낙산을 폭약으로 깨뜨릴 때 천지를 울리는 굉음이 때때로 울렸다. 배호는 깨진 산이 무섭고 떨어질 우려가 있기에 그 쪽으로는 한 번도 가지 않았다. 그는 동망봉의 안전한 능선을 따라 걸으면서 아는 노래를 모두 불렀다.

아버지는 동망봉이 단종의 비 정순왕후가 매일 이곳에 올라 유배 간 남편이 있었던 영월 쪽을 바라보면서 기도했던 곳이라고 설명했다. 단종은 후에 사약을 받고 별세했다. 세조에게 왕위를 찬탈당한 단종의 슬픈 생애는 정결한 정순왕후가 있었기에 더욱 가슴 아프게 세상 사람들에게 기억된다.

동망봉이 끝나 왼쪽으로 고갯길을 조금 내려가면 오른쪽에 청룡사가 있다. 배호는 온통 한자로 적힌 절 이름과 기둥의 글씨를 하나도 이해하지 못했지만 절 경내에 정순왕후가 기거했던 터에 서 있는 비각을 유심히 보면서 단종과 정순왕후의 비극을 생각하곤 했다.

배호는 친구들과 즐겁게 놀 때는 창신초등학교 부근의 절 안양암의 경내에 있는 45-60도의 기울기로 60미터 가량 이어지는 아름다운 바위를 빠른 속도로 뛰어 올라갔다. 이 바위는 숭인동과 창신동 곳곳에 있는 깨뜨려진 바위로 이뤄진 절벽과는 아주 다르다. 신발에 닿은 촉감이 부드럽고 인자한 어머니의 모습을 닮은 이 바위는 안양암의 소유인데다 일제강점기에 당시 이 절의 주지가 일본과 친했기 때문에 파괴를 면할 수 있었다.

배호가 안양암의 바위를 뛰어 올라가 지금은 2-3층짜리 콘크리트 집들이 들어선 자리에 50평 가량 평평한 바위로 이뤄진 놀이터에 도착하면 동네 어린이들 수십 명이 몰려와 패싸움이나 팀을 짠 달리기 시합 등을 했다. 이러한 집단 놀이가 어린이들에게 큰 인기를 끌었다. 어린이들은 딱지치기, 자치기, × 박기 등도 했다.

딱지치기는 딱지를 땅에 쳐서 뒤집기를 하거나 상대방을 잡아먹는 그 시대 어린이들이 가장 좋아하는 놀이였다. 자치기는 땅에 얕은 구멍을 파고 길이가 다른 나뭇가지 중 긴 것으로 작은 것을 쳐서 튀어 오르면 다시 긴 것으로 멀리 치는 놀이다. 이것은 딱지치기보다는 동적인 놀이다.

이름이 특이한 ×박기는 어린이 한 명이 서고 다른 어린이

가 선 어린이의 사타구니 사이로 목을 집어넣은 채 허리를 90
도로 꺾으며, 등과 등으로 길을 만들면 힘이 센 다른 어린이가
말을 타듯 그 등 위로 손을 짚으면서 빨리 나아가는 시합이었
다.

배호가 누빈 창신동과 숭인동 (2)

배호는 놀이에 몰두하다가 싫증이 나면 창신동에서 대문이
가장 크고 집도 우람해서 '큰 대문 집'이란 별명을 얻은 곳에
도 갔다. 창신동 641번지에 있는 오랫동안 빈 이 집을 사람들
이 문을 열고 들어가 보기도 했다. 향나무가 가득한 그 집 정
원 가운데에 있는 연못에서 팔뚝만한 금붕어와 기이한 물고기
들이 요리조리 수초를 헤치며 헤엄치는 모습이 신기했다.

사람들은 이 집이 임종상(일제강점기 당시 거금인 2만 원을
동대문경찰서를 통해 방호비 조로 일제에 기증한 친일파로 민
족정경연구소가 1948년 9월 출판한 『친일파 군상』에 수록됨)
의 집이라고 말하는가 하면, 해방 후에는 적산가옥으로 몰수
돼 1950년 6월 28일 여간첩 혐의로 총살형이 집행된 김수임과
남로당의 실력자로서 월북했다가 1955년 12월 10일 박헌영과
함께 총살당한 이강국이 잠시 동거했던 집이라고도 했다.

창신동 596번지 12호에 있는 '금반지 아주머니 집'에도 배호
는 가끔 갔다. 돈이 많아 금반지를 여러 개 차고 있어서 그런
별명을 얻은 아주머니 집의 뒷마당에서 높이 4미터의 폭포수

가 쏟아졌다. 힘이 강하지는 않았지만 머리와 등을 두들기는 물줄기가 여름의 더위를 쫓는 데는 큰 몫을 했다. 한낮에는 어린이와 어른 가릴 것 없이 이곳으로 몰려 등목을 하거나 물놀이를 하느라 여념이 없었다.

예나 지금이나 창신동의 명물은 '소용돌이길'이다. 창신동 595번지에서 23번지로 600미터 가량 이어지는 이 길은 가파를 뿐 아니라 소용돌이처럼 아홉 번이나 굽이쳐 돌아 이런 이름이 붙여져 있다. 울퉁불퉁했던 돌길이 시멘트로 범벅이 되고, 길 주변의 판잣집들이 콘크리트 집들로 바뀐 것을 제외하면 이 길은 1950년대의 모습 그대로다.

'소용돌이길'의 꺾이는 지점을 위에서 아래로 내려가면서 집의 호수로 파악하면 130번지 86호, 505번지 20호, 595번지 272호, 595번지 333호, 131번지 60호, 595번지 245호 등이다. 꺾이는 각도는 30도에서 90도로 변화무쌍하다. 길의 경사는 30~60도다. 그러므로 건강한 사람도 쉬지 않고 오르기에는 벅차다. 꺾이는 태풍의 눈 주변처럼 거세게 소용돌이치는 이 길이야말로 파란만장한 한국 현대사의 얼굴이라고 말할 수 있겠다.

허름한 옷을 입고 등에 짐을 진 아저씨나 머리에 물동이를 인 아주머니들이 여러 차례 쉬면서 올랐던 이 길은 한 마디로 말하면 고생길이었다. 배호도 이 길을 오르면서 한두 차례는 쉬었다. 그래도 이 길은 일제강점기, 해방공간, 6·25전쟁기, 고도경제성장 시대를 거쳐 선진국 문턱으로 나아가는 지금까지 창신동의 산기슭을 관통하는 간선도로요, 서민들의 애환을 간직한 한 벗이다.

배호는 친구들과 함께 이 '소용돌이길'에서 가지 친, 성인 한 사람이 겨우 지날 만한 무수한 비좁은 골목들을 다람쥐처럼 빠져 나가는 쾌감을 느꼈다. 요철이 심한 바위로 이뤄진 바닥이 지금은 시멘트로 포장된 것만 달라졌다. '소용돌이길'보다 더 굽이굽이 도는 이 골목들 또한 고통에 부대낀 우리들의 이웃의 숨결을 간직하고 있다.

특히 배호의 뇌리에 강하게 박힌 길은 일제가 한국 노동자들을 동원해 낙산의 바위를 깨기 시작해 창신동 23번지에서 595번지까지 30미터의 수직으로 이뤄진 절벽에 붙어 있는 길이다. 누군가가 깨진 바위의 일부를 다시 깨서 이 길을 낸 것 같다. 소용돌이길의 상단에서 이 길로 내려가면서 물지게를 지고 귀가하는 아저씨와 아주머니들의 힘든 모습을 배호는 눈여겨보았다.

이름을 잊었지만 창신동 595번지 절벽 아래에 사는 같은 반 친구가 있었다. 바지의 무릎 부위를 다닥다닥 기워서 입고 학교에 다녀 입이 거친 친구들로부터 '거지'란 놀림을 받았던 그는 배가 튀어 나왔으며 코를 자주 흘렸다. 더구나 배호는 가끔간 청계천변 둑에 들어선 움막촌에 많은 코흘리개와 배불뚝이들을 봤지만 그 이유를 몰랐다.

그러나 점심을 으레 굶고 감자나 옥수수를 주식으로 했던 이 가난한 집 아이들은 탄수화물로만 배를 채우고 고기나 콩 등을 전혀 섭취하지 못해 영양실조에 걸려 코를 흘리고 배가 부어올랐다. 오늘날 선진국과 중진국의 빈민촌에도 이런 아이들이 있다. 이것이 크와시오르코르 병이다.

배호는 천천히 걸을 때는 동망봉 고개에서 내려다보이는 낙산의 기슭에 펼쳐진 진초록색의 숲과 파란 개울 그리고 염색공장 주변의 바위에 널린 긴 자주색 천들의 아름다운 조화에 탄성을 지르고는 했다. 창신동 13번지에 속한 이곳이 조선시대엔 존재했지만 지금은 행정 동명에서 사라진 자지동(紫芝洞)이라 불린 명승지다.

한자로 자주 자자에 지초 지자를 쓰는 이 마을은 자주색 풀이 많은 고을이란 뜻이다. 이 풀의 뿌리는 염료로 쓰인다. 자지동이란 자주색 풀이 많이 자라고 그것을 원료로 고운 자주색 천을 만드는 고을을 뜻한다. 그러나 필자는 자지동이 발음상 혐오감을 줄 수 있으므로 자줏골이라고 부르는 것이 합당하다고 생각한다.

고하, 몽양, 설산의 잇따른 피살

일제가 글과 경제를 관장하는 서울의 청룡인 동망봉과 낙산을 참혹하게 파괴한 후 일제의 패망으로 독립한 해방공간에서 정치인들이 줄줄이 죽는 비극의 시대로 돌입한다. 이러한 현상은 풍수지리학의 이론과 형태장 이론에 따라 파괴된 자연이 인간에게 해를 끼친다는 점과 한국인들이 정적을 제거하고라도 자신이 신봉하는 이데올로기나 자신이 취할 자리에 연연하는 기질이 있다는 점을 아울러 반영한다.

해방 공간의 첫 희생자는 한국민주당 당수 고하 송진우다. 그는 1945년 12월 30일 새벽 6시 서울 원서동 자택에서 한현우, 유근배 등 6명의 총격으로 사망했다. 이들이 쏜 권총 탄환 13발 중 얼굴에 1발, 심장에 1발, 복부에 3발, 하관절에 1발이 명중했다. 이 살인사건은 송진우에 대한 원한이 사무친 그룹의 소행이 분명했다.

전남 창평 출신인 송진우는 암살당하기 하루 전인 2월 29일 저녁 백범 김구가 머물던 경교장을 찾아가 신탁통치를 반대하고 미군정을 타도하자는 강경파들을 거느리고 있던 백범 김구를 만나 임시정부가 미군정을 무조건 적대하다가는 공산당에게 유리한 결과를 초래할 것이라고 충고했다.

중도좌파 노선을 취하면서 대중 연설에 있어서 타인의 추종을 불허해 해방공간에서 가장 인기가 있었던 몽양 여운형은 1947년 7월 19일 서울 혜화동 로터리에서 차량으로 이동하던 중에 백의사의 집행부장 김영철이 선정한 한지근(본명 이필형) 등이 쏜 권총에 맞아 숨졌다. 한지근과 함께 범죄에 가담한 사람은 행동 총책 김흥성, 일제 권총을 겨눈 김훈, 여운형의 사망을 확인한 김영성, 유봉호 등이다.

"혁명가는 침상에서 돌아가는 법이 없다. 나도 서울 한복판에서 죽을 것이다. 아버지가 길바닥에서 쓰러질지라도 애들아 너희들은 울지마라 울지마라! 일어나 싸워라 싸워라!"라고 자녀들에게 훈계했던 여운형은 자신의 말대로 테러범들의 흉탄으로 서거했다.

좌우합작을 시도하고 암살당하기 전 친일민족반역자 처리에 관한 특별법의 제정을 강력히 요구한 여운형은 극우파에 의해 희생됐을 가능성이 있다. 그러나 미군정청은 사건의 배후를 밝히지 않았다.

한국민주당 정치부장 설산 장덕수도 1947년 12월 2일 오후 6시 15분 서울 동대문구 제기동 자택에서 한국독립당에 가입한 현직 경찰 박광옥과 초등학교 교사 배희범 등 5명이 쏜 총격을 받고 사망했다.

장덕수는 우파정당의 통합론에서 김구 중심의 한국독립당과의 통합을 반대했었다. 한국민주당의 김성수는 한국독립당과의 통합에 찬성했지만 장덕수는 한국독립당과의 통합은 당을 임정 요인들에게 헌납하는 것이라면서 반대했다.

백범의 비극과 아버지의 통곡

해방공간에서 우파를 영도한 충칭 임시정부 주석 백범 김구가 1949년 6월 26일 정오경 "전투에 나가면 생사를 기약할 수 없으므로 마지막으로 선생을 뵈러 왔다"는 육군 소위 안두희가 쏜 권총 4발을 맞고 쓰러져 곧 병원으로 옮겨졌으나 숨을 거두었다. 안두희는 초기 진술에서 자신의 동료로부터 김구가 '자신의 목적'을 위해 군대를 이용하려 한다는 말을 듣고 행동을 강행했다고 진술했다.

김구는 단독정부 수립에 반대하고 민족 자주와 조국 통일에 헌신하는 일관된 논리의 선상에서 1948년 4월 19일 38선을 넘어 평양에서 열린 남북조선 제정당 사회단체 대표자 연석회의, 남북 요인회담, 김구 김규식 김일성 김두봉의 4자회담 등에 참석한 바 있다.

고인에 대한 장례식은 7월 5일 서울운동장에서 국민장으로 거행됐다. 유해는 효창공원에 안장됐다. 이승만은 장례식에 참석하지 않았다. 조국의 해방을 염원하고 일생을 독립운동에 바친 백범은 미국과 이승만의 견제를 받으면서도 철저한 민족주의 노선을 고수했다. 그는 오로지 독립된 조국, 통일된 조국을 생각하고 이를 위해 자신을 바치려는 결연한 의지를 여러 차례 표명한 바 있다.

네 소원이 무엇이냐? 하고 하느님이 물으시면, 나는 서슴지 않고 내 소원은 대한 독립이오 하고 대답할 것이다. 그 다음 소원이 무엇이냐 하면 나는 또 우리나라의 독립이오 할 것이요, 또 그 다음 소원이 무엇이냐? 하는 세 번째 물음에도, 나는 더욱 소리를 높여서 나의 소원은 우리나라 대한의 완전한 자주독립이오 하고 대답할 것이다.

나는 공자, 석가, 예수 등을 사랑한다. 그러나 나는 공자, 석가, 예수가 합쳐서 세운 그 아무리 아름다운 나라가 있더라도 내 조국이 건설하지 않은 곳에는 가지 않겠다.

이 육신을 조국이 수요한다면 당장에라도 제단에 바치겠다. 나는 통일된 조국을 건설하려다가 38선을 베고 쓰러질지언정 일신에 구차한 안일을 취하여 단독정부를 세우는 데는 협력하지 아니하겠다.

백범 김구가 충칭 임시정부의 주석으로 있을 때부터 그를 존경했으며 임정의 통치자금 중 일부를 그에게 전했고, 해방후 귀국한 후에도 가끔 경교장을 찾아가 김구를 뵈었던 배호의 아버지 배국민은 김구의 서거 소식이 전해지자마자 경교장으로 달려갔다.

그는 수많은 조객들 틈에 끼어 고인의 명복을 빈 후 숭인동 집으로 돌아와서 방바닥을 치면서 통곡했다. 아버지는 "백범선생같이 사욕이 없는 애국자요. 민족주의자를 용납하지 않는 우리나라의 폭력 풍조를 규탄한다. 우리나라의 앞날이 어둡다. 이제 민족주의자들이 갈 곳은 어디냐?"라고 탄식했다. 그리고 아버지는 술을 들이켰다.

술에 취하면 언행이 과격해지는 경향이 있는 아버지는 "폭력에는 폭력으로 대응해야 한다. 그러나 나는 총이 없으니 무슨 소용이 있는가?"라고 자학하기도 했다. 이날처럼 아버지가 술을 많이 마시며 울부짖는 것을 배호는 일찍이 보지 못했다.

깡통을 두드리며 노래하는 아저씨들

해방된 조국에서 정계의 거물들이 줄줄이 암살당하고 사회가 혼란에 빠지는 동안에도 배호는 무럭무럭 자랐다. 1948년 8

월 15일 대한민국 정부가 수립됐을 때 배호는 6살이었다. 남아들은 초등학교에 입학하기 직전 하루하루가 다르게 몸이 튼튼해지고 시간이 많기 때문에 활발하게 뛰어논다.

배호에게는 장용성이라는 단짝 친구가 있었다. 배호와 장용성의 어머니와 두 아들이 함께 다닌 창신성결교회가 그들을 묶어 준 끈이었다. 배호는 아버지의 고향이 평안북도 철산군이요, 자신의 출생지는 중국 산둥성 지난시였고, 장용성은 경기도 이천군이 고향이었기에 두 소년 모두에게 서울은 타향이었다. 배호와 장용성은 함께 뛰놀며 서울이라는 낯선 고장을 고향처럼 익혔다.

배호는 숭인동 집에서 나와 한적한 동망봉 능선을 따라 노래를 부르며 청룡사를 거쳐 당고개를 넘고, 소용돌이길을 구불구불 돌아서 장용성을 만나는 먼 길 또는 숭인동 집에서 창신초등학교에 조금 못 미쳐 있는 안양암을 지나 얕은 고개로 오르다가 오른쪽으로 난 실오라기 같은 골목을 뚫고 소용돌이길로 들어서는 가까운 길을 걸어 장용성의 집으로 갔다.

배호와 장용성은 사람들을 구경하면서 창신동의 야산을 누비던 어느 날 창신동 595번지 일대의 돌산 아래에 뚫려 있는 큰 굴을 봤다. 그러나 그 굴은 누군가가 각목으로 막아놓고 '사용불가'라는 글씨를 써놓아 음산한 느낌을 주었다. 그 굴 앞(현재 595-190 자리)에 천막을 치고 20여 명이 살고 있었다.

시커멓게 그은 얼굴에 거지와 다름없는 해진 옷을 입고 집게를 들고 다니면서 버려진 물건을 망태에 담아 고물상에 팔

아 살아가는 20대에서 30대의 이 넝마주이 아저씨들은 해가
지면 이 천막으로 돌아왔다. 그들은 천막 밖에 신문지를 깔아
놓고 술을 마시거나 달과 별을 바라보면서 이야기꽃을 피웠
다.

　그러나 배호와 장용성은 이 아저씨들이 무서워 한동안 근처
에 가지 않고 꺾인 골목의 어귀에서 구경했다. 어느 날 저녁
이 아저씨들은 밥을 구걸하는 깡통을 젓가락으로 치면서 구슬
픈 노래를 부르는 것이 아닌가! 배호는 그들의 노래가 너무 처
량해서 유심히 들으면서 가사를 외웠다. 그들이 특별히 애창
한 것은 두 곡이었다.

　　찾아갈 곳은 못 되라 내 고향
　　버리고 떠난 고향이길래
　　수박등 흐려진 선창가
　　전봇대에 기대서서 울 적에
　　똑딱선 프로펠라 소리가
　　이 밤도 처량하게 들린다
　　물 위에 복사꽃 그림자같이
　　내 고향 꿈만 어린다

　손로원 작사, 박시춘 작곡의 〈고향의 그림자〉란 이 노래를
해방공간에서 가수 남인수가 불렀다. 넝마주이 아저씨들은 남
인수 못지않게 슬픈 목소리로 노래 부름으로써 고향을 떠난
외로움을 달래는 듯했다. 고향을 버리고 떠났지만 서울에서
몸을 누일 집 한 채 없이 천막생활을 하면서 거리를 도는 아저

씨들에게 고향은 정녕 찾아 갈 곳이 못 되리라.

아저씨들이 또 다른 노래를 부르면서 때로는 울먹이기까지
했다. 깡통을 두드리는 소리는 아저씨들이 울 때마다 조금씩
가늘어졌다.

> 낯설은 타향 땅에 그날 밤 그 처녀가
> 웬일인지 나를 나를 못 잊게 하네
> 기타 줄에 실은 사랑 뜨내기 사랑
> 울어라 추억의 나의 기타여
>
> 밤마다 꿈길마다 그림자 애처로이
> 떠오르네 아롱아롱 그 모습 그리워
> 기타 줄에 실은 신세 유랑 백 천리
> 울면서 퉁기는 나의 기타여

이재호가 작사하고 작곡한 〈울어라 기타 줄〉이라는 이 노래
를 해방공간에서 손인호가 불렀다. 넝마주이 아저씨들은 깡통
을 가만가만 두드리면서 감상에 젖었다. 스쳐가는 사랑이요,
이루어지기 어려운 사랑이요, 풋사랑인 이 '뜨내기 사랑'이
'웬일인지 나를 나를 못잊게' 한다면 얼마나 가슴이 아플까?

"웬일인지 나를 나를"과 "기타 줄에 실은 사랑"(제1절), "떠
오르네 아롱아롱"과 "기타 줄에 실은 신세"(제2절)에서 높아지
는 아저씨들의 목소리는 차라리 신음이었다. 그러나 아저씨들
은 그림자로 애처로이 떠오르는 그날 밤 그 처녀가 알아주기
어려울 넝마주이 신세이니 어찌하랴.

가난한 '뜨내기 사랑'의 주인공들은 가사에 나오는 '울어라 추억의 나의 기타'나 '울면서 퉁기는 나의 기타'는 악기로서의 기타가 아닌 자신의 신원이었다. 사치스러운 기타가 없어서 깡통으로 기타를 대신했던 그들, 손가락으로 기타 줄을 퉁겨서 내는 선율보다 둔탁했지만 간절한 그리움을 깡통을 치면서 표현했던 그들은 유명을 달리 했거나 90대 고령으로 어딘가에 살고 있을 것이다.

노래 격려금 1원

배호와 장용성은 젓가락으로 깡통을 치면서 아픈 심정을 노래하는 이 아저씨들이 무서운 사람들이 아니라 다정하고 다감한 사람들일 것이라고 생각했다. 그래서 둘은 며칠 후 저녁 때 노래를 부르지 않고 환담하는 아저씨들 가까이 다가갔다.

"아저씨들 노래 잘 들었어요. 노래를 아주 잘하시는 것 같아요."

"우리는 노래할 때 깡통을 두드리는데 그러면 너희들이 깡통 두드리는 청승맞은 모습도 봤다는 게냐?"

"그럼요. 좀 떨어진 곳에서 봤어요."

"이놈들. 참 똑똑하고 예의가 바르네. 너희, 노래를 잘 부르니?"

"네, 교회의 어린이 합창반에서 함께 활동해요."

"그래? 놀랄 일인데. 그러면 우리 앞에서 노래 부를 수 있니? 우리는 돈이 없지만 공짜를 좋아하지는 않는단다."

"네, 불러 볼게요."

배호와 장용성은 교회에서 배운 "참 아름다워라 주님의 세계는 솔로몬의 옷보다 더 고운 백합화"로 가사가 시작되는 〈참 아름다워라〉(찬송가 478)를 합창했다. 몇 아저씨들은 가볍게 손뼉을 치면서 반주를 해주었다.

두 명이 노래를 마치자 20여 명으로부터 요란한 박수가 터졌다. 한 아저씨가 호주머니에서 1원짜리 두 장을 꺼내더니

"애들이 노래 참 잘한다. 여기 돈 있다. 너희들이 노래를 아주 잘해서 주는 거야."

"뭘요. 우리가 무슨 노래를 잘했다고요."

"아니야. 썩 잘했어. 장래가 촉망된다. 적지만 격려금이니 받아."

배호와 장용성은 넝마주이 아저씨들이 준 1원씩을 덥석 받았다.

"고맙습니다."

그들은 너무나 기뻐서 소용돌이길에 있었던 구멍가게로 단숨에 달려가 1원짜리 큰 눈깔사탕을 샀다. 그것을 입에 넣고 혀로 한 쪽으로 옮기면 그 쪽이, 다른 쪽으로 옮기면 다른 쪽의 볼이 탁구공처럼 튀어나왔다. 배호는 그것이 다 녹을 때까지 혀로 가만히 빨았다. 반나절 가까이 빨면 그때야 눈깔사탕은 없어졌다

배호와 장용성이 넝마주이 아저씨들 곁에 갈 때마다 아저

씨들은 노래를 시키고 어김없이 1원씩 주었다. 어린이들은 프로 대접을 받았다. 배호와 장용성은 눈깔사탕 맛이 썩 좋아서 1주일에 한두 번은 아저씨들을 찾아가서 노래를 불렀다. 그들은 아저씨들 앞에서 노래를 잘 부르기 위해서 찬송가를 더욱 열심히 연습하기도 했다.

배호의 창신초등학교 졸업 사진. 앞에서부터 셋째 줄,
오른쪽으로부터 네 번째가 배호다.

3. 뜨거운 눈물 (2)

눈물은 아무리 막으려 해도 흘러내린다.
또한 흘러내림으로써 영혼을 진정시킨다.
— 세네카

창신초등학교

배호의 모교는 서울 창신초등학교다. 이 학교는 일제강점기
인 1916년 5월 20일 서울 창신공립보통학교로 개교해 1938년 4
월 1일 서울 창신공립심상소학교로 이름을 바꿨다가 1941년 4
월 1일 창신국민학교로 개명한 후 1996년 3월 1일 서울 창신초
등학교로 오늘까지 이어지고 있다. 개교 100주년을 눈앞에 둔
이 학교는 2015년 2월 13일 제97회 졸업식에서 졸업생 166명
을 배출하는 등 1회부터 97회까지 52,204명을 졸업시킨 유서
깊은 초등학교 중의 하나다.

서울 창신초등학교는 교육 목표를 인성이 바른 어린이, 창
의적인 어린이, 자주적인 어린이를 육성하는 데 두고 있다. 또
한 이 학교는 어떠한 어려움과 시련에도 굴하지 않는 강인한
정신력과 건강한 몸으로 자라기를 바라는 마음에서 느티나무
를 교목으로, 은근과 끈기를 가지고 역경을 이겨내며 큰 꿈을

펼쳐 참된 일꾼으로 자라기를 바라는 마음에서 민들레를 교화로 정했다.

이 학교는 특이한 졸업식으로 유명하다. 즉 교장 선생은 2007년부터 졸업생을 한 명씩 단상으로 올라오게 해 졸업장과 표창장 그리고 부모의 성명이 적힌 감사장을 수여하고 학교와 본인의 이름이 새겨진 도장을 기념품으로 주고 있다. 그리고 졸업생들은 단상에서 담임교사에게 감사의 마음으로 포옹과 악수를 하고 내려가게 한다.

배호는 1949년 4월에 창신초등학교에 입학하여 1955년 3월에 37회로 졸업했다. 창신초등학교에 입학하자마 배호를 매료시킨 것은 이 학교의 교가였다. 동시 작가로서 한국을 대표하는 윤석중이 작사하고 작곡가로서 출중한 경력을 쌓은 이흥렬이 작곡한 교가는 가사가 깊고 곡이 힘차다.

동으로 동으로 자꾸 가면
동해 바다가 보인다네
동대문 나서면 우리 학교
햇님이 앞장선 우리 앞길
창신 창신 우리 창신
잘 배우자 동무들아

북으로 북으로 자꾸 가면
백두산 천지가 보인다네
낙타산 등에 진 우리 학교
별님이 따르는 우리 앞길

창신 창신 우리 창신
잘 배우자 동무들아

제1절과 제2절은 동과 북으로 뻗어나가는 우리나라의 기상을 압축하고 있다. 그리고 학교의 위치를 수식하는 "동대문 나서면 우리 학교"(제1절)와 "낙타산 등에 진 우리 학교"(제2절)는 동과 북을 가리키는 방향도 포괄하고 있어서 짜임새가 완벽하다. 특히 "낙타산 등에 진 우리 학교"는 창신초등학교가 북쪽으로 방향을 취하면 낙산 즉 낙타산을 등에 지고 있는 형국이므로 강렬한 메타포로서 의미가 있다.

그리고 "창신 창신 우리 창신 잘 배우자 동무들아"는 반복 어법으로 애교심을 기르고 도치법으로 잘 배우자는 메시지를 강조하는 의도가 엿보인다. '동무'라는 낱말은 친구보다 정답다. 다만 이것은 후에 공산주의자들이 독점하다시피 해 오해를 살 수도 있지만 어린 친구란 뜻의 순수한 우리말이다.

창신초등학교는 쟁쟁한 연예인을 많이 배출한 학교로 유명하다. 이 학교 출신 영화배우 또는 탤런트는 남궁원, 남성훈, 문희, 윤여정, 김혜숙 등이며, 가수는 배호, 이장희, 김광석, 박학기, 엄인호, 김종현 등이다.

연기의 영역에서 남궁원, 남성훈, 문희, 윤여정, 김혜숙 등은 당대에 아름다운 꽃밭을 이루었다. 특히 영화배우 또는 탤런트 문희, 윤여정과 가수 이장희를 동기로 배출한 해는 창신초등학교 역사상 가장 화려한 순간이었다고 말할 수 있다.

노래의 영역에서 창신초등학교가 배출한 최고참 가수는 배호다. 그리고 콧수염을 기르고 통기타를 치면서 노래를 썩 잘한 이장희, 의식이 있는 노래로 연령을 초월해 폭발적인 인기를 얻었지만 요절한 김광석, 자신의 특성을 살리면서 혼신의 힘으로 정진한 박학기, 엄인호, 김종현 등도 창신의 음악의 맥을 이은 별들이다.

궁안의 추억

배호가 1946년부터 1955년까지 10년간 살았던 궁안은 시대의 흐름에 따라 격변했다. 그리하여 이곳은 역사의 현장인 동시에 사회 변동의 축도이기도 하다.

왕조시대에 퇴역한 궁녀들의 거처로 마련된 궁안은 일반 백성이 전혀 들어갈 수 없는, 왕과 문반, 무반 등 권력자들은 물론 궁녀, 내시들이 살았던 그래서 그들만의 성역이었던 궁궐에 비하면 서민풍이 물씬 풍기는 곳이었다.

조선시대와 대한제국시대의 궁안의 모습은 작은 궁궐 같았다. 중앙의 큰 집은 경복궁 근정전 격이고, 큰 집 부근에 둥그렇게 파진 연못은 창경궁의 그것을 연상케 했다. 그 중앙에는 정자가 서있었고 거기까지 다리가 이어졌다. 연못의 주위에는 숲이 무성하게 자랐다.

연못의 북쪽에 있는 여름에는 시원하고, 겨울에는 따뜻한 샘터에서 은퇴한 궁녀들은 여생을 편안하게 살면서 음식을 나

뉘 먹기도 했고, 목욕시설이 따로 없었기에 샘터의 나무 사이에 이불보를 두르고 목욕을 하기도 했다. 그러나 그녀들은 일제강점기로 들어서고 그 기간이 길어짐에 따라 한 사람, 두 사람 죽어감으로써 궁안의 궁녀시대는 끝났다.

해방 후 궁안은 배호 일가 등 독립운동과 관련이 있는 사람을 포함해서 전세를 살 수 있는 서민 등 30여 가구가 조용히 사는 곳으로 변했다. 배호는 궁안의 북쪽 끝, 창신초등학교 동기생 임용은은 남쪽 끝에서 살았다. 그들은 친구들을 남북으로 갈라서 여러 가지 놀이를 했다. 배호는 북쪽, 임용은은 남쪽의 대장이었다.

창신초등학교 재학시절 배호와 임용은은 궁안에서 나무로 만든 칼싸움을 즐겼다. 배호 쪽엔 김봉수, 최봉남이, 임용은 쪽엔 장영일, 장충남이 가담했다. 배호와 임용은은 빈터의 중앙에서 장군들처럼 나무칼을 휘두르면서 찌르고 베는 시늉을 하다가 넘어지거나 쓰러진 쪽이 지는 것으로 규칙을 정했다. 그 아래 부하들도 조금 떨어진 곳에서 서로 칼싸움을 했다. 양쪽의 승률은 반반이었다.

임용은은 "배호는 집에서는 만금이라고 불렀고, 학교에서는 신웅이라고 불렀다"라고 기억하면서 "평소에는 수줍고 남의 앞에 나서기를 좋아하지 않은 배호가 일단 칼을 잡으면 칼칼하고 악발이 기질이 있었다"라고 전한다. 본래 온순하지만 일단 결심하면 과감하게 나아가는 배호의 성격을 엿볼 수 있게 하는 증언이다.

배호와 임용은은 가끔 연못 옆의 15미터쯤 된 전나무에 올라갔다. 임용은은 거의 꼭대기까지 올라갈 수 있었지만 배호는 10미터쯤 올라가서는 멈추고는 했다. 그가 고소공포증이 있었던 것 같다고 임용은은 회고한다. 그러나 배호는 10미터 지점의 굵은 나뭇가지 위에 엉덩이를 얹고 손으로 끝없이 작은 나뭇가지를 치면서 노래 부르기를 좋아했다. 어린 배호는 노래를 서정적으로 불렀으며 어른들의 노래도 잘 소화했다.

배호는 나무뿐 아니라 드럼통, 바위 등 아무것이나 손바닥으로 두들기면서 신나게 노래를 불렀다. 그가 나중에 드러머가 되고 가수가 된 것은 자연스런 이치였다. 임용은은 배호를 '자랑스런 창신인'이라고 표현한다.

6·25전쟁과 아버지의 잠적

1950년 6월 25일 새벽 북한 인민군이 대규모로 남침해 촉발된 6·25전쟁은 동족상잔의 비극일 뿐 아니라 유엔군이 참전해 수많은 희생자를 내면서 전쟁을 정전으로 마무리하기까지 세계의 이목을 집중케 한 현대사의 대사건이다.

이 전쟁으로 한국군 사상자 60만 9천여 명, 북한 인민군 사상자 80만 명, 유엔군 사상자 54만 6천여 명, 중공군 사상자 97만 3천여 명을 기록했다. 민간인의 경우 사상자는 한국인만 해도 100여 만 명이나 되었다. 이것은 한국 국방부와 군사편찬연구소의 집계다.

배국민은 공산주의자들에게 잡히면 반동분자로 찍혀 학살될 것이 틀림없다고 판단했기에 6월 25일 직후에 가족들에게는 부산 이모 집으로 내려가라고 말하고 급히 피했다. 유엔군과 국군이 함락된 서울을 수복한 1950년 9월 28일 직후 서울로 온 그는 그해 겨울 중공군이 개입해 다시 서울이 함락될 상황에 이르자 또 사라졌다.

1953년 7월 27일 정전회담이 타결된 후 미군 특수부대인 KLO의 낙하산부대 요원으로 참전해 서울과 양평군에서 맹활약하고 제대한 평안북도 출신 후배 김형국이 당시 동아일보 논설위원 이동욱과 함께 배국민을 만났다. 김형국이 인사했다.

"배선배님, 얼굴이 많이 상하셨네요. 어렵게 지내시죠? 이 난리 통에 어떻게 살아 남으셨나요?"

"응, 아직까지 아무에게도 발설하지 않아 내 행적을 모를 거야."

"그래도 궁금합니다."

"내가 6월 26일 오후 어떤 방법으로든 남쪽으로 가야 한다고 생각하고 내려가던 중 대구가 상대적으로 안전할 것 같아 천신만고 끝에 그리고 갔지. 그러나 아는 사람은 한 명도 없고, 전시에 생면부지의 나에게 거처를 제공해 줄 사람도 없어서 힘들게 지냈지."

"어떻게요?"

"낮에는 대구의 시장터에서 막노동을 하고, 밤에는 시장 안의 길가에서 잤어."

"아이고, 정말로 고생 많이 하셨네요."

"제가 KLO에서 전쟁 중 공을 조금 세웠으며, 우리 부대를 관장했던 미군 카서가 잘 봤는지 전후에도 저에게 생활비조로 활동자금을 줍니다. 충칭에서는 저에게 용돈도 주셨던 선배님이 지금 매우 궁핍하실 텐데 이거 받으십시오."

김형국은 보자기에 싼 돈뭉치를 배국민에게 건넸다. 배국민은 "고마워"라고 말하면서 얼른 보자기를 받았다.

오랜 세월이 흐른 1990년에 나는 서울 로얄호텔에서 김형국과 만나 그가 목격한 독립운동과 풍수지리학의 이치를 취재하던 중 배호의 아버지 배국민 얘기가 나와 경청했다. 그때 나는 "대구의 무슨 시장이라고 하던가요?"라고 물었다. 김형국은 "정확한 기억이 안 나지만 무슨 문자가 들어간 시장이라고 말씀하셨던 것 같은데…"라고 대답했다.

〈전우야 잘 자라〉

한 치 앞을 내다보지 못할 정도로 위기의식이 팽배한 가운데 치러진 6·25전쟁은 살아남은 용사들의 숱한 무용담과 구천을 맴도는 희생자들의 울부짖음이 뒤섞인 아비규환의 국면을 초래했다.

전쟁 중 국군의 고생과 용맹을 씩씩하게 노래한 〈전우야 잘 자라〉가 크게 유행했다. 유호 작사, 박시춘 작곡으로 군가의 형식을 취한 이 노래를 군인과 민간인을 막론하고 불렀다.

　　전우의 시체를 넘고 넘어 앞으로 앞으로
　　낙동강아 잘 있거라 우리는 전진한다
　　원한이야 피에 맺친 적군을 무찌르고서
　　꽃잎처럼 떨어져 간 전우야 잘 자라

　　우거진 수풀을 헤치면서 앞으로 앞으로
　　추풍령아 잘 있거라 우리는 돌진한다
　　달빛 어린 고개에서 마지막 나누어 먹던
　　화랑 담배 연기속에 사라진 전우야

　　고개를 넘어서 물을 건너 앞으로 앞으로
　　한강수야 잘 있느냐 우리는 돌아왔다
　　들국화도 송이송이 피어나 반기어주는
　　노들강변 언덕 위해 잠들은 전우야

　　터지는 포탄을 무릅쓰고 앞으로 앞으로
　　우리들이 가는 곳에 삼팔선 무너진다
　　흙이 묻은 철갑모를 손으로 어루만지니
　　떠오른다 네 얼굴이 꽃같이 별같이

　서정적이면서 슬픈 사연도 담고 있지만 용감한 국군의 기상
을 집약한 이 노래는 낙동강전투(제1절), 추풍령전투(제2절),
서울 수복(제3절), 38선 돌파(제4절) 등 국군이 남에서 북으로
반격하는 과정을 논리적으로 접근하고 있다. 특히 "흙이 묻은
철갑모를 손으로 어루만지니 떠오른다 네 얼굴이 꽃같이 별같

이"라는 마지막 구절은 진한 전우애를 눈물겹게 묘사하고 있다.

아버지의 수심 그리고 폭음

배호의 아버지 배국민은 대구에서 막 올라왔을 때는 문자 그대로 살과 뼈가 달라붙을 정도로 말랐었다. 인민군들에게 붙잡히지 않아야 한다는 강박관념에다가 불편한 잠자리는 그를 녹초로 만들기에 족했다. 그는 아내와 아들이 무사하자 자신의 몰골은 아무것도 아닌 것으로 생각했다.

자손이 귀한 가문의 어른들이 가장 기대하는 것은 손이 끊이지 않아야 한다는 것이다. 배국민은 아들을 더 낳자고 아내를 설득했다. 전쟁 중 김금순은 임신했다. 그리고 1953년 5월 6일에 낳은 아이는 딸이었다. 아버지는 실망했지만 딸의 이름을 밝을 명자, 새로울 신자를 쓰는 명신으로 지었다.

해방된 조국을 이끌고 갈 인물로 기대하고 따랐던 백범이 서거하고, 전쟁으로 신경이 극도로 예민해진 배국민은 거의 매일 소주와 막걸리를 가리지 않고 마시면서 허탈감에서 헤어나려고 애를 썼다. 그러나 술에 쩐 몸은 갈수록 쇠약해 갔다.

배국민은 바쁜 일이 없으면 관운장의 신위를 모신 동묘에 들러 시간을 보낸 후 밖으로 나가 술 마시는 일과를 시작하곤 했다. 그가 『삼국지』에 나오는 많은 인물 중 관운장을 특별히 좋아한 이유는 관운장이 용맹하고 의리가 강하고 덕스러웠기 때문이다. 우리나라의 무속인들도 운장주를 귀신을 쫓는 주문으로 활용하는 경향이 있다.

배국민이 자주 부른 노래는 평안도 〈수심가〉였다. "일락서산에 해 떨어지고/ 월출동령에 저 달이 솟구나/ 생각을 하니 세월 가는데/ 덩달아 나 어이할거나"로 시작한 가락은 수십 분 동안 길게 늘어지면서 허무하고 구슬픈 느낌을 강하게 드러낸다.

그는 〈수심가〉를 30분 이상 부르면서도 가사를 정확하게 재생하고 음정을 놓치는 법이 없었다. 사람들은 흔히 배호의 노래 실력이 김광수, 김광빈 형제 등이 포진한 외가의 유전인자를 이어받은 것이라고 설명하지만 이것은 배국민의 〈수심가〉 실력을 모르고 하는 소리다.

어느 시점에 배국민은 〈수심가〉보다 훨씬 짧은 〈물새야 왜 우느냐〉를 즐겨 불렀다. 그는 김운하 작사, 한복남 작곡으로 손인호가 부른 이 노래를 거의 가수 수준으로 소화했다.

> 물새야 왜 우느냐
> 유수 같은 세월을 원망 말어라
> 인생도 한 번 가면 다시 못 오고
> 뜬세상 남을 거란 청산뿐이다
> 아, 물새야 울지를 마라
>
> 물새야 왜 우느냐
> 천년 꿈의 사직을 생각 말어라
> 강물도 너와 같이 울 줄 몰라서

백사장 벗을 삼고 흘러만 가리
아, 물새야 울지를 마라

가사가 수려하고 곡이 도교풍이 감도는 이 노래는 노래 부르는 사람이 우는 물새를 위로한다. 이 물새는 슬픈 인간을 상징한다. 그러므로 이 노래는 담백한 인간이 슬픈 인간을 어루만지는 노래이기도 하다.

숭인동 도축장에서

배국민은 수심에 젖어 폭음할 무렵 소를 잡는 숭인동 242번지 숭인동 도축장(현재 숭신초등학교 자리)에 자주 들렀다. 숭인동 도축장은 구한말인 1909년 신설동과 합동 도축장, 일제강점기인 1917년 현저동 도축장에 이어 1922년 한국에서 세 번째로 건설된 도축장이다. 우시장과 함께 건설된 이 도축장은 1961년 8월 31일 마장동 도축장으로 옮겨가기까지 39년 간 서울 시민들에게 소고기를 공급했다.

본래 수의학을 전공한 그는 소를 비롯한 짐승들이 병들었을 때 병을 치료해 살리는 전문가였다. 그러나 그는 중국에서 독립운동에 가담하고, 해방 후에는 생소한 서울에 와 살면서 수의사와 전혀 무관한 길을 걷고 있었다. 인간이 살고 죽느냐 하는 상황에서 짐승의 안위가 그의 머리에 들어오지 않았을 것이다.

소를 잡는 사람들(일명 '백정')이 소들을 끌고 와서 눈을 가린 채 안으로 몰아넣으면 들어가지 않으려고 뒷걸음치거나 '움메에' '움메에' 소리지르면서 눈물을 흘리는 것은 차마 지켜보기 어려운 모습이다. 인간을 위해 멍에를 지고 밭에서 일하는 소들이 결국은 인간들에게 잡혀 먹히는 먹이사슬의 잔인한 고리는 줄기차게 이어져 오고 있다.

소를 잡는 사람은 눈이 가려진 소의 머리를 끝이 뾰족한 방망이나 쇠망치로 순식간에 후려치는 순간 '퍽' 소리가 난다. 거의 동시에 붉은 피가 '치익'하고 치솟는다. 대부분의 소는 이 한 방에 비명을 지르며 '퍽' 소리를 남기며 쓰러진다. 쓰러진 소는 4-5분 동안 몸통과 사지를 떨면서 절명한다.

그러나 정수리를 맞고도 비틀거리다가 다시 일어서는 소가 있다. 아무런 방어능력도 갖지 못한 이 소의 상처 난 그 자리를 다른 사람이 쇠꼬챙이로 세게 찌른다. 다시 '쿵' 소리와 함께 쓰러진 소는 발버둥치다가 숨이 끊긴다.

소 잡는 사람들은 검은 화강암이 바닥에 깔린 이 도축장에서 전문 분야 별로 달려들어 후속 작업을 진행한다. 그들은 소의 목을 찔러 피를 전부 쏟아낸다. 쏟아지는 붉은 피가 강한 피비린내를 풍긴다. 그들은 껍질을 벗긴다. 그들은 머리와 다리를 자른다. 그들은 내장을 긁어낸다.

그들은 목심, 앞다리, 사태, 등심, 갈비, 양지, 채끝, 안심, 설도, 사태 등 10개의 큰 부위로 나눈다. 그들은 이것을 다시 39개 부위로 세분한다. 그들은 이것을 다시 100개의 판매 부위로 나눈다. 소는 이처럼 샅샅이 분해돼 인간의 식욕을 충족시킨다.

배국민은 1953년 7월 27일 정전협정이 체결된 후 어느 날 숭인동 도축장 부근에서 술을 마시면서 소를 잡는 '정씨'를 만났다. 1915년에 함경도에서 태어난 정씨는 자기보다 10년 연상인 배국민이 독립운동에 종사했으며 술을 좋아한다는 사실을 알았다. 그는 배국민을 '형님'으로 모시고 가끔 술을 샀다.

그러나 정씨는 배국민의 얼굴이 검게 변하고 구역질을 자주 하는 것을 보고 간이 좋지 않다는 사실을 금방 알았다. 그는 간에는 간이 좋다는 말에 따라 소의 생간과 선지피를 배국민에게 대접하기로 했다. 나날이 수척하고 허리가 구부정해진 배국민은 1954년 봄부터 여름까지 매일 점심시간에 생간과 선지피를 얻어먹기 위해 도축장에 갔다. 그러나 그의 간경화 증세는 차도가 없었다.

숭인동 도축장으로 끌려 들어가면서 죽음을 직감한 소들은 울며 뒷걸음질치기를 예사로 했지만 어떤 때는 갑자기 생똥을 싸기도 했다. 소들이 놀라 쏟은 똥은 도축장의 청계천 가까운 담 아래에 새까맣게 쌓였다. 그것이 풍기는 구린 냄새, 그 위로 셀 수 없이 모이는 파리들, 비가 오면 넘쳐서 청계천으로 콸콸 쏟아져 들어가는 소똥의 양이 엄청났다.

하지만 소를 잡는 사람들은 날카로운 나무와 쇠꼬챙이에 찔려 죽은 소의 내장을 꺼낼 때 막창자에서 소화를 끝내고 배설하기 직전의 이물질도 함께 걷어냈다. 이것은 소가 싼 검은 똥과 달리 갈색을 띤다. 도축장 인부들은 소똥의 한쪽에 이 분비물을 버렸다. 하루 이틀 지나면 이 갈색 분비물에서만 하얀 구더기들이 무수히 꿈틀거렸다.

항고를 들고 뛰는 소년

배국민은 1954년 가을에 자리에 눕고 말았다. 그는 구역질을 자주 하고 얼굴은 더욱 검어졌으며 걸을 힘이 없어서 방에 누워서 지냈다. 무엇보다도 그의 눈은 노랗게 변했다. 황달이라고도 불리는 증세였다. 그는 그렇게도 좋아했던 술을 한 모금도 마실 수 없게 됐다. 어느 날 오전 아버지가 배호에게 말했다.

"신웅아, 아버지 심부름 좀 할래?"

"예, 아버지."

"내가 걸어 다닐 힘이 없고, 무리하게 걷다가 넘어지기라도 하면 화장실에도 못 갈 테니 조심해야겠다. 물론 숭인동 도축장에는 갈 수 없다. 그러니 오늘 점심시간에 도축장으로 소를 잡는 함경도 출신 정 아저씨를 찾아가라."

"예, 가서 뭐라고 말씀드릴까요?"

"내가 아파서 오늘부터 누워 지낸다는 소식을 전하고, 날마다 올 테니 무엇을 좀 달라고만 해라."

배호는 아버지의 분부대로 도축장에 갔다. 죽음을 예감한 소들이 도축장이 가까워지면 뒷걸음질을 치며 "음메에" "음메에" 우는 소리를 눈물 흘리지 않고 들을 수 없었다. 자세히 보니 소들도 눈물을 떨구고 있었다. 배호는 소름이 끼쳤다.

그는 정 아저씨를 수소문해 아버지의 말씀을 그대로 전했다.

"네가 국민이 형님의 아들이냐?"

"예, 맞습니다."

"네가 날마다 점심시간에 나를 찾아와 내가 주는 것을 아버지께 갖다 드려라. 그릇은 내가 마련하마. 잠시 후부터 실천한다."

정 아저씨는 군인들이 식기로 쓰는 항고에 선지피를 담고 뚜껑을 닫았다.

"이 항고는 뚜껑을 닫았으니 안에 든 것이 쏟아지지 않는다. 그러나 소의 살아있는 피가 들어 있으니 가능하면 아버지께서 빨리 마시도록 뛰어가거라. 그리고 내일은 뼈국물을 담을 테니 그걸 드려라."

"내일 이 시각에 올 때는 항고를 씻어서 가져오기만 하면 된다. 이런 식으로 반복하는 거다. 알겠지?"

"예, 감사합니다."

배호는 도축장에서 출발해 동묘 옆길을 거친 후 큰길을 넘어 궁안의 집에 이르기까지 150미터를 전속력으로 달려가 아버지에게 드렸다.

그해 배호는 6학년이었지만 아버지가 앓아누운 상태에서 항고를 들고 뛰는 일을 포함해 간병하느라 2학기 내내 거의 출석하지 못했다. 공부를 잘해 좋은 중학교에 들어간다는 생각은 배호의 머릿속에 없었다. 항고를 들고 뛰는 소년은 학업이 안

중에 없고 오로지 아버지의 건강이 회복되기만 바랐다.

겨울 방학이 시작되기 한 달 전 쯤 담임 김윤성 선생이 배호에게 연락했다. 아버지를 위해 간병하는 배호의 사정을 잘 아는 담임선생이 말했다.

"신웅아, 아버지를 위해 수고가 많다. 공부를 계속할 수 없는 너의 마음이 오죽 아프겠느냐? 그러나 며칠 후 앨범 사진을 찍을 테니 그날은 꼭 학교에 나와라."

"예, 잘 알겠습니다. 감사합니다."

그 순간 북받치는 가슴으로 역류한 눈물을 배호는 흘렸다. 그 후 나온 창신초등학교 37회 졸업 앨범 6학년 5반 편에 배신웅이라는 이름으로 배호의 사진이 올라 있다.

아버지 가시던 날

배국민의 얼굴과 몸은 하루가 다르게 야위어 갔다. 창신초등학교 6학년 때 출석일수보다 결석일수가 더 많을 정도로 학업을 자포자기한 상태로 아버지의 간병에 신경을 썼던 배호는 1955년 3월 5일 창신초등학교를 졸업했다.

그러나 그는 간병 때문에 졸업식장에도 못 갔다. 배호가 마지막으로 헤어지는 친구들이 어찌 보고 싶지 않았으랴만 친구들과 얼굴을 마주하지 못한 채 아버지 곁에 있었던 심정을 우리는 헤아릴 수 있다.

그해 8월 초순에 아버지의 목소리가 가늘어졌다. 아버지의 옆을 어머니와 배호가 지키고 있었다. 아버지는 가야 할 시각이 다가오고 있음을 알아차렸는가 아내의 손을 잡으며 말했다.

"여보, 미안해…."

어머니도 이것이 유언인 줄 알고 가슴이 아렸다. 미안해의 의미는 '고생만 시켜서'와 '아무런 유산도 남기지 못해서'와 '내가 나쁜 사람이야'라는 세 가지 의미를 포함하고 있다. 세상을 떠나는 사람이 얼마나 마음이 무거우면 이런 유언을 할 것인가. '내가 나쁜 사람이야'라는 마음속에 참회가 깃들어 있는 것 아닐까.

아버지는 아들의 손을 잡고 말했다.

"잘 살아라."

배호는 울었다.

아버지가 평소에 해주시던 이 말씀은 공자의 '인(仁)' 즉 어질게와 '의(義)' 즉 정의롭게와 '무엇을 하든 최선을 다해'라는 의미가 들어 있다.

너무 빨리, 그리고 아들을 충분히 뒷받침하지 못한 채 떠나는 아버지들이 마지막으로 남길 수 있는 말씀 중 이보다 간명한 것이 있을까.

아버지는 아내와 아들을 번갈아 보며 "내가 죽거든 화장해다오"라고 당부했다.

배국민은 1955년 8월 11일 영원히 눈을 감았다. 죽음은 아무리 울어도 소용없는 이별이다. 배호는 궁안의 집에서 상주가 되어 조객들을 맞았다. 이웃들이 찾아와 고인의 명복을 빌고 상주와 미망인을 위로했다.

빈소에 담임교사였던 김윤성 선생이 왔다. 그는 고인에게 절한 후 상주가 된 제자에게도 엎드렸다. 그리고 제자의 등을 두들기며 말했다.

"신웅아, 어떤 어려움이 있어도 용기를 잃지 않아야 한다. 너는 가장이라는 무거운 짐을 지고 세상을 헤쳐 나가더라도 너의 장기인 노래를 한시도 잊어선 안 된다. 네가 더욱 노력해서 반드시 대성하리라고 나는 믿는다. 그때 내가 이 세상에 없더라도 나의 이 말만은 기억해다오."

도축장의 정 아저씨도 와서 조문했다. 그는 며칠 후 도축장에 꼭 들러 달라고 배호에게 말했다.

사흘 후 아버지의 시신은 이웃이 마련한 삼륜차로 홍제동 화장터로 옮겨져 불꽃 속의 연기로 사라졌다. 화장터에서 가까운 백련산의 무성한 숲에서 평소엔 자주 울어대던 뻐꾸기도 그 순간엔 아무런 소리도 내지 않았다.

고인은 세상 돌아가는 모습에 화가 치밀어 뜨거운 술로 마음을 달래며 아래에 수분이 많이 있는 위장으로 그것을 내려 보냈다. 이러한 행동은 불이 위에 물이 아래에 있는 『주역』의 화수미제(火水未濟) 괘에 해당한다. 고인은 "작은 여우가 물을 거의 다 건너서 꼬리를 적시니 이롭지 못하다"라는 이 괘의 설명처럼 이 세상의 어려움에서 헤어나지 못했다.

그러나 고인은 죽어서 물 기운이 조금은 남아 있는 육신을 위에 두고 아래에 이글거리는 불을 놓아 태워 버렸다. 이러한 결단은 『주역』의 수화기제(水火旣濟) 괘 즉 "물이 불 위에 있는 것이 기제다. 군자는 이로써 환란을 예방한다"는 가르침처럼 어떤 미련과 흔적도 남기지 않은 채 저세상으로 건너간 것이다.

배호의 〈그 이름〉 (1)

배호는 가수로 데뷔한 후인 1969년 배상태 작사, 배상태 작곡인 〈그 이름〉을 부른다. 언젠가는 뛰어난 가수가 될 것으로 믿었던 아버지, 담임교사 김윤성 선생, 그리고 창신초등학교 친구들의 기대에 부응해 가수가 된 배호는 "역사는 과거와 현재의 끊임없는 대화"라는 영국의 역사학자 E. H. 카의 말처럼 시간의 흐름을 거슬러 올라 깊이 간직한 마음속 메시지를 〈그 이름〉에서 토로한다.

이 노래는 한낱 남녀상열지사나 사랑의 파탄만을 읊은 것이 아니라 역사에 궤적을 남긴 유·무명 인사들을 애타게 그리워하며 절규하는 노래다. 해방공간에서 비명에 사라진 고하, 몽양, 설산, 백범은 물론 고생만 하다 너무 일찍 저세상으로 간 아버지 배국민을 포함한 이름 없는 선구자들에게 헌정하는 노래라고 아니할 수 없을 만큼 엄숙하고 비장한 분위기를 이 노래는 함축하고 있다.

그리고 이것은 "독립운동가의 후손은 3대를 빌어먹고, 친일파의 후손은 대대로 영화를 누린다"는 한국의 격언대로 독립운동에 일익을 담당했던 아버지로부터 영예를 이어받지 못하고 가난과 질병에 시달려 온 배호가 친일파 후손들이 영화를 누리는 실상을 속속들이 몰랐다 하더라도 자신의 곤경을 너무나 잘 아는 한 격렬한 톤으로 부르지 않을 수 없는 노래다.

> 소리쳐 불렀네
> 이 가슴 터지도록
> 별을 보고 탄식하며
> 그 이름 나는 불렀네
> 쓸쓸한 거리에서
> 외로운 타향에서
> 옛 사람을 그리면서
> 그 이름 나는 불렀네
>
> 통곡을 했었다
> 웃어도 보았었다
> 달을 보고 원망하며
> 애타게 나는 불렀네
> 그 사람 떠난 거리
> 헤어진 사거리에
> 옛 사람을 찾으면서
> 그 이름 나는 불렀네

제1절에서 배호의 첫 마디 "소리쳐 불렀네"는 폭발음이다. 그러나 거기에는 간절한 그리움이 묻어 있다. 이와 대응하는 제2절의 "통곡을 했었다" 또한 폭발음이다. 그러나 여기에는

깊은 슬픔이 배어 있다.

제1절의 "소리쳐 불렀네"와 "이 가슴 터지도록"은 두 문장이지만 한 문장이다. 뒤에서 형용하는 "이 가슴 터지도록"은 세속적인 표현인 듯지만 가슴이 터지도록 껴안는다는 의미가 아니므로 소리쳐 부르는 심정이 얼마나 절실한가를 말해 준다. 배호는 폭탄이 되어 그 의미를 살린다.

제2절의 "통곡을 했었다"와 "웃어도 보았었다"는 두 문장이다. 그러나 앞과 뒤는 댓귀지만 반대 의미를 전하고 있다. 사람이 왜 통곡하다가 웃어도 볼 수 있는가? 슬픔이 지나치면 실성의 경지에 이른다. 이것은 극적인 반전이다.

배호는 이 노래에서도 타의 추종을 불허하는 공명의 기량을 도입한다. "터지도록" "탄식하며" "불렀네"(제1절)와 "보았었다" "원망하며" "불렀네"(제2절)에서 배호는 떨리는 목소리로 느낌을 강조한다.

배호가 가장 높은 음으로 절규하는 대목은 "외로운 타향에서"(제1절)와 "헤어진 사거리에"(제2절)다. 대체로 고향은 좁고 아늑하므로 큰 아픔을 수반하는 헤어짐이 적다. 그러나 타향은 낯설고 복잡하므로 불현듯 덮치는 아픔으로 얼룩지기 쉽다. 더구나 외로운 타향의 사거리는 많은 사람이 오고가며 헤어질 확률이 높은 장소다.

우리는 왜 절체절명의 해방공간에서 극심한 좌우익의 대결로 다이아몬드보다 더 소중한 세월을 날려 보내야 했던가? 우리는 왜 임들을 역사의 제물로 바치고 눈물이 마르기도 전에

'그 이름'을 잊어야 하는가?

'그 이름' 하나하나는 우리의 혼이요, 피요, 살이다. 우리는 임들의 출신 성분과 이데올로기의 성향과 이룬 업적이 다를지언정 임들을 비명에 보낸 야수적 폭력을 개탄한다. 우리는 조국의 돌아가는 꼴이 하도 수상해 술로 울분을 달래다가 수명을 단축한 임을 거들떠보지 않은 몰인정을 반성한다.

배호, 그가 이런 참담한 상황에서 가슴이 터지지 않으면 사람이라고 말할 수 있겠는가? 나는 노래 〈그 이름〉에서의 배호의 울부짖음은 음폭이 넓고, 거칠고, 직설적인 창법의 결과라기보다는 부조리에 대한 항변이요, 정의를 고대하는 사관과 철학의 반영이라고 해석한다. 배호의 노래를 관통하는 이러한 정신세계야말로 아무도 범접할 수 없는 독존의 영역이라 아니할 수 없다.

배호의 〈그 이름〉 (2)

작사가는 노래 〈그 이름〉의 주인공들을 '옛사람'으로 표현하고 있다. 여기서 '옛사람'이란 오래전에 죽어서 가물가물 잊혀져 가는 사람, 단순히 나이를 많이 먹은 사람, 나이와 무관하게 사고방식이 고리타분한 사람 등을 의미하지 않는다.

첫째, 옛 사람은 지도자들이다. 한 시대를 주름잡거나 호령한 지도자들이 흥보를 남긴 채 줄줄이 사라져가는 사회는 정상적인 사회라고 보기가 어려울 것이다. 아니 출발은 정상적인 사회였다 할지라도 암살을 밥 먹듯이 하는 사회는 정상적인 상태라고 결코 말할 수 없다.

세상 사람들은 비정상이 정상처럼 판치는 사회, 폭력이 큰 목소리를 내는 사회, 이데올로기를 상전으로 모시고 서로 치고받으며, 목숨을 끊어 버리기도 하는 사회, 권력자들의 말로가 비참한 사회를 결코 선진 사회라고 칭하지 않는다.

둘째, 옛 사람은 온고이지신의 주인공들이다. 사람은 나이를 먹으면서 지혜를 터득하고 경험을 축적한다. 나무도 성장하면서 나이테를 늘려 가고 외피가 내실을 보호한다. 발전하는 사회는 옛 사람의 지혜와 경험을 살림으로써 지성의 공간을 확대한다.

뜻있는 사람들은 옛것은 무조건 낡았으며 새것만 좋다고 우기는 사람, 나이 먹은 사람들을 '봉건사회의 잔당'이나 '꼰대'로 비하하는 사람, 노인들은 다 죽어야 하며 투표권도 주지 않아야 한다고 떠드는 사람, 특정 이데올로기에 집착해 다른 이데올로기를 타도하기 위해 발광하는 사람 등을 경계한다.

셋째, 옛 사람은 고향처럼 그리운 사람들이다. 아무리 타향에서 출세를 한 사람이라 할지라도 자신이 태어나 어릴 적에 자란 고향을 완전히 잊지는 않는다. 고향은 마음 안에 영원히 자리한 향수요 꿈이다. 우리는 세상이 각박해지면 출세를 했건 못했건, 돈이 있건 없건 간에 고향처럼 그리운 사람들을 찾기 어렵다.

정과 의리가 있는 사람들은 자신의 이익을 위해 남을 함정에 빠뜨리거나 제거하는 사람, 자신에게 도움이 되지 않으면 이웃의 생사를 거들떠보지도 않는 사람, 사를 위해 공을 희생하는 사람, 매사에 계산기를 들이대는 사람을 기피한다.

아버지의 간병과 사기 저하로 창신초등학교 6학년 때 결석을 자주 했고, 학교 졸업식에도 참석하지 못했으며, 중학교 1학년 때 상주가 되어 선친의 장례를 치른 배호의 마음을 슬픔과 아픔이 비수처럼 찢었다. 배호는 어려서 비싼 대가를 치르면서 고통의 바다에서 허우적거리는 이들의 마음을 절감하고, 노래를 통해 그들을 위로하는 것을 필생의 사명으로 굳혔다.

더구나 배호는 노선은 서로 달랐지만 해방된 조국을 바로 세우는 데 앞장서다가 줄줄이 흉탄에 사라져 간 임들에 대한 추억이 너무나 강렬하기에 임들이 돌아올 길이 없는 외로운 타향에서, 헤어진 사거리에서 임들의 이름을 애절하게 그리고 소리 높이 부른다. 주어진 가사와 곡을 그대로 따라 부르는 가수가 아니라 역사를 관조하고, 철학을 세우며, 인간의 성정을 꿰뚫는 가수 — 그가 배호다.

정 아저씨에 대한 회상

아버지 장례식을 마친 어느 날 오후 배호는 숭인동 도축장으로 정 아저씨를 찾아갔다.

도축장엔 여느 때보다 더 강한 피 냄새로 진동했다. 얼마나 많은 소들이 인간의 입맛을 위해 피 흘리며 죽어갔으며 또 죽어가고 있는가? 인간을 위해 죽도록 일하고, 죽어서는 살 한 점. 가죽 한 뼘, 뼈 한 마디도 남김없이 인간을 위해 주는 동물, 유난히 눈이 커서 눈이 큰 사람에게 '소눈깔'이란 애칭을 선사하면서 눈물을 잘 흘리는 동물들이 그날도 죽을 순서를 기다리며 서 있었다.

아저씨는 반가운 얼굴로 나왔다. 그리고 배호를 도축장 부근에서 가장 크고 깨끗하며 조용한 식당으로 데리고 갔다.

"점심 식사는 했니?"

"예, 아침 겸 점심으로 때웠습니다."

"아침을 늦게 먹었고 점심은 아직 안 먹었다는 말이군. 내가 소고기를 살테니 실컷 먹어라. 어느 부위가 먹고 싶니?"

"저는 잘 몰라요. 아저씨가 시켜 주세요."

아저씨는 몇 부위를 주문했다. 그는 별로 먹지 않고 배호가 먹는 것을 보면서 조용히 입을 열었다.

"네 아버지께서 일찍 돌아가신 데는 나의 죄가 크다."

이 의외의 말에 배호는 깜짝 놀랐다.

"너에게 얘기는 안 했지만 간이 나쁜 사람에게는 초가집에서 자라는 굼벵이가 아주 영험하다는 예부터 내려오는 말이 있단다."

"예? 그 징그러운 굼벵이 말입니까?"

"그렇지. 초가집에만 사는 그 동물 말이다."

"그것을 어떻게 먹는단 말씀입니까?"

"굼벵이는 고단위 단백질 덩어리이므로 그 모습을 상상하지 말고 팍 끓여서 흔적도 없이 만든 다음 국물만 간 환자에게 장기 복용케 하면 좋다는 말이다. 그러나 내가 바쁘고 또 초가집을 찾아서 굼벵이를 구하는 것도 보통일이 아니어서 아버지께는 그것을 못해 드렸다."

"그러셨겠죠."

"그래서 내가 그 점을 소홀히 해서 아버지께서 일찍 돌아가신 게 아닌가? 굼벵이만 많이 드셨더라면 더 오래 사셨지 않겠는가라고 생각할 때 죄를 지은 기분이다."

"아니에요. 아저씨께선 돌아가신 아버지께 선지피와 뼈국물을 정성스럽게 대접하셨지 않아요?"

"그건 그렇지. 그런데 너에게 한 가지 비밀이지만 미안한 말을 해야겠다. 내가 굼벵이를 구하러 다닐 수 없는 처지라는 건 너도 알겠지. 소의 막창자를 따면 똥이 되기 직전의 음식물 찌꺼기가 뭉쳐 있다. 그것을 버리면 거기서 무수히 많은 구더기들이 꿈틀거린다. 구더기들을 약용으로 사가는 사람도 가끔 있다. 나는 이 구더기들을 굼벵이 대신으로 뼈국물 끓일 때 집어넣어 팍 고았다. 뜨거운 불에 뼈도 으스러지는데 구더기가 형체를 남기겠느냐? 뼈만 끓이는 것보다 구더기가 들어가야 간에 좋은 것이라는 기대를 안고…. 그러나 그것이 굼벵이만 했겠느냐?"

구더기란 말을 듣자 배호는 순간적으로 비위가 상했다. 그러나 아버지를 살리고자 한 아저씨의 눈물겨운 노력이 얼마나 강했던가? 그는 얼른 마음을 고쳐먹었다. 아저씨는 말을 이었다.

"네가 놀랄까봐 그때는 얘기를 안했다. 그러나 내가 너에게 이런 말을 안 하면 두고두고 걸릴 것 같아 이제야 털어놓는다."

"아저씨, 사실은 제가 굼벵이나 구더기를 상상만 해도 놀랍니다. 그러나 아버지를 위해서 그렇게 하신 아저씨, 진심으로 고마워요."

배호의 눈에 뜨거운 눈물이 고였다.

"나는 형님으로부터 네가 노래를 잘한다는 말을 여러 번 들었다. 아버지가 안 계시니 네가 가장이다. 가정을 끌고 갈 책임이 너에게 있겠지만 딱 한 마디만 하겠다. 너는 세상에서 가장 위대한 가수가 되어라. 이 아저씨는 비천한 백정이지만 네가 할 수 있다고 믿는다."

"지난번에 담임선생님으로부터도 그 말씀을 들었습니다. 아저씨, 명심해서 꼭 멋있는 가수가 되고 말겠습니다."

빙그레 웃는 아저씨의 눈도 젖었다.

옷보따리만 들고 부산으로

어머니와 배호, 그리고 세 살 된 여동생 명신이 등 세 식구는 그해 5월 허전한 궁안을 떠나 부산시 괴정동에서 성현모자원을 운영하는 이모 댁으로 내려간다. 그들이 든 것은 옷보따리 몇 개뿐이었다.

모자원 구내의 작은 집들은 한 가구가 작은 방 2개씩 차지하
도록 설계돼 있었다. 이모의 딸이며 배호보다 한 살 많은 정미
자는 경남여중 학생이었다. 아버지가 돌아가신 해 봄에 배호
는 서울 성동구에 있는 신당중학교에 입학했지만 부산으로 내
려가는 바람에 부산 삼성중학교 1학년으로 편입했다.

배호의 옆집에 정실훈, 정광훈 형제가 어머니와 함께 살고
있었다. 배호의 어머니와 정 형제의 어머니는 절친한 친구가
됐다. 배호와 정 형제도 친했다. 그들은 동네를 누비며 놀러
다녔다.

전쟁 직후여서 땔감이 귀했다. 어른들은 땔감을 구하기 위
해 아이들까지 동원했다. 학교에 갔다 돌아오면 놀기에 바쁘
고 틈틈이 나무도 잘라 와야 하는 부산 생활은 서울에 비하면
시골티가 났다. 배호는 나무하러 가서도 노래만 부르고 나무
에 별로 신경을 쓰지 않았다. 그는 어머니에게 꾸중 들을까봐
정실훈, 정광훈 형제가 자른 나무를 조금 얻어서 어머니께 갖
다 드리곤 했다.

배호는 같은 또래에 비해 키가 컸다. 그는 노래를 가장 잘했
으며, 야구, 달리기, 수영 등 운동실력도 다른 아이들에 비해
뛰어났다. 그러나 그는 공부하기 싫어하는 서울에서의 전통을
부산에서도 이어갔다. 학교에 빠지는 날도 늘어갔다. 그가 학
교에 가지 않고 학교 부근 풀밭에 누워 노래를 부르다가 들킨
적도 있다. 동네에서는 선배들이 배호를 이리저리 데리고 다
니면서 노래를 시키기도 했다.

어머니는 배호에게 공부를 열심히 하라고 여러 번 타일렀으며 말을 안 들을 때는 매도 들었다. 그러나 배호는 조용히 앉아서 공부만 하는 것을 죽도록 싫어했다. 그는 맑은 공기를 마시면서 나뭇가지나 드럼통을 두드리면서 노래할 때만 행복했다. 서울에서 부산으로 내려간 배호는 남의 눈치 안 보고 놀면서 노래하는 것 외에 아무런 보람을 느끼지 못했다.

아들이 불량소년이 되어가는 것을 지켜본 어머니는 아무리 타일러도 소용이 없자 부산으로 내려간 지 1년만인 1956년 7월 서울 회현동에 사는 남동생 김광빈에게 긴 편지를 썼다. 그 내용은 만금이가 공부를 싫어하고 학교도 빠지는 등 나쁜 길로 들어서고 있으니 데려다가 혼좀 내주고 공부를 잘하도록 지도해 달라는 것이었다.

김광빈은 지도하겠다고 답신했다. 며칠 후 어머니는 배호에게 김밥을 싸서 주고 야간열차로 서울로 올라가 김광빈 외삼촌댁을 찾아가라고 말했다. 부산을 떠나기 전날 그동안 친하게 놀았던 정실훈, 정광훈 형제 앞에서 배호는 의기양양하게 말했다.

"야, 나 서울 간다. 까불지 마. 이 촌놈들."

이것은 배호가 부산에서 생활하면서 얼마나 의기소침했으며, 다시 상경할 수 있게 돼 얼마나 기뻤던가를 여실히 드러낸 말이었다.

서울로 출발하기 직전 배호는 부산에 머물 곳을 마련해 준 이모 김금옥에게 큰절을 하고 "이모님 은혜는 절대로 안 잊겠습니다"라고 다짐했다. 이어서 그는 정실훈, 정광훈의 어머니 앞에서 밝은 표정으로 "이모님, 저 서울 가겠습니다. 자리 잡으면 실훈이, 광훈이 올라오라고 연락하겠습니다"라고 말씀 드린 후 다시 큰절을 했다.

당시 배호의 어머니와 정실훈, 정광훈 어머니는 언니, 동생 하면서 친하게 지냈다. 정 형제의 어머니는 배호를 '내 새끼', 배호의 어머니도 정 형제들을 '내 새끼'라고 부를 정도였다.

해공과 유석의 급서

독립운동 진영에서 백범 김구의 라이벌이었던 이승만은 승승장구해 한국 정부의 초대 대통령이 된 후 자유당 간판 아래 몰려든 아첨배들에 둘러싸여 판단능력을 상실한 채 독재의 길로 치달았다.

야당인 민주당은 1956년 5월 15일 3대 대통령선거에서 자유당의 대통령 후보 이승만, 부통령 후보 이기붕을 물리치기 위해 대통령 후보 신익희, 부통령 후보 장면을 내세웠다. 해공 신익희는 5월 3일 30여 만 인파가 몰린 한강 백사장 유세에서 "못살겠다 갈아 보자"라는 민주당 선거 구호를 외치고 "국민의 심부름꾼에 지나지 않는 대통령이 잘못하면 주인인 국민이 갈아 치워야 한다"라고 사자후를 토했다.

그러나 신익희는 5월 5일 열릴 전라북도 이리 유세에 참석하기 위해 5월 4일 야간열차 편으로 내려가던 중 5일 새벽 4시경 열차 안에서 심장마비로 별세한다. 5일 오후 서울역에 도착한 그의 시신이 영구차에 실려 자택인 효자동으로 갈 때 10만여 시민들이 호송하며 일부는 이승만을 규탄하는 데모를 벌였다. 해공의 급서는 정권교체를 염원하던 국민에게 청천의 벽력이었다. 전오승 작곡 〈방랑시인 김삿갓〉의 가사를 고친 다음과 같은 유행가가 시중에 널리 퍼졌다.

조국이 싫던가요 장면 씨 버리고
피눈물로 맺을 강토 해공 신익희 선생
고대하던 선거일을 열흘 앞두고
심장마비 원수로다 해공 신익희 선생

대중가요는 당대의 국민의 심성을 적나라하게 대변한다. 이 노래를 부르면서 눈물을 글썽이던 국민들의 모습이 당시 11살이었던 나의 눈에 아직도 선하다. 그리하여 "못살겠다 갈아보자"던 열망을 이루지 못한 국민은 대통령 이승만, 부통령 장면의 당선으로는 맺힌 한을 풀 수 없었다.

시간은 흘러 1960년 3월 15일 제4대 대통령선거가 다가왔다. 자유당은 대통령 후보 이승만, 부통령 후보 이기붕을 내세웠다. 민주당은 치열한 경합 끝에 대통령 후보 유석 조병옥, 부통령 후보 장면을 뽑았다. 이번에야말로 정권을 교체해야 한다는 국민적 여망을 등에 업은 조병옥의 어깨는 무거웠다.

그러나 그는 대통령 후보로 지명 받은 지 두 달이 지난 1960년 1월 29일 오후 1시 30분 미국에서 신병을 치료하기 위해 김포공항을 떠난다. "나, 낫는대로 곧 달려오리라"는 메시지를 전하던 그는 몸이 수척했지만 눈은 초롱초롱 빛났다.

월터 리드 육군병원에 도착한 그는 2월 6일 개복수술을 받았다. 수술 경과는 좋았다. 유석은 병석에서 유세 연습을 하면서 귀국할 날을 기다렸다. 그러나 그는 2월 15일 아침 심장마비로 급서한다. 독재정권을 종식하려던 국민은 두 번째 청천벽력을 맞은 셈이다.

1960년 2월 20일 오후 1시 55분 그의 유해가 도착한 김포공항에 열성적인 지지자들이 몰려들어 오열했다. 이번에야말로 정권을 교체하고자 벼르던 국민들은 고인의 명복을 빌면서 허전한 심경을 가누지 못했다. 박시춘이 작곡한 〈유정천리〉의 가사를 바꾼 다음과 같은 유행가가 급속도로 전국에 퍼졌다.

가련다 떠나련다 해공 선생 뒤를 따라
장면 박사 혼자 두고 조박사는 떠나갔다
가도 가도 끝이 없는 당선 길은 몇 구비냐
자유당에 꽃이 피네 민주당에 비가 오네

초중고생들까지 이 노래를 부르는 사태가 발생하자 문교부에 비상이 걸렸다. 그리하여 각급학교의 교사들은 중앙의 명령에 따라 학생들을 세워놓고 손을 들게 한 다음 기습적으로 호주머니를 뒤져 불온 학생을 색출하려 했다.

3월 17일 중앙선관위는 대통령에 이승만, 부통령에 이기붕이 당선됐다고 공고했다. 그러나 광범한 부정선거 사례가 폭로되고 마산, 대구 등에서 독재 규탄 데모가 일어난 데 이어 4월 18일 고려대생 데모, 4월 19일 전국에 걸친 학생데모로 이승만 정권은 종말을 고했다.

셋방을 전전하며 (1)

1955년 8월 11일 아버지가 서울 궁안에서 별세하자 어머니, 여동생과 함께 부산에서 성현모자원을 운영하는 이모 김금옥의 집으로 내려갔다가 이듬해 서울로 올라온 배호는 외삼촌 김광빈의 회현동 집에서 거주했다. 김광빈은 누나 김금순의 부탁대로 배호를 학교에 보내려 했지만 조카가 공부를 죽어라고 싫어해서 "네 소원이 무엇이냐?"라고 물었다. 배호는 또렷한 목소리로 "음악을 가르쳐 주십시오"라고 대답했다.

음악의 현장 분위기를 익히는 것이 중요하다고 판단한 김광빈은 배호를 형 김광수가 운영하는 무학성 카바레에서 음악을 들으며 연주가 끝나면 홀을 청소하고 잔심부름도 하도록 주선했다. 배호는 무학성 카바레에서 한 악사로부터 과외시간에 드럼을 배우기 시작한다. 김광빈은 이 사실을 알고 배호에게 본격적으로 드럼을 가르쳤다. 김광빈은 배호의 실력이 늘자 1957년에 자신이 운영하는 '김광빈과 그 악단'에서 드럼을 칠 기회를 주었다.

한편 서울 용산구의 미8군은 몇 달에 한 번 꼴로 한국인 악단들을 상대로 오디션(점수 매기는 시험)을 실시했다. 악보가

오기 전에 LP판으로 반주를 들려주고 즉시 따라서 연주하도록 해 등급을 결정한 미군 음악 전문가들은 A, B, C, D, E, F로 등급을 매겨 F는 낙제시키고 A에서 E까지 수준에 따라 각지에 산재한 미군부대의 나이트클럽에 배치했다.

이 무렵 배호가 드러머로서 소속된 악단은 7~8명으로 구성된 캄보밴드 '세미 클라스 악단'(단장 테너 색소폰 김이재)이었다. 이 악단은 미8군의 오디션에서 으레 B등급을 받았다. A등급은 드물게 나오므로 B등급은 선두 그룹에 속했다고 말할 수 있다. 한국인 악단들은 미군부대가 밀집해 있던 인천, 부평, 문산, 파주 중에서 서울에서 가깝고 미군들이 친절한 부평에서 연주하는 것을 가장 좋아했다. 부평 미군부대의 장교 클럽 이름은 '55 YESCOM'이었다.

드디어 배호는 1959년 초 17살의 나이로 인천시 부평구에 있는 미8군 나이트클럽 '55 YESCOM'에서 드럼을 치기 시작한다. 태어나서 처음으로 취직한 그는 일제강점기에 부평에 있었던 무기 및 군수물자 생산 공장 미쓰비시(三菱)가 일본 및 한국인 노동자의 사택으로 지은 낡은 집의 방 1칸을 월세로 얻어 부산에 머물던 어머니와 여동생을 올라오도록 한다.

미쓰비시가 1940년대에 노동자들의 숙소로 지은 사택들은 지금도 부평2동 760번지 일대에 일부는 무너지고 일부는 부서진 채 일자집들로 남아 있다. 어떤 집은 방 1칸씩 달려 있지만 한 사람이 누우면 남은 공간이 별로 없는 1~2평밖에 안 되고, 어떤 집은 벽이 무너져 내려 밖에서 안이 보일 정도로 조악하다. 일자로 늘어선 이 낡은 집들은 '삼릉 줄사택'으로 불린다. 배호는 세상에서 가장 가난한 사람들이 몰려 살고, 집은 목불인견의 참상을 보여주는 이 동네에서나마 자립하는 기쁨을 누렸다.

배호가 살았던 셋방이 포함된 삼릉 줄사택은 빈 집이 많고 악취가 풍기며 사람이 살고 있다 하라도 낮에는 주로 비어 있는 소외지대에 속한다. 사람보다 더 많은 들고양이들이 먹이를 찾아 지붕, 담, 무너진 벽 틈으로 출몰하는 모습이 자주 눈에 띈다. 배호는 2년 동안 이런 곳에서 살면서 미군부대에 출입했다.

그는 날이 새면 집에서 150미터 떨어진 당구장에 가서 친구들과 놀고, 오후 5시 당구장 부근을 지나는 미군 트럭에 악사들과 함께 타고 40미터쯤 떨어진 부평 미군부대의 장교 클럽에서 연주하고 연주가 끝나면 걸어서 집으로 돌아오곤 했다. 다른 악사들은 미군들이 배정한 여러 지역으로 흩어졌다.

배호는 "자리를 잡으면"이라는 부산에서의 약속에 따라 정실훈을 삼릉 집으로 불러올려 드럼을 배우게 했다. 정실훈도 1년 후에 미군부대에서 연주하면서 받은 첫 월급 5천 원을 부산으로 보냈다. 장롱이 없는 3평 남짓한 방은 4명이 몰리면 꽉 찼다. 그러나 배호는 불편한 내색을 조금도 내비치지 않았다.

미군은 배호에게 연주의 장을 마련해 기사회생의 에너지를 제공했다. 배호는 일본과 한국 노동자들의 애환이 깃든 삼릉에서 일어섰다. 그는 또 부산에서 올라온 정실훈을 취직할 때까지 자신의 누추한 방에 머무르게 하는 박애정신을 발휘했다.

셋방을 전전하며 (2)

배호는 부평 미군부대에서 연주하면서 나날이 실력을 쌓았다. 외숙부 김광빈은 배호가 19살 때인 1961년 초에 그를 서울로 불러 자신의 악단에서 드럼을 치도록 한다. 이에 따라 배호는 부평2동 760번지(삼릉)에서 서울 청량리동 60번지 야산의 월셋방으로 이사한다. 정실훈은 배호의 삼릉 방을 차지하고 미군부대에서의 연주를 계속했다.

배호의 청량리동 60번지 방은 제7 안식일 예수 재림교회가 운영하는 출판사 시조사에서 멀지 않은 곳에 있었다. 시조사에서 청량리 역 쪽으로 250미터쯤 가면 나오는 떡전 사거리에서 오른쪽으로 돌아 홍릉 쪽으로 120미터 가다가 오른쪽 비탈길로 50미터쯤 오른 곳에 있었다. 지금은 한신아파트 단지로 변해 흔적도 없이 사라졌지만 그 방은 배호에게 험난한 세파를 이기며 도약하는 발판이 되었다.

골목 옆 문간에 딸려 있는 이 방은 부엌을 지나 방문을 열면 길이 3미터, 폭 2미터의 직사각형을 이루었다. 골목 쪽으로 달린 창은 유일한 통풍 장치였다. 이 집에 배호 식구 3명과 정실훈, 정광훈 형제와 다른 친구 1명 등 6명이 앉으면 꽉 찼다. 장롱을 들여 놓을 틈도 없었다. 이 무렵 배호의 유일한 재산은 궤짝 위에 얹어둔 낡은 라디오와 망(網)이 찢어져 나간 스피커

뿐이었다.

어머니 김금순은 아들의 친구들이 모여 앉아 잡담을 하거나 화투를 칠 때 줄기차게 피워대는 담배 연기로 골치를 앓았다. 그녀는 "창문 좀 열어라. 곰 잡게 생겼다"라고 지시하고는 했다. 시조사 뒤쪽에서 홍릉까지 허름한 집들로 꽉 들어찬 이 동네 사람들은 술과 담배를 유난히 좋아해 골목마다 담배꽁초가 수두룩했다.

궁안에서 살 때 교통사고를 당해 등이 15도가량 굽은 어머니는 수시로 엄습하는 통증 때문에 아스피린을 상복했다. 약국에 내려가 아스피린 사는 일은 배명신과 정광훈이 전담했다.

이어서 배호는 1964년 청량리동 월셋방보다 더 열악한 용두1동 59번지 판잣촌의 월셋방으로 이사한다. 그가 누옥에서 더 누옥으로 내려앉은 이유는 신장염에 걸려 약값이라도 염출하기 위한 고육책이었다. 배호의 용두동 판잣집 셋방은 청량리 바오로병원 옆에서 청계천 쪽으로 250미터쯤 걸어간 골목 옆에 있었다.

1950년대부터 창신동, 숭인동, 용두동, 답십리동을 포괄한 청계천변에 펼쳐진 한국 현대사에 있어서 최대의 판자촌 벨트의 한 축에 속한 용두동 59번지는 이른바 '588'로 알려진 청량리역 주변의 성매매촌과 붙어 있어서 값이 쌌지만 불량한 환경의 표본으로 알려져 있었다. 어머니, 여동생과 함께 끼니를 때우기도 어려운 상태로 판잣집에서 눈물겨운 투병을 하던 배호의 쓰라린 마음을 가족 외에는 아무도 몰랐다.

1962년 해병대를 제대한 신예 작곡가 배상태는 1965년 6월 널빤지로 얼키설키 지어진 용두동 셋방에서 신장염으로 몸이 부은 채 이불과 요를 접어 포개놓고 45도 각도로 비스듬히 기대고 있던 배호를 찾아가 〈돌아가는 삼각지〉를 부를 것을 설득했다. 어머니는 "환자에게 무슨 노래냐?"라고 완강하게 반대했다. 그러나 배호의 천부적인 노래 실력을 파악한 배상태는 물러서지 않았다.

해병대에 입대하기 전 KBS 대구방송국의 공채 가수로 선발된 적이 있는 배상태는 손수 작곡한 〈돌아가는 삼각지〉를 기타를 치면서 배호 앞에서 불렀다. 배호는 그의 노래를 유심히 들은 후 가사를 보자고 한 후 유심히 살피더니 "예, 불러 보겠습니다"라고 응답했다.

배상태는 이튿날 배호를 택시에 태워 아시아레코드사가 세들어 있던 서울 신당동 건물의 여관으로 데리고 가 자신이 작곡한 〈돌아가는 삼각지〉를 4시간 동안 연습시킨 후 장충동 녹음실에서 녹음을 시작했다. 그러나 배호는 부어 오른 몸에 숨이 차서 도중에 여러 번 펑크를 냈다. 이것은 지독한 난산이었다.

배상태와 배호가 한국가요사상 새로운 전기를 마련한 사실은 역사란 반드시 거창한 곳에서만 숨 쉬는 것이 아니요, 화려하게 무대를 장식한 주인공의 배후에 얼마나 처절한 고통이 서려 있는가를 입증하는 사례가 된다.

배상태는 이 곡이 크게 히트하자 아시아레코드 사장 최치수를 설득해 1966년 여름 배호에게 전속금 50만 원에 월급 3만 원을 지급하도록 계약했다. 배호는 이 돈을 절약해 1967년 5월 환경이 조금 나은 숭인동 56-21의 전세방으로 이사했다. 이 방은 배호가 25살 때 생애에서 처음으로 월세에서 전세로 승격한 곳이다.

배호는 배상태의 권유로 1966년 9월부터 3개월 동안 청량리 위생병원에서 치료를 받았다. 배상태는 자주 문병 가서 이 병원을 운영하던 독일인 선교사들 및 의사들과 친분을 튼 후 한 공간을 할애 받아 자신이 작곡한 〈안개 낀 장충단공원〉을 부르는 연습을 병행케 했다. 의사와 간호사들은 이 진기한 광경을 진지하게 지켜봤다.

카바레의 밤 (1)

카바레는 술을 마시고 춤도 추는 일석이조의 장소다. 더 나아가면 술도 마시고 춤도 추며 노래를 부르고 이성을 유혹해 즐길 수도 있는 별천지가 카바레다. 카바레를 이용하는 사람은 즐거워서 기분 좋고, 카바레 운영자는 돈을 벌어 기분 좋다.

카바레는 오랫동안 주자학의 지배를 받으면서 폐쇄됐던 한국 사회가 사교를 앞세운 춤바람으로 개방의 문을 연데다 박정희 정권의 고도 경제성장정책이 동력을 받으면서 중동 건설

붐을 타고 기술자나 노동자들이 대거 중동으로 간 사이 배우자들이 바람을 피우는 장소로 알려졌다.

본래 카바레가 술을 마시고 노래를 부르며 춤도 추는 건전한 사교장소로 출발했지만 밤의 제왕들이 몰리고 제비족 내지 꽃뱀족들이 설치면서 육욕의 향연을 벌이면서 부정적인 이미지도 지니게 된 것은 하나의 사회현상이다.

카바레에서 돈을 내고 티켓을 사서 춤을 추거나 밴드의 공연을 들으며 술을 마시는 사람들은 유한계층이나 소비자들이다. 이와 달리 카바레에서 공연하는 악사들은 예술인인 동시에 노동자요 생산자다. 또 카바레에서 잔심부름을 하는 이른바 '뽀이'들은 노동자이면서 알바생에 불과하다. 이들은 유한계층이나 소비자들에게 즐거움을 주는 서비스업 종사자다.

배호는 악단주와의 계약에 의해 드럼을 치는 대가(대체로 일당이었다)를 받은 예술인이요 노동자였다. 그는 을지로5가의 천지호텔 1층 카바레에서 김인배 악단에 소속돼 드럼을 치고 때로는 MC도 보면서 구수하고 재치 있는 솜씨로 음악 해설을 진행했다. 여기서 그는 가끔 Nat King Cole의 〈Autumn Leaves(낙엽)〉, 이탈리아 칸초네 〈리벤시타〉(눈물 속에 피는 꽃)나 일본 곡 '러브 레터' '오래와 사비신다' 등을 불러 인기를 올렸다. 열성적인 여성 팬들은 공연이 끝나고 집으로 가려는 그를 막고 사인을 받거나 대화하기를 바랐다.

카바레 운영자는 야간에 연주하는 악단의 구성원들에게 중간 쉬는 시간에 맥주, 소주, 안주를 제공한다. 이 무렵 배호는 담배를 즐겨 피웠지만 선친에 대한 뼈아픈 추억이 머리에 박힌 듯 술은 별로 마시지 않았다고 함께 연주했던 아코디언 연주자 유영철은 증언한다.

배호는 22살인 1964년 2월에 '배호와 그 악단'을 결성했을 때 악단주로 승격했다. 7–8명으로 이뤄진 캄보밴드의 멤버들은 대체로 30–50대였다. 당시 20대 청년으로서 악단의 리더가 된 사람으로는 배호가 유일했다.

배호는 인기 있는 드러머였다. 그는 본래 왼손잡이지만 오른손도 쓸 수 있었다. 그가 드럼채를 공중으로 던져 회전시킨 후 떨어지는 대로 정확히 잡아 다시 신나게 드럼을 칠 때는 박수가 터져 나왔다. 잘생긴 얼굴에 부드러운 무대 매너 그리고 현란한 드럼 실력으로 단연 '핸섬 보이'라는 애칭을 얻었다.

그러나 악단의 리더는 구성원들에게 일당을 배분하고, 늦은 밤 회식을 하거나 술을 마시면서 조직의 단합을 동원해야 했다. 담배와 술을 조금씩 할 줄 알았던 배호는 악단을 운영한 후로는 신경이 날카로워졌고, 주량이 늘어났으며 그만큼 스트레스가 쌓여갔다.

그해 봄의 어느 날 심야에 먹은 돼지고기가 식중독을 일으키면서 그의 신장을 쳤다. 스트레스가 쌓여 면역력이 약화된 그의 몸은 허물어졌다. 그는 절대 정양을 해야 할 시점에 몸이 조금 회복되자마자 무대로 달려갔다. 그러나 신장염은 '배호와 그 악단'을 해체해야 할 정도로 그에게 큰 타격을 주었다.

카바레의 밤 (2)

배호는 카바레에서 드럼을 치면서 21살인 1963년에 외삼촌 김광빈이 작곡한 〈굿바이〉 〈사랑의 화살〉 등을 취입해 오리엔트 레코드사의 앨범으로 세상에 내놓았다. 그러나 그는 이 곡으로 세상 사람들의 이목을 끌지 못했다. 배호는 1958년에서 1965년까지 8년간 드러머가 직업이었으며 가수는 부업에 지나지 않았다.

우리 사회의 구성원들은 연예인 중 영화배우나 탤런트를 선호하고, 가수들을 그 다음으로 좋아하는 것 같다. 그러나 사람들은 드러머가 카바레에서 아무리 화려한 스포트라이트를 받으며 북을 잘 쳐도 그를 보조자 이상으로 생각하지 않는 경향이 있다. 배호는 노래 실력을 갖추고 있었지만 드러머라는 한계 때문에 가수로서의 입지는 미미한 편이었다.

배호는 어린 시절 창신성결교회 어린이 합창반 친구요 창신동과 숭인동을 함께 누빈 단짝 장용성이 창신초등학교 1학년 때 고향인 경기도 이천군으로 이사감에 따라 헤어졌다가 수십 년 만에 인현시장에서 우연히 만나 대연각호텔 지하실에서 외삼촌 김광수가 운영하던 무학성 카바레에 데리고 갔다. 장용성은 궁금한 것이 많았다.

"만금아, 어떻게 지내니?"

"아, 내 이름 신웅이로 바꿨다."

"그래? 신웅아 여기서 뭣하고 있느냐?"

"카바레를 청소하고 가끔 드럼도 배우고 있다."

"잠은 어디서 자니?"

"회현동 외삼촌 댁에서 자기도 하고, 그냥 여기 소파 위에서 자기도 한다."

장용성은 저동의 비닐장갑 노동자에서 왕십리의 중국 음식점 배달원으로 일했다. 그는 배호가 놀러 오면 짜장면을 곱빼기로 시켜 주었다. 주인아저씨(중국인)는 배호를 보더니 "야, 너 잘생겼다. 이 담에 훌륭한 사람 되어야 한다"면서 짜장면 값을 받지 않았다. 배가 고픈 배호는 단숨에 먹어치웠다.

배호는 드럼을 배우던 초기 상황을 이렇게 전했다. 그러나 그는 부평의 미8군 장교클럽에서 드럼을 치고, 다시 서울로 와 김광빈과 그 악단, 김인배 악단, 배호와 그 악단 등을 전전하는 동안에도 이 패턴에서 크게 벗어나지 못했다. 배호가 그후 여러 인터뷰에서 반복한 "8년 동안 점심을 거의 먹어 본 적이 없다"란 진술은 드러머의 생활이 얼마나 고달픈가를 한 마디로 압축한다.

배호는 천지카바레에서 드럼을 칠 때 고등학생으로서 가끔 용돈을 얻으러 온 정광훈에게 군말 없이 용돈을 주면서 공부를 열심히 하라고 격려했다. 정광훈이 한 달에 두 번 찾아오면 돈을 아껴 쓰라고 타이르기도 했다. 정광훈은 당시 배호의 처지를 이렇게 설명한다.

"배호 형님은 부평 삼릉 집이나 서울 청량리 집에 잘 들어오지 않았습니다. 밤늦게 연주가 끝나면 택시를 타야 하는데 방도 좁고, 택시비를 절약하기 위해 홀의 소파 위에 누워서 자기 일쑤였습니다. 형님은 옷을 갈아입기 위해 이튿날 낮에 잠시 집에 들르면서 이모님(배호의 어머니)에게 용돈을 주시고 과일도 자주 사오셨지요. 과일을 살 때는 불쌍한 할머니들에게서 좋은 것을 골라 샀으며 절대로 값을 깎지 않을 뿐 아니라 거스름돈을 받지 않은 경우도 있었습니다."

"그렇다면 점심 또는 저녁식사는 어떻게 했지요?"

"점심은 으레 굶고 저녁 식사는 손님들이 남긴 과일 등을 집어 먹는 것으로 때웠다고 말했습니다."

무학성 카바레에서 미군부대의 야간 무대를 거쳐 천지 카바레까지, 다른 사람의 악단에서 자신의 악단까지 8년 동안 줄기차게 점심을 굶으면서 생활한 독립운동가 가문의 4대 독자, 화려한 음악이 끝나고 괴괴한 카바레의 홀에 놓인 소파 위에서 수많은 밤을 새우잠으로 때운 이 드러머의 아픔을 알아준 사람은 몇 명이나 될까?

아무도 없는 카바레의 밤은 깜깜했다. 창신동과 숭인동에 가득 찬 빈민들의 한숨, 도축장으로 끌려가면서 뒷걸음질치는 소들의 애처로운 울음, 쇠망치나 나무 꼬챙이에 정수리가 찔린 채 '치악' 소리와 함께 치솟는 소의 피, "꽝" 소리와 함께 깨지는 산, 쇠망치나 해머에 두들겨 맞아 "쩽" 소리를 내며 갈라지고 부서지는 바위…. 그는 잇따라 엄습하는 아픈 추억을 침묵으로 맞았다.

배호의 〈내 몸에 손대지 마라〉

천지 카바레에서 드럼을 칠 때 작곡가 김인배의 관심과 동
정을 한 몸에 받은 배호는 1966년 전우 작사, 김인배 작곡의
〈내 몸에 손대지 마라〉를 취입한다. 이 작품은 슬픔이 진하고
상처가 깊은 이웃들의 마음을 대변하는 노래다. 이것은 고통
을 받던 시기의 배호의 자화상이기도 하다.

> 돌처럼 거리를 굴러온 내 몸에 손대지 마라
> 지렁이도 밟으면 꿈틀하는데
> 찬바람 모진 비에 상처 난 가슴
> 잊었던 아픔이 몸부림친다
>
> 돌처럼 거리에 짓밟힌 내 몸에 손대지 마라
> 지렁이도 밟으면 꿈틀하는데
> 캄캄한 그늘 속에 멍이 든 주먹
> 잊었던 슬픔이 몸부림친다

우리는 섬세하고 유려한 가사를 잘 쓰던 전우가 모처럼 쓴
투박한 가사에 다양한 기량을 선보였던 김인배가 불운으로 몸
부림치는 젊은이의 한을 단순하고 빠른 박자로 묘사한 이 작
품을 통해 자신과 다른 불우한 청소년들의 고난을 노래하는
배호의 심정과 모습을 짐작할 수 있다. 굵은 목소리, 차분한
톤, 굳센 각오로 배호는 이 노래를 부른다.

"돌처럼 거리를 굴러온 내 몸"(제1절), "돌처럼 거리에 짓밟
힌 내 몸"(제2절)은 대귀이면서도 자율과 타율의 차이를 보인

다. 거리를 굴러다니는 돌처럼 하찮은 존재, 굴러다니다가 짓밟히는 힘없는 존재가 바로 민중이다.

그들은 겨울밤에 거리에서 자다가 얼어 죽기도 한다. 나는 1973년 동아방송의 사건기자 시절 혹한이 몰아친 12월의 어느 날 새벽에 서울 종로의 한복판에서 동사한 남자의 호주머니에 신분증은 없고 10원짜리 동전 3개만 달랑거리는 상황을 접하고 기사를 쓴 적이 있다.

그러나 돌은 "내가 너희에게 말하노니 만일 이 사람들이 잠잠하면 돌들이 소리지르리라"(누가 19, 40)는 성경의 말씀처럼 의식이 있는 존재, 진실을 위해 절규하는 존재로 돌변할 수 있다. 전태일의 분신자살 후 청계천변 평화시장에서 가시밭길을 걸으며 노동운동을 한 유동우가 쓴 『어느 돌멩이의 외침』은 이러한 정신의 발현이다.

이 노래는 "찬바람 모진 비에 상처 난 가슴"(제1절), "캄캄한 그늘 속에 멍이 든 주먹"(제2절)이란 표현으로 고난을 당하며 성장하는 서민의 상을 명쾌하게 그린다. 여기서 '상처 난 가슴'은 요즘 일부 청장년들이 재미로 뜨는 문신이 아니라 울화통이 터져 나온 분화구다. '멍이 든 주먹'은 공연히 남을 때리다가 다친 상처가 아니라 부당한 탄압에 항의하며 자구책을 강구하다가 다친 울분의 응결이다.

배호는 〈내 몸에 손대지 마라〉의 "잊었던 아픔이 몸부림친다"(제1절), "잊었던 슬픔이 몸부림친다"(제2절)라는 마무리에서 '아픔'과 '슬픔'이 아니라 '잊었던'에 악센트를 찍는다. 이것은 앞의 "내 몸에 손대지 마라" 즉 나를 건드리지 말라는 요청의 이유이기도 하다. 즉 이것은 서민의 잊었던 악몽과 분노를 건드림으로써 폭발시키는 어리석음을 범하지 말라고 강자들에게 보내는 서민의 경고다.

박정희 정권은 이 〈내 몸에 손대지 마라〉를 건전하지 못한 노래라는 이유로 방송금지 조치를 했다. 그러나 내 몸에 손대지 않으면 폭발하지 않는다는 이 노래의 취지를 곡해한 권력이야말로 약자의 목을 조이는 횡포를 저질렀다고 평하지 않을 수 없다.

배호의 〈연심〉

배호는 전우 번안, 김광빈 편곡의 〈연심〉을 1968년에 불렀다. 이것은 시련과 고통을 이기고 찬란한 내일을 열어갈 인간의 기상을 표현한 노래다.

> 잿더미 속에서 피어난 장미
> 피맺힌 세월을 참고 견디어
> 다시는 눈물을 흘리지 말자고
> 다짐한 마음
> 생명의 불꽃
> 참사랑이란 괴로운 시련
> 참사랑이란 찬란한 기쁨
>
> 잿더미 속에서 피어난 장미

피맺힌 세월을 참고 견디어
다시는 눈물을 흘리지 말자고
다짐한 마음
생명의 불꽃
참사랑이란 괴로운 시련
참사랑이란 찬란한 기쁨

이 노래는 Enrico Macias의 〈L'amour c'st pour〉를 번안과 편곡의 형식으로 변형한 것이다. 탱고곡에 한국 현대사의 시련을 딛고 강인하게 일어서는 인간상을 묘사한 이 노래를 배호는 힘차고 긍정적인 마음가짐으로 부른다.

연심은 사랑하는 마음이다. 사랑은 정결하고 숭고하지만 슬픔과 아픔을 수반하는 경우가 적지 않기에 꽃잎은 아름다워도 가시를 지닌 장미에 비유할 수 있다. 그러나 장미에 가시가 있다 하더라도 이 꽃을 좋아하는 사람들은 장미 앞으로 다가선다. 가시에 찔려 피가 나는 것을 무릅쓰고 장미를 만지면서 향기를 마시려는 인간의 심리를 누가 막을 것인가?

특히 배호는 이 도입부인 "잿더미 속에서 피어난 장미"의 '잿더미'를 담백하면서도 어두운 느낌을 주는 목소리로, '피어난'을 꿈틀거리는 동작처럼 비트는 목소리로 소화한다. 이어서 그는 "피맺힌 세월을 참고 견디어"에서 '피맺힌 세월'을 낮은 음으로 처리하고 '참고'와 '견디어'를 똑똑 끊어서 발음함으로써 여기에 악센트를 가하고 있다.

배호는 "다시는 눈물을 흘리지 말자고 다짐한 마음 생명의 불꽃"을 부르되 '다시는 눈물을'과 '흘리지 말자고'에서 절규한 후 '다짐한 마음 생명의 불꽃'에서 손가락으로 가리키듯 시각과 청각을 집중시킨다. 이 '생명의 불꽃'은 소리는 크지 않지만 강한 생명의 에너지를 내뿜으면서 빛을 발산한다.

그리하여 우리는 배호가 "참사랑이란 괴로운 시련" "참사랑이란 찬란한 기쁨"이라고 외치며 노래를 맺는 순간 만난을 무릅쓰고 인간을 사랑하며, 국가를 사랑하자는 대의명분을 확인할 수 있다. 배호는 비극이 추락의 함정이 아니라 도약의 용수철임을 이 노래로 입증하고 있다.

고난기의 스승들

29년이란 짧은 생애를 누린 배호는 1966년부터 1971년까지 6년의 전성기를 제외하고는 고난의 길을 밟았다. 고통의 순간에 넘어지기도 하고, 그것을 극복할 비상한 노력을 기울이기도 하는 인간, 오로지 자신만의 힘으로 고난을 돌파하기도 하고, 스승들의 지혜와 조력에 의해 혈로를 뚫기도 하는 인간…. 배호에겐 고난을 이겨내게 한 스승들이 있었다.

배호의 스승들은 5살부터 14살까지 10년간 서울 숭인동과 창신동을 누볐던 소년 시절에 음양으로 자신에게 용기를 준 담임교사 김윤성 선생, 넝마주이 아저씨들, 백정이라고 자신의 신분을 밝힌 정 아저씨며, 17살에서 24살까지 8년 동안 카바레에서 드럼을 치면서 소파에서 잠을 자는 등 뜨내기 생활을 한 청년시절에 가수로 도약할 입지를 굳혀 준 김광빈, 김인배, 배상태, 전우, 나규호 등 음악 전문가들이다.

서울 창신초등학교 6학년 5반 담임 김윤성 선생은 아버지의 간병에 전념해야 할 상황에 직면해 사기가 극도로 저하된 채 6학년이었던 1954년에 학교에 나오지 못한 날이 출석한 날보다 많았던 배호를 졸업하도록 배려한 스승이요, 은인이었다.

김윤성 선생은 배호가 상습적으로 결석했지만 그를 졸업시켰으며, 이에 앞서 집에 있던 배호에게 연락해 앨범 사진을 찍도록 배려했다. 그는 졸업한 배호의 아버지가 세상을 떠났을 때 빈소를 찾아가 배호에게 훌륭한 가수가 되도록 격려했다.

창신동 595번지 돌산 절벽 아래에 천막을 치고 살았던 넝마주이 아저씨 20여 명은 배호와 친구 정용성이 지나갈 때 불러 "노래를 해보라"라고 시켜 노래를 할 때마다 1원씩 주어 격려함으로써 배호로 하여금 노래에 대한 자부심을 갖게 함과 동시에 어린 배호의 마음에 프로 기질의 씨앗을 뿌려 준 사회교육의 선구자들이다.

뿐만 아니라 그들은 유행가를 부르면서 깡통을 두들겼으며, 배호와 장용성이 노래할 때도 깡통을 두드려 반주를 해주었다. 그때의 인상적인 장면을 가슴에 새긴 배호는 뒤에 드럼통이나 나뭇가지를 두드리면서 노래했고, 결국 드러머가 되었다. 노래에서 박자의 중요성을 일깨우고, 적은 돈이지만 대가를 지불함으로써 용기를 준 넝마주이 아저씨들은 배호에게 잊을 수 없는 스승이었다.

소고기를 찾는 사람들의 수요에 맞춰 소를 잡을 뿐 고의로 동물을 학대하려는 의도는 없었고, 고려와 조선시대에는 백정으로 불리었으나 후에 박정희 대통령의 축산물관리법에 의해 도축인으로 거듭났으며, 배호 아버지의 건강 회복을 돕고 배호를 뛰어난 가수가 되라고 격려했던 정 아저씨도 스승이었다. 그는 지금 어딘가에 살아 있다면 100살일 것이요, 별세했다면 저세상에서 편안히 쉬고 있을까.

배호를 가요계에 데뷔시킨 원조는 외삼촌 김광빈이다. 그는 아명이 배만금이요, 초등학교 때 바꾼 이름이 배신웅인 조카가 21살 때인 1963년 호수 호자를 써서 배호라는 예명을 지어주고 자신이 작곡한 〈굿바이〉 〈사랑의 화살〉을 부르게 해 가요계에 등장시켰다. 그의 헌신적인 돌봄이 있었기에 배호는 가수가 될 수 있었다.

색소폰 연주자, 악단장, 작곡가로서 명성을 날린 김인배는 배호가 천지호텔 카바레에서 드럼을 치고 음악 프로그램의 MC를 보면서 명성을 날릴 기회를 제공했으며, 배호의 어려운 처지를 귀담아 듣고 고통을 헤쳐 나갈 지혜와 용기를 불어넣었다. 그는 고난기의 배호와 고락을 함께한 인정이 많은 음악 전문가 중의 한 사람으로 꼽힌다.

배호에게 대가수로의 등용문을 열어 준 최대 공헌자는 작곡가 배상태다. 그가 질병으로 쓰러져 가는 배호를 일으켜 끈질기게 설득해서 〈돌아가는 삼각지〉와 〈안개 낀 장충단공원〉을 부르게 하지 않았다면 오늘날의 배호는 없었을지도 모른다.

배호는 이 두 곡으로 완전히 반석 위에 올라섰다. 특히 배상태의 곡들은 〈그 이름〉 〈돌아가는 삼각지〉 〈안개 낀 장충단공원〉 등에서 볼 수 있듯이 역사의식과 사회의식이 뚜렷한 것으로 정평이 있다. 그는 같은 배씨인 배호를 동생처럼 여기고 보살폈다.

경기고와 서울대학교 문리과대학 철학과를 졸업하고 월간지 아리랑의 편집장을 역임하면서 수준 높은 가사로 당대의 가요계를 빛냈으며, 한때 배호의 매니저 역할을 겸해 경영의 개념을 도입한 전우(본명 전승우)는 배호를 빛낸 스승이요, 은인에 틀림이 없다. 만년에 막강한 가수가 돼 수입이 늘어난 배호는 이 매니저에게 당시로서는 호화로운 흰색 코로나 승용차를 선물한 사실이 있다.

연세대 작곡과를 졸업한 나규호는 작사가 전우와 짝을 이뤄 사람의 애간장을 녹이는 주옥 같은 곡을 양산한 엘리트 작곡가다. 전우와 나규호 콤비가 배호에게 넘겨 크게 히트한 〈안개 속으로 가버린 사랑〉 〈누가 울어〉 〈안녕〉 〈당신〉 등은 한국가요사의 꽃이요, 한국 정신사의 원형질이라고 표현해도 지나치지 않을 것이다.

지하철 삼각지역에 있는 배호 동상.
서울 삼각지, 2015. 이태호 사진.

4. 삼각지를 아시나요?

> 개발 도상의 나라에 있어서 정치의 초점은 곧 경제건설이며,
> 민주주의도 경제건설의 토양 위에서만 자랄 수 있는 것이다.
> — 박정희

박정희의 '눈물의 연설'

육군 소장 출신으로서 1961년 5월 16일 쿠데타를 통해 1960년 4월혁명으로 집권한 민주당 정권을 전복하고 집권한 후 국가재건최고회의 의장을 거쳐 대통령이 된 박정희는 1964년 12월 5일 한독경제협정에 따라 독일이 우리나라에 대해 3천 9백만 달러를 원조하기로 하자 이튿날 독일행 비행기에 탑승한다.

정부는 1963년부터 서독에 광부들을, 1966년부터 간호사들을 파견했다. 그 수는 1977년까지 1만 8천여 명이나 됐다. 광부들은 섭씨 35도가 넘는 지하 1200미터의 갱도에서 땀 흘리며 노동했으며, 간호사들은 초기에 언어가 통하지 않아 병원에서 허드렛일을 맡기도 했다. 그들이 본국으로 보낸 돈이 경제성장의 밑거름이 되었다.

박정희의 독일 방문은 우리나라에 대한 독일의 원조와 인력

을 수입한 데 대해 감사의 뜻을 전하고 지속적인 협조를 당부하는 한편 광부와 간호사들을 격려하기 위한 것이었다.

박정희는 에르하르트 독일 수상과의 회담 등 분주한 일정을 보내면서 12월 11일 독일 북서부의 루르드탄광 지역에 있는 함보르광산으로 파독 광부들을 격려하기 위해 방문했다. 그 순간 특이한 일이 일어났다. 당시 그의 통역관으로 수행했던 백영훈은 이렇게 증언한다.

대통령이 가서 연설을 하러 들어갔는데, 문 열고 들어가 봤더니 지하 천 미터에서 일하는 광부들이 500명은 앉아 있습니다. 얼굴이 새까매요, 새카매. 눈만 말똥말똥. 대통령이 들어가자마자 그들은 말문이 막혀 버립니다.

대통령이 단상에 올라가자 애국가가 나옵니다. 애국가의 마력이 그렇게 무섭습니다. 애국가가 나오는데 몸이 못 따라가요. 눈물이 펑펑. 서로 껴안고 서로 울어요. 서로 울면서 "대한민국 만세! 대한민국 만세!" 애국가 혼자 흘러갑니다.

대통령은 애국가가 끝나자마자 가지고 있는 연설문을 읽으려다가 그냥 놓고 갑자기 울기 시작했습니다. 한참 후에 대통령은 "여러분 이게 무슨 꼴입니까? 여러분의 새까만 얼굴을 보니 내 가슴에서 피눈물이 나옵니다. 여러분 합시다. 우리 번영의 터전을 마련해서 후세에 훌륭한 나라를 물려줍시다"라고 말하고 더 이상 연설을 못했습니다.

함께 갔던 부인 육영수도 후일 방독 소감문에서 "아프도록 가슴에 맺혀 왔고, 걷잡을 수 없는 격정에 흐느낄 수밖에 없었다고"라고 털어놓았다.

　박정희의 그 연설은 '눈물의 연설'이었다. 눈물은 사람의 마음을 움직이기에 어떤 웅변보다도 강력할 수 있음을 박정희와 광부들은 보여주었다. 박정희는 광부들을 격려한 후 조국에서 준비해 간 파고다 담배 500갑을 선물로 주고 차에 올랐다.

한강의 기적

　독일이 '라인강의 기적'을 낳았듯이 한국은 '한강의 기적'을 이루었다. 박정희를 싫어하는 사람이 있을지라도 그가 '한강의 기적'을 이루는 데 중추 역할을 담당했으며, 이것이 오늘날 대한민국을 선진국의 대열로 올라서게 하고, 많은 나라 사람들이 대한민국 제품을 애용하는 원동력이 되었다는 사실을 부인하기는 어려울 것이다.

　'한강의 기적'은 수출주도형 고도경제성장정책과 새마을운동이라는 두 바퀴를 힘차게 돌려 진입한 이상향이다. 일반적으로 기적은 사람들의 상상과 기대를 뛰어넘는 어떤 결과를 가리킬 때 쓰는 용어다. 흔히 신이 기적을 일으키는 것으로 묘사된다. 그러나 사람이나 국가가 진인사대천명의 자세로 주어진 조건에서 최선을 다하여 기적을 이룩하기도 한다.

　박정희는 정치의 목표를 독일의 비스마르크처럼 부국강병에 두었다. 그러나 강병도 굶으면 불가능하므로 돈이 있어야 양성할 수 있다. 따라서 부국강병의 기초는 돈이다. 우리나라처럼 부존자원이 부족하고 대국에 비해 인구가 적은 나라에서는 내수의 한계가 있으므로 수출주도형 고도경제성장정책으로 경제를 비약적으로 성장시킬 수밖에 없음을 박정희는 간파했다.

대한민국은 6·25전쟁의 여파로 1950~1951년에 마이너스 성장을 기록했으나 전후 꾸준하게 5퍼센트의 성장을 유지하며 1960년에는 국민소득이 155달러에 이르렀다. 박정희는 1962년부터 7회의 경제개발 5개년 계획을 시행하여 본격적인 고속성장을 이룩했다.

박정희가 쌓은 주요 업적은 경부고속도로 건설, 구미국가산업단지, 구로공업단지 등 조성, 마산수출자유지역 건설, 새마을운동을 통한 농가소득 증대, 포항제철소 건립, 현대조선(현재 현대중공업) 추진 등 중화학공업의 발판을 마련하고 강남지역 개발, 베트남전 파병을 통한 군무기 현대화 및 외화 소득 증대 등이다.

박정희는 1962년 제1차 경제개발 5개년 계획을 기점으로 1인당 국민소득(GNP)은 1962년 87달러에서 1979년 1,693달러로 20배 가까이 높였으며, 국내총생산(GDP)은 23억 달러에서 640억 달러로 28배 성장시켰다.

새마을운동

박정희는 수출주도형 고도경제성장정책과 더불어 농촌과

도시의 소득격차를 줄이기 위한 '새마을운동'을 제창했다. 정부가 주도한 국민운동의 성격을 띤 이 운동은 처음에 농촌개발로 시작됐다. 일제강점기에 대구사범학교를 졸업하고 한때 초등학교 교사로 부임한 경력이 있는 대통령은 〈새마을 노래〉를 손수 작사 작곡하기도 했다.

새벽종이 울렸네 새 아침이 밝았네
너도 나도 일어나 새마을을 가꾸세
살기 좋은 내 마을 우리 힘으로 만드세

초가집도 없애고 마을길도 넓히고
푸른 동산 만들어 알뜰살뜰 다듬세
살기 좋은 내 마을 우리 힘으로 만드세

서로서로 도와서 땀 흘려서 일하고
소득증대 힘써서 부자마을 만드세
살기 좋은 내 마을 우리 힘으로 만드세

박정희는 단군 이래 최대의 농어촌 주택개량사업, 자연환경보호, 토지관리기법 도입, 영농기반 조성, 과학적인 농사 경영기법 도입 등 획기적인 변화를 주도했다. 그는 1972년부터는 주민 지도자의 발굴·훈련 및 그 활용에 역점을 두면서 사업내용도 애당초의 환경개선사업, 즉 물리적인 생활 및 영농기반 조성사업을 발전적으로 추진하면서 의식계발사업과 생산소득사업 등을 포괄하는 종합적 개발로 확대했다.

그는 농촌 새마을운동을 직장 새마을운동, 도시 새마을운동 등으로 확대하면서 이 운동을 정신운동, 사회운동의 차원으로 격상함으로써 자신이 설정한 '부국강병'이라는 국가 목표를 국민들에게 주입시키고, 그것을 향해 일사불란하게 나아가도록 독려했다.

삼각지의 의의

박정희가 이룩한 '한강의 기적'을 상기할 때 한강에 가까이 있으면서도 기적과 판이하게 빛과 그림자가 극명하게 대비되는 곳이 있다. 사전적인 의미로 삼각형의 땅을 의미하는 '삼각지'가 그곳이다. 삼각지의 유래와 그 의의를 언급하는 견해로는 종래 두 가지가 유력했다.

첫째, 삼각이란 한국을 지배했던 일본인들이 주장한 '삼각형의 땅'이란 설이다. 오무라 토모노조는 『경성회고록』(1922)의 '용산구 시가 신 정명' 편에서 말광정에 대해 "경정 북쪽, 원정 4정과 경부선의 중앙에 있는 삼각지"라고 삼각형의 땅을 뜻하는 표현을 하고 있다. 일본인들은 흔히 삼각형의 땅을 '삼각지'라고 기록한다.

둘째, 삼각지란 한글학회가 풀이한 '세 갈래 길'이란 설이다. 한글학회는 『한국지명총람』(1966)에서 삼각지에 대해 "한강, 서울역, 이태원 쪽으로 통하는 세 갈래 길"이라고 명명했다. 이 학회는 땅과 길을 같은 개념으로 접근해 이곳을 길의 형태에 중점을 두어 표기한 것으로 보인다.

두 견해 모두 일리를 획득한다. 삼각지가 본래 아주 좁은 삼각형의 땅에서 출발했다고 판단하면 전자는 옳고, 시야를 좀 더 넓혀 세 갈래 길이 분명히 있는 이상 이 길들이 형성한 땅의 모양이라고 해석하면 후자는 맞다. 이 둘은 협의의 삼각지다.

그러나 나는 시대의 흐름을 반영하고 사회과학적인 관점을 도입하여 삼각지란 용산동과 이태원동으로 향하는 길, 남대문과 서울 도심으로 향하는 길, 한강로와 영등포로 향하는 길 및 그 주변 지역을 구획하는 원점인 동시에 세 지역의 특성과 그 차이를 보여주는 광의의 공간이라고 정의한다.

이것을 부연하면 용산동과 이태원동으로 향하는 길 및 그 주변 지역은 미군과 한국군의 주요 시설, 미군과 한국군을 상대로 한 상가 및 이를 근거로 한 인간들의 생활상을 반영한다. 남대문과 서울 도심으로 향하는 길 및 그 주변 지역은 한국의 주요 건물, 재벌의 사무실, 문화시설과 한국의 번영을 주도하는 세력의 정치 경제적 영향력을 반영한다. 한강로와 영등포로 향하는 길 및 그 주변 지역은 낡고 낮은 건물들, 서울의 빈민들과 노동자들이 땀을 흘리는 공장 및 그들의 고단한 생활과 거기서 나오는 설움을 반영한다.

용산동과 이태원 지역

용산동과 이태원 지역은 전통적으로 한국에서 외세와 군이 막강한 위력을 행사해 온 특수한 곳이다. 외세와 군이 이 지역을 요지로 삼은 이유는 무엇일까? 외세와 군은 이에 관한 기록을 남기지 않았다.

그러나 우리가 그 이유를 짐작하면 첫째, 용산동과 이태원 지역은 남산이 병풍으로 서서 바람을 막아 주고 서울의 도심에서 가장 가까운 야산들과 광활한 평야를 끼고 있어서 요새를 형성하기 좋은 점, 둘째, 한강이 이곳을 둘러싸면서 보호하여 상대방이 접근하기 어려운 점, 셋째, 상상의 동물인 용이 날듯 서울을 장악하기 편리한 점 등이다.

일본은 합병 후 조선군사령부를 설치하여 일본군과 일본인들을 이곳에 집결시켜 군인들의 동네란 의미의 군인정(軍人町)을 만들었다. 일본은 군사시설로 접근하기 위해 한강로를 만들면서 오늘날 '삼각지'로 일컬어지는 삼각형의 자투리땅을 남겼다.

그러나 일본이 연합군에게 항복하고 대한민국은 1945년 8월 15일 해방됐다. 소련군은 북한에, 미군은 남한에 점령군으로 진입해 일본군을 무장해제하고 정권을 인수하기 시작한다. 9월 9일 한국에 들어온 미군은 용산에 주둔했던 일본군 군사시설을 접수하고 미점령군사령부로 활용한 데 이어 1952년에 8군사령부를 이곳에 설치해 대한민국에게 막강한 영향력을 행사한다.

미군은 8만 5천여 평의 공간에 미8군사령부의 핵심 시설 외에 메인포스트 클럽을 비롯해 대령급 이상만 출입하는 하텔

하우스, 미8군 골프클럽과 장교클럽, 미대사관 직원들이 주로 이용하는 엠버시 클럽 등 여러 개의 사교클럽을 거느렸다.

미군부대 주변에는 미군을 상대로 한 상가가 번성했으며, 그들과 술을 마시고 윤락행위를 하는 이른바 양공주촌이 형성됐다. 용산동 일부와 이태원의 광범한 지역은 미군을 상대로 한 양공주들의 천국을 이뤘다. 미군과 한국 여성들의 결혼을 주선하는 가게들도 성업했다.

미국과 긴밀하게 연결된 한국의 국방부와 합동참모본부도 용산동과 이태원 지역에 포진했다. 미군을 주축으로 한 유엔사령부와 미8군사령부가 한국군의 전시작전권을 장악하고 있는 이상 한국군의 사령탑이 이곳에 있는 것은 업무를 원활하게 협의하기 위한 배려에서 나온 것으로 보인다.

남대문과 도심 지역

남대문과 도심 지역은 청와대, 정부 서울청사, 서울시청, 주요 언론기관과 재벌의 본부, 남대문시장, 명동 등이 포함된 한국의 심장부다.

청와대는 대한민국 대통령과 관계된 행정기관을 뜻한다. 관저는 대통령과 가족이 주거하는 상춘재, 비서 부속기구인 대통령비서실, 경호 부속기구인 대통령 경호실 등으로 구성된다.

정부 서울청사는 외교부, 통일부, 행정자치부, 여성가족부 등을 거느리고 있다. 이밖에 정부 산하의 각종 위원회가 속속 입주하고 있다. 이 청사는 세종특별자치시로 주요 행정기관이 이전함에 따라 한산해졌으나 여전히 한국의 권부로 통용된다.

서울시청 청사는 태평로에 우뚝 선 일제시대의 옛 건물과 그 뒤에 신축한 현대식 건물로 조화를 이루면서 지자체 중 가장 막강한 힘을 발휘하는 등 '작은 정부'의 산실로 꼽힌다.

언론기관은 한국의 대표적인 신문사들로서 보수적인 견해를 대변하는 3인방이라 하여 '조중동'이라는 별명을 얻고 있는 조선일보사가 태평로에, 중앙일보사가 서소문동에, 동아일보사가 세종로에 자리하고 있다.

재벌 본부는 삼성의 일부가 중구 태평로에, SK는 종로구 서린동에, 롯데는 중구 소공동에, 현대중공업은 종로구 계동에, 한화는 중구 장교동에 있다. 재벌 본부의 상당수가 강남으로 이전하고 있는 것이 추세다.

명동 상가는 강남 상가에게 주도권을 뺏겼으나 외국인 관광객들과 젊은 한국인 고객들이 도심에서 가까운데다 중저가 상품에 대한 호기심 때문에 몰려들어 길을 걷기가 어려울 정도로 부산하다.

남대문 상가는 동대문 상가와 아울러 전통시장으로서 서울에서 쌍벽을 이룬다. 남대문시장의 의류시장은 새벽에 전국에서 몰려드는 소매상들로 북새통을 이룬다. 깨끗하게 단장한 남대문시장은 낡고 복잡한 과거 이미지를 일신하고 있다.

외국인 관광객들을 유치하고 있는 호텔은 롯데호텔, 웨스턴 조선호텔, 신라호텔, 그랜드 힐튼호텔, 그랜드 하얏트호텔, 세종호텔, 가든호텔, 그랜드 엠베서더호텔 등이다.

이밖에 종교 시설로는 명동대성당, 대한성공회 서울주교좌대성당, 희랍 정교회 성 니콜라스성당, 영락교회, 정동 제일교회, 조계사 등이 도심에 자리하고 있다.

한강로와 영등포 지역

한강로와 영등포 지역은 용산동과 이태원 지역 및 남대문과 도심 지역에 비해 도시 빈민과 노동자들이 상대적으로 많이 살면서 경제성장의 혜택에서 소외된 주변부다.

한강로는 중구 봉래동2가 43번지의 서울역에서 동작구 본동 258-1번지의 한강대교 남단에 이르는 길이다. 강남에서 서울 중심가로 들어가는 관문이자 교통의 요지인 이 길의 주변에 많은 사람들이 혼재하고 있다. 그러나 주민들은 대체로 한강대교 남단에 가까울수록 가난하다.

영등포는 영등포구를 주축으로 동작구의 일부를 포괄한다. 서울의 남서부에 있는 영등포구는 서쪽은 안양천을 사이에 두고 강서구, 양천구와 접하고, 동쪽은 도림천을 사이에 두고 구로구와 접하며, 남동쪽은 동작구와 접한다. 동작구는 한강대교에서 영등포구에 이르기까지의 통로를 이룬다.

특히 2009년 1월 20일 새벽 삼각지에서 한강대교 쪽으로 중간쯤에 있는 한강로2가의 낡은 건물에서 철거 반대 농성을 하던 철거민들이 경찰의 강제 진압으로 불이나 5명이 숨지고 경찰관 1명도 숨지는 참사가 일어났다. 신원을 알아볼 수 없을 정도로 훼손된 철거민들의 시신은 삼각지가 역사에 등장한 이래 가장 참혹한 모습이었다.

한강로의 부서진 집, 불탔지만 철거하지 않은 흉가, 동작구 노량진동과 영등포구 주택가에 깊숙이 박힌 쪽방, 골목까지 악취를 풍기는 재래식 화장실, 예나 지금이나 노숙자, 무직자, 실직자, 일용 노동자, 취객들로 들끓는 거리는 박정희의 고도 경제성장에서 소외된 빈민들과 노동자들의 슬픈 자화상이다.

1960년-1970년대에 공권력과 회사 간부들은 영등포 도심지와 그 주변에 포진했던 대규모 공단과 가까운 영세 기업 노동자들이 인간답게 살기 위해 노동운동의 깃발 아래 뭉치자 엄혹하게 탄압하는 데 앞장섰다.

엘비스 프레슬리의 〈키스 미 퀵〉

로큰롤의 황제 미국의 엘비스 프레슬리가 1962년 〈키스 미 퀵(Kiss me quick)〉을 발표하자 미국의 젊은이들이 들썩였다. 훤칠한 키에 낙관적인 용모, 솔직 담백한 가사, 역동적인 가창력이 겸비된 이 노래로 그는 미국 가요계의 우상임을 다시 한번 입증했다.

〈키스 미 퀵〉은 남녀 간에 마음만 들면, 더구나 사랑하면 키스를 눈인사만큼 쉽고 빠르게 하는 미국의 젊은이들에게 안

성맞춤인 노래였다. 엘비스 프레슬리는 폭발적인 몸놀림으로
〈키스 미 퀵〉이 갖는 메시지를 소화했다.

규칙적인 생활을 기본으로 하고 규제가 심한 영내에서 해방
되는 저녁 퇴근 시간에 미군들이 바, 나이트클럽, 카바레 등이
밀집한 이태원으로 몰려갔다. 그들이 미군들을 주요 청취자로
거느리는 미국의 소리(Voice of America) 방송을 통해 엘비스
프레슬리의 〈키스 미 퀵〉을 부르면서 접대부들을 껴안고 키
스하는 것은 흔한 풍경이었다.

1960년대 중후반에 〈키스 미 퀵〉은 한국의 대학생들 뿐 아니
라 일부 중고등 학생들에게까지 급속도로 퍼졌다. 중고등학생
들은 엘비스 프레슬리의 폼을 흉내 내면서 신나게 이 노래를
부를 때 노래 전체의 의미를 완전히 모를지라도 키스를 빨리
해달라는 한 마디 말에 전폭적으로 공감했다.

Um kiss me quick, while we still have this feeling.
Hold me close and never let me go.
'Cause tomorrows can be so uncertain.
Love can fly and leave just hurting.
Kiss me quick because I love you so.

Um kiss me quick and make my heart go crazy.
Sigh that sigh and whisper oh so low.
Tell me that tonight will last forever.
Say that you will leave me never.
Kiss me quick because I love you so.

Oh let the band keep playing while we are swaying.

Let's keep praying that will never stop.
Um kiss me quick. I just can't stand waiting.
'Cause your lips are lips I long to know.
Oh that kiss will open heaven's door,
And we'll stay there forevermore.

Kiss me quick because I love you so.
Kiss me quick because I love you so.

(음 어서 키스해줘요 이 느낌 사라지기 전에
날 꼭 껴안고 놓지 말아요
내일이면 모든 것이 확실치 않아요
사랑도 상처만 남기고 떠날 수 있어요
어서 키스해줘요 당신을 사랑하니까

어서 키스해줘요 내 마음 미치게 해줘요
그처럼 한숨 쉬고 오 가만히 속삭여줘요
오늘밤이 영원하리라고 말해줘요
날 절대로 떠나지 않을 거라고 말해줘요
어서 키스해줘요 당신을 사랑하니까

오 밴드더러 계속 연주하라 해요 우리가 춤추는 동안
우린 계속 기도해요 동작이 멈추지 않도록
음 어서 키스해줘요 기다리지 못하겠어요
당신 입술을 정말 알고 싶으니까요
오 당신 키스로 하늘의 문이 열리고
우린 그곳에 영원히 살 거에요

어서 키스해줘요 당신을 사랑하니까

어서 키스해줘요 당신을 사랑하니까)

엘비스 프레슬리는 경쾌한 몸놀림을 곁들여 "Um kiss me quick and make my heart go crazy"(음, 어서 키스해줘요 내 마음 미치게 해줘요) 또는 "Oh that kiss will open heaven's door. And we'll stay there forevermore"(오 당신 키스로 하늘의 문이 열리고 우린 그곳에 영원히 살거에요)에서 적나라하고 솔직하며 아름다운 입맞춤의 마력을 유감없이 토로한다.

우리나라의 전통적인 풍속으로는 다소 도발적이고 육감적인 이 노래는 사랑을 개방적으로 표현하는 미국인들, 그들이 집결한 용산동과 이태원에선 트레이드마크로 굳으면서 1960년대에 삼각지의 블록 중 용산동과 이태원동 일대의 발랄하고 낙관적인 분위기를 전한다.

패티 김의 〈서울의 찬가〉

패티 김은 길옥윤 작사, 작곡인 〈서울의 찬가〉를 1969년에 불러 크게 히트했다. 서울의 남대문과 도심 지역의 전통과 정서를 대변하는 이 노래는 힘차고 미래지향적인 노래로 손꼽힌다.

종이 울리네 꽃이 피네
새들의 노래 웃는 그 얼굴
그리워라 내 사랑아
내 곁을 떠나지 마오

처음 만나고 사랑을 맺은
정다운 거리 마음의 거리
아름다운 서울에서
서울에서 살으렵니다

봄이 또 오고 여름이 가고
낙엽은 지고 눈보라 쳐도
변함없는 내 사랑아
내 곁을 떠나지 마오
헤어져 멀리 있다 하여도
내 품에 돌아오라 그대여
아름다운 서울에서
서울에서 살으렵니다

정확한 발음, 빼어난 가창력, 무대를 장악하는 그녀의 동작은 〈서울의 찬가〉에서도 유감없이 진가를 발휘됐다.

이 노래는 제1절의 "종이 울리네"에서부터 "내 곁을 떠나지 마오"까지는 종과 꽃 그리고 새로, 제2절의 "봄이 또 오고"에서부터 "내 곁을 떠나지 마오"까지는 춘하추동의 모습으로 서울을 미화한다.

이어서 이 노래는 제1절에서 "처음 만나고 사랑을 맺은/ 정다운 거리 마음의 거리"로 사귐을, 제2절에서 "헤어져 멀리 있다 하여도/ 내 품에 돌아오라 그대여"로 헤어짐을 표현하지만 "아름다운 서울에서/ 서울에서 살으렵니다"를 반복해서 강조함으로써 〈서울의 찬가〉라는 제목을 완전히 떠받친다.

패티 김이 발걸음과 손 움직임을 똑똑 끊으면서 상쾌하고 절도 있게 이 노래를 부를 때 서울은 살기 좋은 도시로 이미지를 굳혔다. 남대문과 도심 지역에 사는 사람들은 박정희 대통령의 수출주도형 고도경제성장의 효과를 폭넓게 누리고, 상가도 활기를 띠자 자신들이 〈서울의 찬가〉의 주인공이라고 믿었다.

〈서울의 찬가〉는 박정희가 깃발을 높이 들고 경제 전문가들이 이론을 뒷받침하여 힘차게 밀어붙인 수출주도형 고도경제성장정책과 새마을운동이 이룩한 성과가 뚜렷이 드러난 남대문과 서울 도심의 밝은 측면을 대변한다.

오기택의 〈영등포의 밤〉

오기택의 〈영등포의 밤〉은 삼각지의 블록 중 한강로와 영등포, 특히 영등포 일대의 칙칙하고 어두운 분위를 적나라하게 전한다. 오기택은 김부해 작사, 작곡인 이 노래를 굵직한 목소리로 불필요한 감정을 억제하면서 단정하게 불러 팬들에게 잔잔한 감동을 주었다.

> 궂은비 하염없이 쏟아지든 영등포의 밤
> 내 가슴에 안겨 오든 사랑의 불길
> 고요한 적막 속에 빛나든 그대 눈동자
> 아 아 아 아 아
> 영원히 잊지 못할 영등포의 밤이여

가슴을 파고드는 추억 어린 영등포의 밤
영원 속에 스쳐오는 사랑의 불꽃
흐르는 불빛 속에 아련한 그대의 모습
아 아 아 아 아
영원히 잊지 못할 영등포의 밤이여

굳은비 하염없이 쏟아지던 영등포의 밤에 한 우산 아래 몸을 밀착하고 뚜벅뚜벅 걷는 연인들의 옷은 초라했다. 그들은 열악한 환경에서 기계처럼 혹사당하던 노동자가 아니면 시골에서 올라와 서울의 도심부로 진출하지 못한 채 '서울보통시'라는 영등포에서 맴돌던 미취업자였다.

영등포의 연인들은 짜장면 한 그릇을 나눠 먹거나, 옥수수로 끼니를 때우거나, 포장마차를 지날 때 안주 냄새가 유혹하면 참새구이에 소주잔을 기울이기도 했다. 이 땅의 가난한 연인들은 여의도 쪽에서 삭풍이 휘몰아쳐 오면 꼭 껴안고 불빛이 희미한 영등포의 거리를 마냥 걸었다.

줄기찬 비는 우산을 준비하지 않았거나 우산 살 돈마저 없는 빈민들을 남의 집 처마 밑으로 몰아넣는다. 비가 그칠 때까지 기다리는 그들의 옷과 신발을 낙수는 푹 젖게 해 '물에 빠진 생쥐' 꼴로 만든다.

그러나 불빛이 약하기에 더욱 돋보였고 "고요한 적막 속에 빛나던" 그대 눈동자를 지금 볼 수 없다. 추억의 저편으로 사라져 버린 그대. 그러나 나는 그대를 그리워하듯 영등포의 밤을 영원히 잊지 못한다.

내가 그대와 함께 걸었던 비 내리던 영등포의 길로 불빛은 고요히 흘렀다. 그대는 지금 없다. 나는 가난한 시절에 만났던 그대의 아련한 모습을 마음에 간직하고 있다. 이것이 영등포의 밤을 영원히 잊지 못하는 이유다.

배호의 〈돌아가는 삼각지〉 (1)

엘비스 프레슬리는 자유분방한 표현으로, 패티 김은 밝고 힘찬 기개로, 오기택은 우울하고 무거운 분위기로 각각 지역적 특성을 표현한 데 비해 배호는 세 사람과 전혀 다른 창법으로 〈돌아가는 삼각지〉를 부른다.

배호의 삼각지와 오기택의 영등포는 외형이 닮은 민중 집결지의 애상을 표현한 노래다. 그러나 두 가수는 노래의 첫 마디부터 차이를 보인다.

즉 오기택이 "궂은비 하염없이 쏟아지는 영등포의 밤"에서 궂은비로 영등포의 슬픈 밤을 형용하되 스케치하듯 넘어간 후 "영등포의 밤"을 수렴하는 목소리로 좁게 한정하듯 발음하지만, 배호는 "삼각지 로타리에 궂은비는 오는데"에서 오기택처럼 궂은비로 슬픔을 형용하지만 "삼각지"를 명확하고 굵게 발음한 데 이어 "오는데"에서 떨며 확장하는 목소리로 공명을 일으킨다.

드러머와 가수를 겸업하면서 가수로서는 이목을 끌지 못했던 배호가 24살이던 1966년에 삼각지를 주제로 한 이 노래로 선풍적인 인기를 모으면서 삼각지는 새롭고도 강력한 이미지를 띠고 역사에 등장한다.

삼각지 로타리에 궂은비는 오는데
잃어버린 그 사랑을 아쉬워하며
비에 젖어 한숨짓는 외로운 사나이가
서글피 찾아왔다 울고 가는 삼각지

삼각지 로타리를 헤매 도는 이 발길
떠나버린 그 사랑을 그리워하며
눈물 젖어 불러보는 외로운 사나이가
남 몰래 찾아왔다 돌아가는 삼각지

〈돌아가는 삼각지〉는 박정희 시대의 명암을 극명하게 드러내는 삼각지를 통해 경제성장의 그늘에서 울며 아파하는 이웃들의 실상을 일깨우는 노래다.

배호가 있기에 삼각지가 있고, 삼각지가 있기에 배호가 있다고 말할 수 있을 정도로 배호는 이 노래로 삼각지의 본질과 실상을 완벽하게 그려낸다. 배호의 생애에 있어서 6년이라는 짧은 전성기의 발판이 되는 이 노래는 한국의 가요사는 물론 정치사, 경제사, 사회사에 던진 가공할 폭탄이었다.

배호는 밴드의 연주와 함께 노래를 불렀지만 호흡이 끊겨 밴드를 따라가지 못했다. 배상태는 할 수 없이 밴드를 돌려보냈다. 그리하여 〈돌아가는 삼각지〉는 배상태가 작사·작곡하고 환자 배호가 사력을 다해 4시간이나 걸려 부르고 당시 최고의 녹음 실력자 최성락이 녹음한 후 밴드의 음악을 합성해 만든 노작이었다. 이것은 단순히 가수 배호의 노래라기보다는 배호라는 불사조의 울음이었다. 신음이 노래요, 노래가 신음인 이 곡의 탄생 과정을 배상태, 배호, 최성락만이 실감한다.

신장이 쓰리고 숨이 가쁜 배호는 "삼각지 로타리에"를 "삼각지로 타리에"로 발음한다. '로'를 '지'에 이어 붙여야 숨을 고를 수 있었던 배호의 몸을 쥐어짜는 창법은 신음의 다른 표현이다.

"궂은비는 오는데"에서 배호의 발음은 한층 확실하고 높아진다. 궂은비는 인생의 고통이요, 역사의 시련이다. 배호가 "궂은비는 오는데"를 고음으로 처리할 때 하늘에서 내리는 비를 올려다보고 떨면서 왜 나에게 고통과 시련을 주시나요?라고 하소연하는 것 같다.

배호는 "잃어버린 그 사랑"에서 '잃어버린'을 기운이 없어 터벅터벅 또는 비틀비틀 걷는 사람의 걸음 속도와 무력을 연상하게끔 천천히 그러나 무겁게 발음하고 "아쉬워하며"를 낮게 깔린 음으로 이 사나이의 가라앉은 마음을 그린다.

사랑했지만 사라져 버린 그대는 삼각지 로타리 중 가장 후진 곳에서 살았거나 거기서 근무했을 가능성이 높다. 시야를 아주 좁히면 그대의 소재지는 당시 용산역과 효창동으로 향하는 방향의 로타리 구석(지금은 공덕동 쪽으로 향하는 고가도로와 용산역으로 가는 샛길 아래)였으리라.

또한 그대의 신분은 이 일대의 판잣집에서 산 빈민의 딸, 가난하고 힘없는 사람들이 즐겨 찾았던 싸구려 식당이나 술집에서 근무한 여종업원, 아니면 용산동과 이태원동의 동료에 비해 싼 보수를 받았던 양공주였을 가능성을 배제할 수 없다

사나이는 삼각지 로타리를 찾아와 잃어버린 옛 사랑을 그리지만 임은 없다. 헐벗고 굶주린 빈민들의 주거지를 법규 위반이란 딱지를 붙여 부수거나 쓸어 버리는 권력 집단, 눈총을 받는 직업에 종사하지만 마음이 착하거나 얼굴이 예쁜 여성이 보이면 감언이설이나 돈을 풀어 서울의 도심이나 미국 또는 다른 나라로 데려가는 브로커에게 임은 희생되었는가?

기력이 쇠진하고 숨이 가쁜 배호는 "비에 젖어 슬픔에 젖은 외로운 사나이가 말없이 찾아왔다가 울고 가는 삼각지"(제1절) 또는 "눈물 젖어 불러보는 외로운 사나이가 남 몰래 찾아왔다 돌아가는 삼각지"(제2절)라고 구슬픈 톤으로 사랑하는 임을 잃은 사나이가 비틀비틀 걷는 느린 박자로 아픈 사연을 농축하여 전한다.

배호의 〈돌아가는 삼각지〉 (2)

신장염을 앓았던 배호 자신이 육신의 아픔과 사회적으로 약자인 민중의 설움을 함께 녹여 작사가와 작곡가가 의도한 삼각지의 슬픔을 통절하게 표현한 〈돌아가는 삼각지〉는 박정희와 그 부하들이 다그치며 치달았던 부국강병이라는 깃발의 저편에서 태풍처럼 휘몰아쳤다.

1966년 하반기에 방송국들이 집계하는 '금주의 가요'에서 배호의 〈돌아가는 삼각지〉는 22주째 선두를 달렸다. 방송국 가요 담당 PD들에게 배호의 연락처를 묻는 전화가 빗발쳤다. 배호에게 전달된 팬레터는 매일 수백 통이 넘었다. 〈돌아가는 삼각지〉가 한국을 휩쓸었다. 왜 이 노래가 광범한 국민의 마음속으로 파고들었는가?

첫째, 배호가 혼과 역량과 남은 체력을 모두 쏟아 부은 이 노래는 그 자체로서 감동적이요 시의적절한 작품이었다.

대중가요는 예술적으로 빼어나거나 사회적으로 중요한 이슈를 선점할 때 선풍적인 인기를 누린다. 〈돌아가는 삼각지〉는 삼각지라는 지역의 함의와 배호의 슬픔을 농축하면서도 아름다운 가창력과 상대적 빈곤으로 경제성장의 그림자가 짙게 드리우기 시작한 한국 사회의 단면을 연상시킨다.

이 노래는 사람들이 이 노래를 듣거나 부르면서 "비에 젖어 한숨짓는 외로운 사나이"(제1절), "눈물 젖어 불러보는 외로운 사나이"(제2절)와 동일체가 되고, 경제성장이라는 과일을 독과점하는 가진 자들의 야욕과 횡포에 은연중 반감 또는 비판의식을 표출하며, 약자에 대한 동정심을 공유하면서 폭발적인 인기를 끌었다.

둘째, 이 노래는 작곡가 배상태와 가수 배호가 배수의 진을 치고 마련한 절체절명의 작품이었다.

〈돌아가는 삼각지〉는 당시 이름이 널리 알려지지 않은 작곡가 배상태가 해병대에 복무하던 중 휴가를 내서 고향인 경상

북도 성주군 성주면 대흥동으로 내려가다가 삼각지 주변의 통술집에 들러 서민들의 가슴 아픈 사연들을 접하고 아이디어를 얻어 가사의 초고를 짓고 곡을 붙인 후 가수로서 고전하던 배호의 저력을 알아차리고 강권하다시피 하여 병중에 취입한 극한상황의 산물이다. 배상태는 가사의 초고를 작사가 이인선에게 보이자 이인선이 몇 자를 고쳤다. 그리하여 이 곡의 작사가는 배상태와 이인선 공동으로 등록된다.

당초 어머니 김금순은 용두동 셋방으로 찾아온 배상태에게 "환자에게 무슨 노래냐?"라고 거절했다. 그러나 가사와 곡을 받아 본 배호가 한참을 들여다보다가 "해보겠습니다"라고 답한 것이 기적의 출발이었다.

마침내 배상태와 배호는 혼신의 힘을 쏟은 〈돌아가는 삼각지〉로 기사회생했다. 알아주지 않는 사람들 틈에서 두 사람이 형성한 이 공고한 연대를 지성이면 감천이라는 말대로 하늘이 가상히 여겨 복을 내려준 것일까.

박정희 대통령 시절인 1967년 2월에 착공해 그해 12월에 입체 교차로의 형태로 준공됐던 삼각지 로타리는 1994년 11월 이곳을 지나는 지하철의 기반을 약화시킬 수 있다는 진단에 따라 철거됐다. 그러나 삼각지 로타리는 없어졌지만 "삼각지 로타리에 궂은비는 오는데"로 시작하는 배호의 노래는 시퍼렇게 살아 있다.

〈돌아가는 삼각지〉는 그대의 몸은 보이지 않지만 그대를 마음속에 안고 쓸쓸히 돌아가는 사나이의 아픔을 되살린다. 검

은 그림자가 짙게 깔린 삼각지의 한구석을 돌아서는 사나이의
발걸음은 무겁다. 그의 고개가 축 쳐진다. 눈길이 힘없는 발의
콧잔등에 꽂힌다. 주룩 흐르는 눈물이 눈과 발 사이에서 수직
으로 꽂힌다.

김대중 신민당 대통령 후보 장충단공원 선거유세. 1971. 4. 18 한치규 사진

5. 아, 장충단공원

> 행동하지 않는 양심은 악의 편이다.
> — 김대중

역사 속의 장충단공원

역사는 과거를 비춰 주는 거울이며, 과거와 현재의 대화다. 역사를 이와 같은 관점에서 접근하면 역사는 살아 있으며 옛날의 맥을 이을 뿐 아니라 시간이 흐름에 따라 그 영역을 확장한다. 다만 역사는 미래를 예언하지 않는다.

서울 남산의 줄기를 타고 펼쳐진 장충단공원은 역사의 옛 페이지에 기록된 장충단에서 유래한다. 대자본의 외형적 상징인 신라호텔의 영빈관 자리에 장충단이 있었다. 그러나 대자본은 역사의 한 산실을 밀어내는 위력을 발휘했다. 그래서 장충단은 1969년에 서울시 장충동2가 197번지 지금의 위치로 옮겨졌다. 서울시는 장충단을 서울시 유형문화재 1호로 지정한 바 있다.

장충단은 1895년 8월 20일 주한 일본 공사 미우라 고로가 일본의 낭인들을 경복궁에 끌어들여 고종의 비인 명성황후를 살

175

해하고 그녀의 시신을 궁 밖으로 옮겨 소각(이를 '을미사변'이라 한다)했을 때 명성황후를 지키기 위해 저항하다가 숨진 시위대장 홍계훈, 궁내부 대신 이경직을 비롯해 염도희, 김홍제, 이학승, 이종구, 이경호 등 대한제국의 열사들의 넋을 위로하고 그들의 충절을 기리기 위해 1900년 9월 고종 황제의 명으로 건립된 사전과 부속 건물이다.

국운이 가물가물하던 대한제국 시기의 충신과 열사들의 넋을 기리는 현충 시설이었던 장충단은 대한제국이 1910년 일제에 병합됨으로써 파란을 맞게 된다. 즉 일제는 장충단 일대에 벚꽃을 대대적으로 심고 위락시설을 조성한 데 이어 1932년 이토 히로부미의 혼을 달래기 위해 박문사라는 절을 짓는 등 역사 왜곡을 자행했다.

흐르는 세월은 역사의 의미가 새겨진 건조물을 변형하기도 한다. 해방된 한국은 당연히 박문사를 철거했다. 그러나 6·25전쟁은 장충단의 사전과 부속건물을 파괴했다. 따라서 지금 남은 것은 장충단 비 하나뿐이다.

지금의 장충단공원은 을미사변뿐 아니라 임오군란(1882), 갑신정변(1884) 때의 충신·열사들의 넋을 추모하는 어떤 시설도 보유하고 있지 않은 장충단 비를 경내에 둔 시민공원이다. 이곳에는 헤이그의 밀사 이준 열사의 동상도 서 있다. 이와 같은 역사를 지닌 채 남산 기슭을 타고 내려와 울창한 숲을 이루면서 도심의 시민들에게 안식을 제공하는 장충단공원은 고요하고 아늑한 느낌을 준다.

배호의 〈안개 낀 장충단공원〉 (1)

배호는 1966년 11월 최치수 작사, 배상태 작곡인 〈안개 낀 장충단공원〉을 녹음해 1967년 3월 공전의 인기를 끌어 자신의 전성기를 확고하게 굳힌 바 있다. 〈돌아가는 삼각지〉와 〈안개 낀 장충단공원〉 이 두 곡은 배호를 최고의 가수로 이끈 쌍두마차였다.

〈안개 낀 장충단공원〉을 작곡한 배상태는 〈돌아가는 삼각지〉의 경우처럼 당초 자신이 작사까지 했지만 근무하고 있던 아시아레코드 사장인 최치수에게 보이자 그의 측근들이 인쇄 단계에서 작사가를 최치수로 대체했다고 증언한다.

안개 낀 장충단공원 누구를 찾아왔나
낙엽송 고목을 말없이 쓸어안고 울고만 있을까
지난날 이 자리에 새긴 그 이름
뚜렷이 남은 이 글씨
다시 한 번 어루만지며 떠나가는 장충단공원

비탈길 산길을 따라 거닐던 산기슭에
수많은 사연에 가슴을 움켜쥐고 울고만 있을까
가버린 그 사람의 남긴 발자취
낙엽만 쌓여 있는데
외로움을 달래가면서 떠나가는 장충단공원

〈안개 낀 장충단공원〉은 역사의 도정에서 우뚝 설 초인을 그리고 대망하는 노래다. 이 노래는 〈돌아가는 삼각지〉처럼 슬픈 감회를 바탕에 깔고 있다. 그러나 이 노래는 〈돌아가는 삼각지〉보다 우렁차다. 배호는 〈안개 낀 장충단공원〉도 병환 중에 취입했지만 〈돌아가는 삼각지〉 때보다 원기를 회복하여 자신의 비결인 19음계까지 끌어 올리며 자신 있게 곡을 소화했다. 반면에 한국의 일류 가수들은 8음계로 인기를 누리고 있다.

배호가 잃어버린 사랑 때문에 거의 쓰러질 지경에 이른 사나이가 터벅터벅 또는 비틀비틀 걸으면서 하소연하듯, 어떤 면에서는 답답할 정도로 느린 박자로 부른 〈돌아가는 삼각지〉는 처연한 느낌을 주지만 사실은 배호 스스로 병마에 시달리면서 무리하게 불렀기 때문에 숨이 차서 느려진 곡이다.

그러나 배호는 〈안개 낀 장충단공원〉에서는 사라져 버린 인물을 그리워하며 울고 있지만 그가 초인으로 돌아올 것을 갈망하는 심리와 슬픔을 이겨내는 의지를 강하게 드러내면서 우렁차고 폭발적인 목소리로 간절한 염원을 표출하고 있다.

배호가 음폭상 19음계의 최상인 오선지 위의 솔까지 올라가는 고음으로 표현한 "지난날 이 자리에 새긴 그 이름 뚜렷이 남은 이 글씨"는 초인의 현현 또는 위업의 표상이요, 떨리는 목소리로 부른 "다시 한 번 어루만지며"(제1절)와 "외로움을 달래가면서"(제2절)는 백마 타고 오는 초인에 대한 간절한 염원이요, 통곡을 자아내는 비장한 절규다.

항상 가사를 읽고 또 읽으며 작사가의 의도와 가사 자체가 내포한 역사성과 철학을 꿰뚫기 위해 노력하는 배호는 노래의

제1절 첫 마디 "안개 낀 장충단공원"을 발음할 때 어떤 깊은 사연을 예고하듯 슬픈 음조를 띠고, "낙엽송 고목을 말없이 쓸어안고"의 '쓸어안고'를 영어의 R발음으로 몸부림치듯 표현한 후, "울고만 있을까"에서 실제로 우는 듯 슬픈 분위기를 자아낸다.

마찬가지로 배호는 제2절의 "비탈길 산길을 따라"를 정확하게 발음한 후 "수많은 사연에 가슴을 움켜쥐고"에서 '움켜쥐고'를 실제로 쥐어짜듯 역동적인 인상을 남기며, "울고만 있을까"로 울음의 공간을 펼친다.

배호가 제1절에서 "지난날 이 자리에 새긴 그 이름 뚜렷이 남은 이 글씨"로 점점 음계를 올리다가 "다시 한 번 어루만지며"에서 최고조에 이른 감정을 "떠나가는 장충단공원"에서 낮은 음으로 여운을 남기거나, 제2절에서 "가버린 그 사람의 남긴 발자취 낙엽만 쌓여 있는데"로 끌어올린 음계와 "외로움을 달래가면서"로 정점에 이른 아쉬움을 "떠나가는 장충단공원"으로 나지막하게 추스르는 것은 천재가수다운 창법이요, 예술의 극치라 하겠다.

특히 "다시 한 번 어루만지며"(제1절)와 "외로움을 달래가면서"(제2절)에서 영어의 R 발음으로 혀를 소용돌이치듯 굴리는 배호의 특징을 한국의 어느 가수가 모방할 수 있겠는가?

뛰어난 가수는 노래에 예술뿐 아니라 역사와 심리와 철학을 담는다. 가수가 가사를 잘 외우고, 주어진 곡의 음표에 따라 복창하듯 목소리를 잘 내는 선수라면 기계와 다를 바 없을 것이다. 그러나 배호는 작사가와 작곡가로부터 받은 가사와 음표에 혼을 넣어 재창조한 가수다. 배호의 노래가 사후에도 많은 사람들에게 감동을 주는 비밀은 여기에 있다.

배호의 〈안개 낀 장충단공원〉 (2)

작사가와 작곡가는 특정인에게 화갑이나 미수를 축하하는 노래를 헌정할 수도 있지만 대중성을 확보하기 위해서 일반적인 함의가 내포된 노래를 창작하는 경우가 대부분이다. 〈안개 낀 장충단공원〉의 작사가 및 작곡가 배상태는 명성황후를 지키다 순직한 홍계훈이나 장충단공원에서 최고의 유세를 한 김대중을 점찍어 영웅으로 만들기 위해 이 노래를 세상에 내놓은 것이 아니라 〈안개 낀 장충단공원〉을 보통명사로 부각시켰을 뿐이다.

그러나 어떤 사람은 상상을 초월하는 순간에 영웅이나 위인이 되기도 하고, 예기치 않게 화제의 인물이 되기도 한다. 이 경우 그는 당대의 예술 작품의 주인공으로 떠오르기도 한다. 이것이 필연인지 우연인지는 사안마다 다르다.

장충단공원은 대한제국 열사들의 사건과 관련이 있는 역사적인 장소이면서 1971년 4월 18일 김대중 후보의 명연설과 백만 청중으로 새로운 역사를 탄생시킨 곳이다.

실제로 김대중이 1971년 대선에서 선전했지만 결과적으로 석패한 후 그의 적극적인 지지자들은 물론 그를 기대했던 적지 않은 국민은 그가 재기하기를 바라면서 격려했다. 동아일보의 1971년 5월 1일자 '횡설수설'이 그러한 흐름을 반영한다.

배호의 노래 〈안개 낀 장충단공원〉은 김대중의 장충단공원 유세 직후 서울을 비롯한 전국의 주요 도시에서 가파른 상승세를 탔다. 그는 비록 패배했지만 이 연설에서 강력한 인상을 국민에게 심어줌으로써 한국 정치의 유력한 인물이 되고, 〈안개 낀 장충단공원〉의 주인공처럼 비치기도 했다.

〈안개 낀 장충단공원〉이야말로 장충단공원을 무대로 강력한 인상을 남긴 어떤 초인이 안개를 걷어 버리고 다시 역사의 전면에 뚜렷이 등장하기를 고대하는, 또는 특정한 인간을 지정하지 않더라도 큰 뜻을 다 펼치지 못하고 사라진 모든 사람들을 추억하는 동시대인의 마음에 불을 질렀다.

어떤 사람은 1971년 대선이 끝난 후 몇 년 동안 DJ의 장충단공원 유세 전문을 외워 DJ의 목소리와 제스처까지 닮은 모습으로 친구나 이웃들이 모인 자리에서 연설을 해 큰 인기를 얻었다. 다른 사람은 한 때 DJ가 피웠던 여송연과 마도로스 파이프를 선호하기도 했다.

DJ의 열성 팬들이 〈안개 낀 장충단공원〉을 부르면서 DJ가 초인으로 재등장하기를 고대하는 현상은 이 노래를 다시 한 번 주목하는 계기를 만들었다. 이와 마찬가지로 DJ 이후 또 다른 인물이 장충단공원과 관련해 역사에 걸출한 업적을 남기면 〈안개 낀 장충단공원〉은 그를 추억하는 노래로 자리매김하면서 더욱 롱런할 가능성도 배제할 수 없다.

DJ의 술회

김대중은 박정희와 앙숙이면서 경쟁자로서 한국 정치사에 굵은 발자취를 남겼다. 그는 인동초라는 별명을 얻을 정도로 고통을 이겨내면서 정치에 헌신했다. 그는 박정희가 1979년 김재규의 저격으로 별세한 후 정계의 실세로 등장해 대통령까지 역임한 전두환 시절에도 고초를 겪었다.

대선에서 고배를 마신 김대중은 미국과 일본을 오가며 박정희 정권에 맞서 민주화운동을 주도하다가 1973년 8월 8일 도쿄의 한 호텔에서 중앙정보부 요원에 의해 국내로 납치되어 세계의 이목을 집중시켰다. 그는 현해탄에서 중정 요원들에 의해 바다로 던져지기 직전에 미 CIA의 헬리콥터가 경고방송을 해 죽음을 면했다.

바다 위를 질주하는 배에서 중정 요원들은 그의 눈을 가린 채 그를 칠성판에 묶고 돌을 매달아 바다에 빠뜨리면 틀림없이 죽을 것으로 확신했다. 김대중은 그 순간 "예수님, 제가 국가와 민족을 위해서 할 일이 있습니다. 제가 바다에 던져지면 하체는 상어 밥이 되더라도 상체만이라도 건져내 구해 주십시오"라고 간절히 기도했다.

그 순간 섬광이 번쩍이면서 쾌속으로 달리는 배 위에서 헬리콥터 소리가 났다. 헬리콥터는 "죽이지 마라!"는 방송을 했다. 중정 요원들이 당황한 나머지 김대중을 바다에 빠뜨리는 것을 포기했다. 그는 눈이 가려진 채로 동교동 자택 앞에 세워져 귀가할 수 있었다.

그러나 그는 1976-1978년 민주구국선언사건으로 투옥된 후 1980년 초 정치활동을 재개하였으나 같은 해 7월 내란음모죄로 사형을 선고받고 복역하는 등 절체절명의 위기를 맞았다. 그는 미국의 주선으로 1982년 12월 형집행정지로 석방된 후 미국으로 건너갔다. 1985년 귀국한 그는 김영삼과 함께 민주화추진협의회 공동의장직을 역임하면서 민주화운동에 헌신했다.

나는 DJ가 1985년 귀국한 후 1987년까지 김대중 비서실 수석 전문위원으로서 정세분석을 담당했다. 당시 DJ는 동교동 자택에 연금되기 십상이었다. 그의 정치활동은 지극히 제한됐다. 그리하여 DJ가 고통을 감수하면서 재기할 수 있는 발판을 마련하는 것, 다시 말하면 생존전략을 짜는 것이 나의 임무였다.

정세분석담당 전문위원은 기획보고서를 많이 쓴다. 이런 종류의 보고서는 보충설명을 필요로 하기 때문에 DJ와 독대해 토론하는 빈도가 잦았다. 어느 날 나는 지하 서재 옆 DJ의 휴게실에서 평소에 호기심을 가진 문제 한 가지를 화제에 올렸다.

"선생님, 혹시 배호라는 가수를 아십니까?"

"알다마다. 내가 가장 좋아하는 가수요."

"그러세요?"

"이동지도 좋아하는가?"

"네."

"이심전심이구만."

"사실은 제가 1971년 4월 18일 선생님의 장충단공원 유세를 동아일보사 수습기자의 일원으로서 말석에서 취재했습니다."

"아, 그래요? 감회가 새로워요."

"그때 한국 정치사상 최고의 연설을 하신 것 같습니다. 비록 투표에선 이기고 개표에서 지신 것이지만 위력이 대단했습니다."

"내가 최선을 다했으니 여한은 없어요."

"저는 선생님의 장충단공원 유세를 생각할 때마다 배호의 〈안개 낀 장충단공원〉이란 노래가 떠오릅니다. 이 노래는 장충단공원 유세가 있기 전인 1967년에 나왔습니다만 큰 인물을 예상하고 작사·작곡한 것이 아닌가, 이런 생각이 들 정도입니다."

"흠, 그래요?"

"가사와 곡이 선생님을 지적한 바는 없지만 내용상 선생님을 대망하는 노래라는 해석이 가능합니다."

"일리 있소. 그러나 내 입으로 이 노래를 예찬하기는 곤란하니 이동지가 알아서 쓰세요."

DJ는 그 후 대통령선거에 출마했을 때 한 토론회에서 "어떤 노래를 좋아합니까?"라는 한 패널의 질문을 받고 "배호의 〈웃으며 가요〉를 가장 좋아합니다"라고 답변했다. 나는 DJ의 답변에서 '표면상'이라는 단어가 숨겨져 있음을 안다.

배호의 〈웃으며 가요〉

DJ가 가장 좋아한다는 〈웃으며 가요〉를 배호는 1971년에 불렀다. 이용일 작사, 백영호 작곡인 〈웃으며 가요〉는 언젠가는 사라질 생명체들에게 끝을 멋있게 장식할 것을 호소하는 노래다.

웃으며 떠난다고 욕하지 마오
겉으로는 웃어도 마음은 울고 가요
어차피 헤어지는 당신과 난데
그까짓 눈물은 흘려서 무엇해
만났던 그날처럼 웃으며 가요

괴로워하지 말고 헤어집시다
마음으론 울어도 겉으론 웃고 가요
이제는 돌아서는 당신과 난데
이별이 서러워 울며는 무엇해
원망을 하지 마오 웃으며 가요

〈웃으며 가요〉는 평범한 가사와 평범한 곡에 간명한 메시지를 포괄한다. 그것은 '떠날 때는 말없이'라는 다른 노래의 가사보다 긍정적이며 적극적이다. 웃으며 가는 사람은 얼마나 여유가 있는가?

이 노래는 예술성이 다소 떨어진다 해도 일상생활에서 웃으며 떠나기 어렵기 때문에 수양과 극기의 차원에서 부르면서 본받아야 할 덕목이 아닌가 생각된다. 웃으면서 헤어짐은 광범한 만남과 헤어짐에서 하나의 모범 사례로 꼽힐 수 있다.

"겉으로는 웃어도 마음은 울고 가요"(제1절)와 "마음으론 울어도 겉으론 웃고 가요"(제2절)는 같은 의미의 다른 표현이다. 그러나 사람은 이별 앞에서 눈물이 나오더라도 그것으로 이별을 막을 수 없고, 그것으로 세상을 바꿀 수 없다면 "그까짓 눈물은 흘려서 무엇해"(제1절)와 "이별이 서러워 울며는 무엇해"(제2절)라는 질문을 새길 필요가 있겠다.

만남과 헤어짐은 부모와 자식, 연인, 친구들, 심지어 동지와 적 사이에서도 온다. 배호는 "만났던 그날처럼 웃으며 가요"(제1절)와 "원망을 하지 마오 웃으며 가요"(제2절)라면서 헤어지는 사람들을 위로한다.

후일 사선을 넘고 넘어 대통령이 되어 자신이 품은 뜻을 펼친 DJ도, 자신을 괴롭힌 빈곤과 질병에 꺾이지 않고 훌륭한 가수가 되어 〈안개 낀 장충단공원〉을 부른 배호도 마지막 웃음이 하늘의 축복이라는 여운을 남긴 채 갔다.

미소가 부처님이 연꽃을 대중에게 드러내 보였을 때 제자 가섭만이 그 의미를 알고 빙그레 웃었다는 데서 유래한 염화시중의 미소나 레오나르도 다빈치의 걸작 〈모나리자〉의 우아한 미소의 경지에 이르면 신비스럽고 환상적일 것이다.

6. 가슴 아픈 사랑

> 강렬한 사랑은 판단하지 않는다. 주기만 할 뿐이다.
> — 마더 데레사

사랑과 눈물

인간의 영원한 주제인 사랑은 달콤하지만은 않다. 사랑은 뜻하지 않게 시련을 겪기도 하고, 엄청나게 쓴맛을 남기기도 한다.

그리하여 사랑은 사람들이 피워 올리는 '환희의 무지개'가 아니라 가수 나훈아의 노래처럼 가슴 아픈 연인들이 흘리는 '눈물의 씨앗'이라고 말할 수 있다.

많은 경우 사랑과 눈물은 동의어다. 사람들은 사랑하면서 흔히 눈물을 흘린다. 사람들이 기쁨에 겨워 흘리는 눈물은 뜨겁고, 슬픔에 젖어 흘리는 눈물은 차갑다. 두 눈물의 화학적 성분이 어떻든 간에 우리는 사랑과 눈물을 분리해서 접근하기 어렵다.

수많은 사람이 살면서 긴 우여곡절 끝에 환호의 순간을 맛보듯, 사랑은 씨를 뿌려 숱한 슬픔을 겪고 나서야 열매를 맺는 경우가 적지 않다. 눈물에 의해 씻기면서 영그는 눈물겨운 열매 ― 이것이 사랑이다. 걸출한 예술인들이 사랑과 눈물을 소재로 불후의 명작을 남긴 것은 우연이 아니다.

영국의 쉐익스피어는 4대 비극 『햄릿』『오셀로』『리어왕』『맥베스』를 썼다. 이 작품들은 스토리가 다름에도 불구하고 정치적 욕망, 양심과 영혼의 붕괴, 슬픈 사랑을 주제로 하고 있다.

러시아의 톨스토이는 정열에 가득 찬 안나의 메마른 결혼과 간통, 비극적 자살을 소재로 한 『안나 카레니나』에서 1860년대 러시아의 상류사회의 풍속도를 생생하게 묘사함과 아울러 사랑과 결혼의 관계를 화두로 올렸다.

프랑스의 빅토르 위고는 『노틀담의 꼽추』에서 에스메랄다라는 집시 소녀를 주인공으로 비극적인 사랑의 갈등을 주제로 하여 성직자, 종지기 꼽추, 장교, 무희 등을 등장시켜 15세기의 파리의 사회 분위기를 전하면서 소외된 민중의 꿈을 그렸다.

종합예술인 영화 분야에서는 국내외를 막론하고 사랑과 눈물을 주제로 한 작품들이 허다하다. 〈타이타닉〉〈더 리더〉〈그해 여름〉〈세상에서 가장 아름다운 이별〉〈천국에서 너를 만나면〉〈클래식〉〈피아니스트〉〈노트북〉〈라스트 나이트〉〈연인〉〈If only〉〈마지막 잎새〉〈청사〉 등이 깊은 슬픔을 자아내 보는 이들의 마음을 시큰하게 한다.

사랑을 잃은 사람들의 유형

사랑은 두 사람을 하나로 융합한다. 그러나 사랑의 길에서 두 사람이 떨어져야 할 상황이 오면 심한 통증을 유발하는 것이 상례다. 만일 실연하고도 덤덤한 사람은 형식적인 사랑 또는 계산적인 사랑을 했기에 심리적 타격을 받지 않을 수도 있겠다.

사랑을 잃은 사람들은 자신도 모르게 눈물을 흘리고 가슴이 아리다는 점에서 공통된다. 하지만 실연 이후의 반응에 주목할 경우 이들을 순정파, 이성파, 몰입파 등 세 가지 유형으로 나눌 수 있다.

나는 이 유형을 설명한 다음 해방 이후의 한국의 대중가요 중 각 유형과 관련된 한국인의 심성을 대변하면서도 예술성이 뛰어난 몇 곡을 골라 해설하겠다. 이어서 나는 배호가 선호한 사랑의 길을 좇으며 거기에 가장 적합하다고 생각되는 노래를 해설하고자 한다. 이것은 한국인의 정신사의 일맥을 짚는 작업이기도 하다.

첫째, 순정파는 부끄러움을 잘 탄다. 이 때문에 그는 상대방에게 사랑한다고 분명히 밝히지 못하고 우회적으로, 비유적으로 의사를 표현하거나, 고개를 숙인 채 한복의 옷고름을 물거나 치맛자락을 끌어당기는 동작을 반복한다.

순정파의 사랑은 흔히 외형상으로는 시작과 끝이 분명치 않다. 상대방이 그러한 사랑을 눈치채지 못할 경우도 있다. 대한민국의 경우 조선시대, 일제강점기, 해방공간에서 이런 순정파들이 많았다.

이들이야말로 모든 짝사랑을 독점하며, 좀더 적극적으로 나서면 이룰 수 있는 사랑도 소극성, 의사표현의 불분명성 때문에 놓치는 경우가 적지 않다. 이렇게 끝나는 사랑은 아픈 상처를 남긴다.

둘째, 이성파는 합리적이고 분석적이다. 이 때문에 그는 상대방에게 분명한 사랑의 의사 표시를 하고, 서로가 열렬하게 사랑하다가 헤어져도 현실을 담담하게 받아들인다.

이성파는 현대의 젊은이들에게 많다. 그대와 나는 둘이 하나가 되던, 하나가 둘이 되던 간에 독립된 존재다. 더구나 한편이 다른 편에게 종속된다는 것은 상상할 수 없다. 사랑을 마감해야 할 여건이 돌출하면 이성파는 현실을 담백하게 받아들이며, 상대를 추억 속에 떠올린다.

셋째, 몰입파는 사랑을 하면 불같이 하고, 헤어지면 몸부림을 친다. 이 때문에 그는 실연할 경우 순정파나 이성파에 비해 그 상처가 훨씬 깊다. 실연으로 자살하는 사람들은 이 유형에 많다.

그러나 몰입파는 온몸과 온 마음으로 상대방을 사랑하고, 그것이 열매를 맺지 못할 경우 깊은 성찰과 통곡으로 아픔을 극복하기도 한다. 이것은 선승들의 큰 깨우침이 극악한 조건에서 나오는 것과 맥락을 같이 한다.

안다성의 〈사랑이 메아리 칠 때〉

 순정파의 사랑을 전하는 노래로는 안다성의 〈사랑이 메아리칠 때〉, 이미자의 〈동백 아가씨〉가 특출하다.

 이 가운데 안다성의 〈사랑이 메아리칠 때〉는 순정파를 대표하는 지순지고한 노래다. 이 노래는 서인경 작사, 박춘석 작곡, 안다성 노래라는 삼박자 및 노래의 배경을 이루는 대자연과 인간의 청정한 마음이 완벽하게 조화를 이루는 걸작이다. 우리는 사랑에 관한 한국인의 눈물겨운 심성을 이처럼 가슴이 아리도록 표현하는 노래를 더 이상 찾기 어렵다.

> 바람이 불면 산위에 올라
> 노래를 띄우리라 그대 창까지
> 달 밝은 밤은 호수에 나가
> 가만히 말하리라
> 못 잊는다고 못 잊는다고
> 아 아 아 아 아 아 아
> 진정 이토록 못 잊을 줄은
> 세월이 물 같이 흐른 후에야
> 고요한 사랑이 메아리친다
>
> 꽃 피는 봄엔 강변에 나가
> 꽃잎을 띄우리라 그대 집까지
> 가을밤에는 기러기 편에
> 소식을 보내리라
> 사모친 사연 사모친 사연

아 아 아 아 아 아 아
진정 이토록 사무칠 줄은
세월이 물 같이 흐른 후에야
고요한 사랑이 메아리친다

안다성은 제1절의 머리에서 "바람이 불면 산위에 올라 노래를/ 띄우리라 그대 창까지"로 부른다. 문법을 초월해 '노래를'에 숨을 멈춰 무게를 싣는 이 기법은 제2절의 '꽃잎을'에서도 반복된다. 여기서 '노래'와 '꽃잎'은 나의 사랑하는 마음이다.

그러나 주인공은 못 잊는다는 말 한 마디, 사모친 사연의 흔적이나마 직접 전하지 못하고 산 위에서 노래로, 호수에서 말로, 강변에서 꽃잎으로, 기러기 편에 소식으로 그것을 표현하고는 "세월이 물같이 흐르는 후에야" 사무친 마음으로 '고요한 사랑'을 되새긴다.

청정하고 애절한 목소리를 가진 안다성이 고성으로 "아 아 아 아 아 아 아"를 반복할 때의 느낌은 처연하기까지 하다. 그가 "세월이 물같이 흐른 후에야/ 고요한 사랑이 메아리친다"로 노래를 맺을 때, 그 '메아리'라는 6초 동안의 애끓는 목소리야말로 이루지는 못했지만 순결한 사랑을 영겁으로 잇는 긴 울림이 아니고 무엇이랴.

이미자의 〈동백 아가씨〉

이미자는 한국의 트로트 가요를 대표하는 최고 가수다. 오

랜 봉건제도의 유습으로 인한 남녀 차별이 엄존하고 있는 한
국 사회에서 여성으로서 여러 가지 불리한 여건을 무릅쓰고
자신의 분야에서 부동의 권위를 오랫동안 누릴 수 있는 가수
란 흔하지 않다.

이미자란 이름을 서울의 도심지에서 벽촌이나 섬까지 한국
의 전 영토를 휩쓸게 하고 아시아의 일부 국가에까지 그녀의
명성을 떨치게 한 노래들 중 〈동백 아가씨〉를 빼놓을 수 없
다.

헤일 수 없이 수많은 밤을
내 가슴 도려내는 아픔에 겨워
얼마나 울었던가 동백 아가씨
그리움에 지쳐서 울다 지쳐서
꽃잎은 빨갛게 멍이 들었소

동백 꽃잎에 새겨진 사연
말 못할 그 사연을 가슴에 안고
오늘도 기다리는 동백 아가씨
가신임은 그 언제 그 어느 날에
외로운 동백꽃 찾아 오려나

한국의 대중가요사에서 저명한 한산도 작사, 백영호 작곡
인 〈동백 아가씨〉는 이미자가 불러야 정답이다. 그녀가 이 노
래를 부르므로써 한산도와 백영호도 보다 확고한 위상을 굳힐
수 있었다. 1960년대부터 지금까지 이미자의 〈동백 아가씨〉는

레코드 판매량에서 해방 이후 최고를 기록하고 있다. 최희준의 〈하숙생〉과 배호의 〈돌아가는 삼각지〉는 그 뒤를 잇는다.

겨울의 끝자락에서 찬바람 맞으며 붉은 봉오리 피워 올리는 동백은 단심의 상징이다. 〈동백 아가씨〉는 동백처럼 붉은 사랑을 준 여성이 사라져 버린 임을 그리는 노래다. 이미자는 차분하고 수줍고 애련한 감정으로 이 노래를 소화했다.

이미자가 똑똑 끊어지는 음성으로 표현한 "그리움에 지쳐서 울다 지쳐서"(제1절)와 "가신임은 그 언제 그 어느 날에"(제2절)는 보아도 보이지 않고 소리쳐도 들리지 않는 임을 향한 홀로 남은 여성의 애절한 마음이 배어 있다.

빨갛게 멍이 든 동백꽃처럼 가슴에 한이 맺혀 핏빛으로 물든 여성에게 사라진 임은 돌아올 것인가? 기약할 수는 없지만 〈동백 아가씨〉와 같은 긴 인고가 반만 년 역사를 지탱해 온 힘일 수 있다.

이종용의 〈너〉

이성파의 사랑을 표현하는 노래로는 이종용의 〈너〉와 임태경의 〈그대 그리고 나〉가 압권이다.

서세건 작사, 작곡인 〈너〉를 1975년 4월에 부른 신인가수 이종용이 사람들, 특히 젊은이들에게 폭탄으로 다가왔다. 그 폭음은 세상을 깜짝 놀라게 했다.

낙엽 지는 그 숲속에 파란 바닷가에

떨리는 손 잡아주던 너
별빛 같은 눈망울로 영원을 약속하며
나를 위해 기도하던 너
내 곁을 떠난 뒤 외로운 집시처럼
밤을 새워 버린 숱한 나날들
오늘도 추억 속에 맴돌다 지쳐 버린
쓸쓸한 나의 너

바람에 실려 가고 빗소리에 몰리는
잃어버린 너의 목소리
부서지는 머리 결을 은빛처럼 날리우고
되돌아선 너의 옛 모습
웃음 지며 눈감은 너
내 곁을 떠난 뒤 외로운 집시처럼
밤을 새워 버린 숱한 나날들
오늘도 추억 속에 맴돌다 지쳐 버린
쓸쓸한 나의 너
쓸쓸한 나의 너

발라드풍의 경쾌한 리듬을 타면서도 눈감은(가사의 분위기
로는 숨진) 임을 애타게 그리면서 "웃음 지며 눈감은 너"에서
부터 "쓸쓸한 나의 너"까지 이어지는 이종용의 절규는 신선한
충격 자체였다.

젊은이들은 전국의 유원지에서, 특히 서울의 교외선 열차
(2004년 4월 폐지됐다) 안이나 이 열차가 손님을 많이 내려놓

앉던 송추, 일영, 장흥 등에서 이 노래를 소리 높이 불렀다. MBC의 '금주의 인기가요'는 1975년 4월 이 노래를 전파에 띄우자마자 3위에서 1위로 뛰어 오르고 15주 연속 1위를 유지했음을 보여준다.

이종용의 〈너〉는 순정파들이 자신에게 아픔을 남기고 떠나버린 너를 먼 세계에 둔 채 아픔을 스스로 삭이는 고된 과정을 겪는데 반해 멀리 있는 너를 나와 동렬에 놓고 대화하듯, 호소하듯 그리움을 표출한다. 그러므로 이 노래는 이성적으로 사고하는 젊은이들의 심성에 맞으며 사랑의 현대적 흐름을 대변한다.

이종용이 제2절의 마지막에서 반복한 '쓸쓸한 나의 너'라는 구절. 여기서 '쓸쓸한'은 나를 형용하는 낱말이다. '쓸쓸한 나의 너' '웃음 지며 눈감은 너'는 하늘나라 또는 어떤 이상향에서 '쓸쓸한 나'를 굽어보리라.

임태경의 〈그대 그리고 나〉

정현우 작사, 정현우 작곡으로 임태경이 노래한 〈그대 그리고 나〉도 이성파를 대표하는 노래다. 이종용의 〈너〉는 나와 너를 분명하게 상정하고 내가 헤어진 너를 생각하지만 너에게 중점을 둔 데 비해, 임태경의 〈그대 그리고 나〉는 너와 나를 하나로 묶어 생각한다는 점에서 약간의 차이를 보이고 있다.

듀오 또는 트리오로서 개성 있는 목소리로 독특한 음악세계를 구축하고 있는 소리새도 〈그대 그리고 나〉를 잘 불렀다. 그러나 필자는 그대와 나의 마음을 여러 사람이 접근하기보다는 한 사람이 소화해서 표현한 노래가 더 강렬한 인상을 주므로 임태경의 노래를 선택해 해설하고자 한다.

> 푸른 파도를 가르는 흰 돛단배처럼 그대 그리고 나
> 낙엽 떨어진 그 길을 정답게 걸었던 그대 그리고 나
> 흰 눈 내리는 겨울을 좋아했던 그대 그리고 나
> 때론 슬픔에 잠겨서 한없이 울었던 그대 그리고 나
> 텅 빈 마음을 달래며 고개를 숙이던 그대 그리고 나
> 우린 헤어져 서로가 그리운 그대 그리고 나
>
> 때론 슬픔에 잠겨서 한없이 울었던 그대 그리고 나
> 텅 빈 마음을 달래며 고개를 숙이던 그대 그리고 나
> 우린 헤어져 서로가 그리운 그대 그리고 나
> 우린 헤어져 서로가 그리운 그대 그리고 나

임태경은 푸른 파도, 낙엽, 흰 눈으로 이어지며 이미지가 점층적으로 전개되는 이 노래에서 〈그대 그리고 나〉를 매번 반복한다. 이어서 그는 "때론 슬픔에 잠겨서 한없이 울었던" "텅 빈 마음을 달래며 고개를 숙이던" "우린 헤어져 서로가 그리운"에서 북받치는 감정을 고조시키면서 〈그대 그리고 나〉를 계속해서 묶는다.

그대와 나는 만날 때 계절이 바뀌는 줄도 모르고 함께 있었다. 그리고 헤어져도 마음으로 함께 있다. 이것을 일심동체라

한다.

다이아몬드는 가까운 데서 보든 멀리서 보든 광채를 발사한
다. 아름다운 사랑, 위대한 사랑은 다이아몬드처럼 만남과 헤
어짐을 초월하여 빛난다. 아니 헤어짐이 있기에 만남은 더욱
소중한지도 모른다.

임태경이 실연했지만 의연한 두 사람의 마음속으로 들어가
정확한 발음으로 절창한 이 노래는 '텅 빈 마음'에서 공(空)을,
"우린 헤어져"에서 리(離)를, "슬픔에 잠겨서"에서 애(哀)를 반
영하지만 "우린 헤어져 서로가 그리운 그대 그리고 나"라는
심금의 울림과 연대로 공과 리와 애를 극복한다.

배호와 여가수의 사랑

몰입파의 사랑을 대표하는 노래로는 배호의 일련의 작품들
이 독보적이다. 배호는 사랑을 주제로 한 노래들을 많이 불렀
다. 이것은 배호 자신이 자발적으로 사랑을 노래한 곡을 선
호해서 그렇게 된 것이 아니라 유명한 작사가와 작곡가들이
1966년 가요계에 돌풍을 일으킨 배호에게 사랑을 표방한 노래
들을 이것저것 들이밀었기 때문이다.

나는 취재 과정에서 배호가 8년 동안 거의 점심을 못 먹을
정도로 고전했던 드러머 시절과 신인가수 시절을 지나 1966년
부터 1971년 숨지기까지의 6년이라는 짧은 전성기에 불철주야
로 활동하면서 사랑을 노래한 작품을 양산했을 뿐 아니라 실

제로 사랑했으며, 자신의 애절한 사랑의 노래들과 허무하게 끝난 사랑의 결과가 일치한다는 사실을 알고 애석한 마음을 금할 수 없었다.

배호는 역사적으로는 독립운동가의 아들이요, 혈통으로는 4대 독자이지만 13살 때인 1955년에 아버지가 돌아가시고 호주가 되어 14살 때 드럼을 배워 17살 때부터 미8군의 야간업소 등에서 연주했지만 8년 동안 점심을 거의 먹어 본 적이 없는 박봉의 비정규직 노동자로서의 설움을 톡톡히 겪었다. 그가 21살 때 외삼촌 김광빈이 작곡한 〈굿바이〉〈사랑의 화살〉등으로 가수로 데뷔했지만 무명 가수에 지나지 않았다. 그는 23살이던 1965년까지 드러머와 가수라는 2중의 직업을 가졌지만 가난에 시달렸다.

배호가 〈돌아가는 삼각지〉를 시작으로 〈안개 낀 장충단공원〉으로 인기의 정상을 굳힌 시점에 작사가, 작곡가 중 몇 사람이 배호와 그 시기에 촉망 받던 한 여가수가 사랑으로 결합하도록 권유했다.

배호는 1969년에 그녀와 사귀기 시작했다. 그리고 두 사람은 함께 지방 공연을 할 기회가 잦아 더욱 친해졌다. 일방적으로 그리워하다가 끝나고 마는 짝사랑과 달리 정을 주는 사랑으로서는 그녀가 배호에게 처음이었다. 하지만 인기가 절정으로 치솟던 그 시점에 배호는 섣불리 결론을 내리기 어려웠다.

오히려 배호는 신장염으로 몸이 허약한데다 결혼하면 어머니를 모셔야 할 아내 후보를 결정함에 있어서 자신은 그녀를 좋아하지만 어머니의 견해가 중요하므로 감정을 극도로 절제했다. 이것이 배호에게는 고통이었다.

쉽게 만나서 불처럼 열을 내고 간단히 헤어지기도 하는 초스피드의 사랑, 속도위반을 밥 먹듯이 하는 사랑, 남녀의 결합을 젊은 시절의 불장난쯤으로 여기는 사랑, 돈의 유무를 따지는 사랑 등은 배호와 거리가 멀었으므로 사랑 자체가 부담스럽고 책임이 따르는 험난한 과제가 아닐 수 없었다.

백목련, 진달래, 철쭉이 잇따라 피는 춘천 호반을 거닐 때 그들은 한 쌍의 원앙처럼 보였다. 라일락에 이어 아카시아가 강한 향기를 뿜어대는 청주시의 산야에서 포즈를 취하던 그들은 신혼부부 같았다.

단풍이 붉게 물들고 갈색 잎들이 너울거리는 부산시 용두산공원에 땅거미가 질 때 미풍에 떨어지는 낙엽을 주을 때 그들은 소년 소녀로 돌아갔다. 한 해가 어느덧 가고 함박눈이 광주시를 덮고 사람들의 발자국에서 빠드득 빠드득 소리가 묻어올 때 팔짱을 끼고 걷는 연인들의 천국에 그들도 끼었다. 그들은 한적한 광주공원으로 발을 옮겼다.

배호를 오빠라 불러온 그녀가 불쑥 말한다.

"오빠! 우리 언제까지 오누이로 지낼 거예요?"

배호가 웃으면서 반문한다.

"왜? 오누이가 나빠? 그럼 남남으로 지낼까?"

배호의 짓궂은 농담 실력을 익히 알고 있는 그녀는 그가 진심을 꺼내 주기를 바라면서 웃기만 하고 잠깐 침묵을 지킨다.

배호가 다시 말문을 연다.

"오누이가 나쁠 건 없는데 다른 사람들이 그렇게 보지 않는 것도 사실이야. 그러면 당신은 어떤 사이가 좋아?"

"아! 오빠가 처음으로 나를 당신이라고 불렀다. 당신! 얼마나 기다리던 호칭인데…."

"호칭에 급급하지 말고. 내 질문에 답을 해봐."

"남남이 아니라 남녀로 만나요."

배호와 그녀가 크게 웃었다.

배호는 처음으로 그녀를 으스러지게 안았다. 그녀의 눈에 이슬이 맺혔다.

몇 달 후 배호는 어머니에게 그녀를 귀띔했다. 어머니도 방송을 통해 그녀를 알고 있었다. 그러나 어머니는 며느릿감으로 그녀가 좋다고 즉시 답변하지 않았다. 배호는 얼마 후 어머니에게 그녀에 대해 다시 물었다.

"응, 그애 말이야. 어쩐지 내 맘에 안 든다. 손이 귀한 우리 가문을 이을 여자는 건강하고 후덕해야 한다. 그런데 그애가 몸이 약한 것 같고 덕이 넘치지는 않아 보인다."

효성이 지극한 배호는 어머니를 설득하지 않고 어머니의 말을 그녀에게 고스란히 전했다. 충격을 받은 그녀는 아무런 말도 하지 않은 채 눈물을 글썽였다. 배호는 그녀의 볼을 쓰다듬었다. 몹시 상심했지만 배호의 처지를 안 그녀는 "오빠, 알았어요"라는 말을 남긴 채 쓸쓸히 떠났다.

배호의 〈안개 속으로 가버린 사랑〉

배호는 1966년 서울 미아동에 있던 뉴스타레코드사의 전속으로 〈안개 속으로 가버린 사랑〉과 〈누가 울어〉를 취입했다. 그러나 신장염이 재발한 가운데 병상에서 취입한 이 노래는 레코드사가 부도나면서 음반이 시중에 유통되기도 전에 사장되다시피 한다.

당대 최고의 지성인이요, 대중음악의 실력파였던 전우 작사, 나규호 작곡 〈안개 속으로 가버린 사랑〉과 〈누가 울어〉는 결코 버려질 작품이 아니었다. 구슬이 줄에 꿰듯 사랑의 슬픔에 관한 작사, 작곡, 노래의 3박자가 절묘하게 조화된 이 두 곡은 배호가 1968년 아세아레코드사로 전속을 옮긴 후 재취입하여 한순간에 세상의 관심을 끈다. 〈안개 속으로 가버린 사랑〉은 이렇게 시작된다.

사랑이라면 하지 말 것을
처음 그 순간 만나던 날부터
괴로운 시련 그칠 줄 몰라
가슴 깊은 곳에 참았던 눈물이
야윈 두 뺨에 흘러내릴 때
안개 속으로 가버린 사랑

괴로운 시련 그칠 줄 몰라
가슴 깊은 곳에 참았던 눈물이
야윈 두 뺨에 흘러내릴 때

안개 속으로 가버린 사랑

〈안개 속으로 가버린 사랑〉은 시련으로 깨진 사랑을 안타까워하는 노래다. 어쩌면 이 노래는 배호가 체험한 어느 여가수와의 사랑의 종말을 예고하고 있었다.

배호는 "사랑이라면 하지 말 것을"이라는 첫 소절을 비장한 분위기로 시작한다. "처음 그 순간"은 고통의 출발점이다. "괴로운 시련"은 신음이다. "그칠 줄 몰라"는 파동치는 물결이다.

그는 "가슴 깊은 곳"의 '가슴'을 허공처럼 텅 비게, "참았던 눈물이"를 가슴을 쥐어짜듯이 발음한다. 녹음기 앞에서 취입할 때 가사와 곡을 보면서 목소리로 노래를 소화하는 것이 아니라 가사가 담고 있는 논리와 곡이 뒷받침하는 음률에 자신의 감정을 쏟아 부음으로써 노래를 살아 움직이게 하는 탁월한 능력을 배호는 가졌다.

참았던 눈물은 으레 뺨으로 흘러내린다. 그 뺨은 야위었다. 야윈 뺨이야말로 사랑의 고통을 겪는 사람들의 몸에서 가장 먼저 수축하는 부분이요, 다른 사람들의 눈에 가장 잘 띄는 부분이다.

어느 누구도 잡을 수 없는 보일 듯 말 듯 한 물체, 비의 성분을 머금은 촉촉한 물체, 그것이 안개다. 안개 속으로 가버린 사랑은 간 방향을 종잡을 수 없기에 찾을 수가 없다. 안개를 바라보면서 흘리는 눈물이야말로 사랑을 잃은 사람에 대한 절실한 메타포다. 다시 이 노래로 돌아가자.

사랑이라면 하지 말 것을
처음 그 순간 만나던 날부터
괴로운 시련 그칠 줄 몰라

시련으로 점철된 사랑은 차라리 없었던 것만 못하다는 사실에 작사가와 작곡가는 무게를 싣는다. 그 의미를 새기고 목소리에 비감을 쏟는 배호, 취입한 노래를 무대에서 다시 부를 때, 정을 주었지만 어머니의 반대로 울면서 간 그녀를 생각하면서, 가슴을 쥐어짜듯 주먹을 돌리곤 하는 배호.

가슴 깊은 곳에 참았던 눈물이
야윈 두 뺨에 흘러내릴 때
안개 속으로 가버린 사랑

안개는 오리무중과 묘연의 주체다. 가버린 사랑을 돌려보내지 않는 안개 속에서 망연히 슬픔에 몰입하는 배호의 심경을 알아줄 사람은 울면서 안개 속으로 사라진 그녀 외에 아무도 없었다. 그녀는 훗날 배호가 숨졌을 때 영결식장에서 구슬프게 울었다.

약혼녀를 보내는 아픔

배호는 사랑했던 여가수와 헤어진 후 여성을 생각하지 않으면서 자신의 전성기를 오로지 노래로 채우려 했다. 이 과정에서 노래와 건강은 이율배반으로 작용했다. 그의 건강은 구름이 하늘을 가렸다가 흘러갔다 하듯이 악화와 회복을 반복했다. 그러나 의학적으로 표현하면 절대 안정을 필요로 했던 그는 자꾸만 몸을 혹사함으로써 신장염을 악화 일로로 몰고 갔다. 그가 일시적으로 회복된 것처럼 보일 때 병을 완치하지 않고 노래를 위해 건강을 다시 해친 행위는 '무대 위에서 죽겠다'는 결심과 맥락을 같이 한다.

그러나 어머니 김금순은 아들이 4대 독자이므로 아무리 바쁜 노래 일정에도 불구하고 결혼을 해서 대를 이을 후손을 두어야 한다는 희망을 한 시도 접지 않았다. 어머니가 아닌 팬들 입장에서도 배호가 노래와 가정을 양립하는 것이 어려울지라도 이상적으로 두 가지를 모두 충족시키면 좋겠다고 생각했다. 배호는 건강에 자신이 없었지만 어머니의 희망을 중시하여 1970년에 다시 결혼 문제를 진지하게 생각하게 됐다.

대구 출신으로 대학생이었던 김양은 배호와 배상태가 대구에 들러 공연했던 때 배호의 목에 화환을 걸어 주었다.

김양은 주말이면 어김없이 서울로 올라와 건강을 심하게 상한 배호 곁에서 정성스럽게 간병했다. 배호는 그녀를 어머니에게 소개했다. 어머니 김금순은 얼굴이 예쁘고 상냥하며 어른에게 공손한 그녀가 며느릿감으로 적합하다고 생각하고 두 사람이 긴밀하게 만나는 것을 허용했다.

어머니는 1971년 초에 대구의 김양 집으로 내려가 부모와 상견례를 했다. 김양의 아버지는 교장선생이었다. 엄격한 교육자 가문이라 어머니는 더욱 마음에 들었다. 양가의 어른들은 배호와 김양의 결혼을 허락하고 김양 집에서 간략하게 약혼식을 거행했다.

배호는 이를 계기로 그녀를 당연히 결혼할 상대로 여기고 더욱 사랑했다. 김양은 이 무렵 손이 귀한 배호의 아기를 가지려고 노력했다. 그들이 악조건 속에서도 가졌던 일루의 희망은 이루어지지 못했다. 어머니는 김양이 임신이 안 되자 산부인과 병원을 돌아다니며 검사를 받기도 했다고 당시 르포 작가였던 문일석에게 증언한 바 있다.

배호가 1971년 2월 경기 서북부 지역인 문산, 금촌, 법원리, 용주골 공연을 강행하고 건강이 나빠져 입원할 때부터 김양은 은행을 사직하고 서울에 와 배호 곁에서 간병했다.

건강을 약간 회복한 배호는 그해 여름 다시 장충체육관, 연흥극장, 성남극장에서 잇따라 공연하면서 피를 토하거나 노래를 제1절만 부르고 퇴장하는 등 무리를 했다. 김양은 배호를 따라다니며 몸을 부축하거나 배호가 노래를 시작하기 전이나 노래를 끝낸 후에 보온병에 담은 한약을 따라 마시게 했다.

10월 20일 MBC에서 이종환이 진행한 '별이 빛나는 밤에'에 출연한 후 쏟아지는 비를 맞고 귀가했다가 오한이 겹치자 배호는 서울 인사동 최규식 내과에 입원했다. 원장 최규식은 배호의 회복이 어렵다고 판단해 큰 병원으로 옮기라고 가족들에게 말했다. 배호는 최규식이 소개해 준 대로 세브란스병원 의사 곽진영에게 연락한 후 10월 29일 밤 9시 이 병원으로 급히 입원한다.

약혼녀는 세브란스병원까지 그림자처럼 배호를 따라다니며

그의 건강 회복을 빌었다. 그러나 인사불성에서 가끔 깨어난 배호는 자신에게 닥치는 운명을 예감한 듯 11월 5일 김양에게 사정했다.

"나는 안 될 것 같아요. 당신이 홀로 남는 것을 나는 바라지 않아요. 그러니 가슴 아프지만 내 곁을 떠나 언젠가는 좋은 배필을 만나 행복하게 살기를…."

배호는 힘겨운 목소리로 그녀에게 말한 후 손목에서 스위스제 고급 시계인 파텍스(예쁘게 디자인된 은시계)를 풀어서 그녀에게 채워 주었다. 그녀는 "아니에요" "아니에요"를 연발하면서 한사코 저항했다.

배호는 "깊이 생각해요. 내가 당신을 사랑하기 때문에 아픈 이별 인사를 하는 거예요"라고 그녀를 설득했다. 그녀는 손목에 찬 배호의 시계 위로 눈물을 떨구었다.

옆에 있던 배상태는 영관급 장교인 그녀의 형부에게 연락해 그녀를 데려가라고 부탁했다. 그녀는 형부의 손에 끌려 나가면서 배호를 쳐다보며 통곡했다. 배호도 눈물을 떨구었다.

배호의 〈누가 울어〉 (1)

중국의 도가에서 노자의 뒤를 이어받은 장자는 아내가 별세하자 그 옆에서 물동이를 치며 노래를 부르고 있었다. 친구 혜자가 장자를 책망했다. 그러자 장자는 "아내가 자연에서 와서 자연으로 돌아갔으니 자연의 이치를 안다면 어찌 슬퍼할 일인가?"라고 반문했다.

슬플 때 웃고, 기쁠 때 우는 사람은 세상을 달관한 초인이거나 광인일 수 있다. 대자연의 이치를 꿰뚫은 장자는 초인에 속한다. 이러한 경지에 이른 사람은 매우 희소하다. 나는 배호의 생애에서 시련이 속출하고 사랑도 비극으로 끝나는 상황을 목격하면서 배호가 장자의 차원에서 처신할 수만 있다면 즉시 평전 쓰기를 중단하고 일상생활로 돌아가고 싶다.

그러나 장자의 몫과 배호의 몫은 다르다. 배호의 슬픔은 배호 자신의 슬픔일 뿐 아니라 인간의 슬픔이요, 배호의 고통은 배호 자신의 고통일 뿐 아니라 인간의 고통이요, 배호의 죽음은 배호 자신의 죽음일 뿐 아니라 인간의 죽음이기 때문에 나는 이 작업의 끝을 보아야 한다.

배호는 전우 작사, 나규호 작곡인 〈누가 울어〉를 1968년에 취입한다. 같은 작사가, 작곡가의 작품이지만 이 〈누가 울어〉는 앞에서 살핀 〈안개 속으로 가버린 사랑〉보다 훨씬 더 철학적이고, 심오하며, 예술성이 빼어난 것으로 정평이 있다.

〈누가 울어〉는 멀리 떠난 사랑을 피가 맺히게 그리워하는 노래다. 사랑하는 사람을 본의 아니게 보내면서 가슴 아프지 않을 사람이 몇이나 되랴. 배호도 죽음을 앞두고 약혼녀를 떠나 보낼 때 이런 심정이었을 것이다.

소리 없이 흘러내리는 눈물 같은 이슬비
누가 울어 이 한밤 잊었던 추억인가
멀리 가버린 내 사랑은 돌아올 길 없는데

피가 맺히게 그 누가 울어울어 검은 눈을 적시나

하염없이 흘러내리는 눈물 같은 이슬비
누가 울어 이 한밤 잊었던 상처인가
멀리 떠나간 내 사랑은 기약조차 없는데
애가 타도록 그 누가 울어울어 검은 눈을 적시나

제1절과 제2절을 함께 읽으면 단 한 자도 군더더기가 없다.
문법으로나 이미지로나 완벽한 작사다. 그리고 이 가사는 〈누
가 울어〉라는 제목을 확실하고 강력하게 뒷받침하고 있다.

이 노래는 곡으로 말하면 멀리 떠난 사랑을 피가 맺히게 그
리워하는 노래로서 으뜸이라고 나는 생각한다. '피가 맺히게'
'애가 타도록' 그 누가 울어울어를 반복하는 이 곡은 떠난 사
랑에 몰입하여 자신의 눈물을 모두 쥐어짜도 부족할 정도의
슬픈 가락을 깔고 있다.

배호는 작사가와 작곡가의 기대에 부응하여 슬픔을 절정으
로 이끄는 고음과 사랑하면서 애통의 극치를 체험하지 못한
사람이라면 표현할 수 없는 감정으로 이 노래를 최상으로 소
화한다.

배호의 〈누가 울어〉 (2)

'소리 없이'(제1절)와 '하염없이'(제2절)에서 명확한 발음으
로 서두를 장식하는 배호는 '눈물 같은 이슬비'에서 문법적으
로는 '눈물 같은'이 '이슬비'의 수식어에 불과함에도 '눈물 같

은'에 악센트를 가함으로써 이것을 다음의 〈누가 울어〉와 직결시킨다.

그리고 '멀리 가버린'을 고음으로 부르고 '내 사랑'의 ㄹ 발음을 영어의 r 발음으로 정확하게 표현하며 '피가 맺히게'(제1절)와 '애가 타도록'(제2절)에서 '피'와 '애'를 착암기의 송곳 끝처럼 급속도로 돌리면서 마음속으로 파고든다. 마지막으로 배호는 '검은 눈'의 '검은'에 힘을 주면서 노래를 끝낸다.

노래 〈누가 울어〉에서 '검은 눈'이라는 목적어는 백미다. 일반적으로 서양인을 '푸른 눈', 동양인을 '검은 눈'이라고 표현한다. 그러나 이것은 눈동자의 색깔을 묘사할 뿐 아무런 메타포를 지니지 않는다.

그러나 동양철학은 5행인 금목수화토에서 인체의 구조상 금은 폐와 코, 목은 간과 눈, 수는 신장과 귀, 화는 심장과 혀, 토는 비위장과 입을 의미하며 색깔로는 금은 백색, 목은 청색, 수는 흑색, 화는 적색, 토는 황색을 의미한다고 설명한다.

뿐만 아니라 동양철학은 사람의 감정을 기준으로 금인 백색은 슬픔, 목인 청색은 분노, 수인 흑색은 공포, 화인 적색은 기쁨, 토인 황색은 사색을 나타낸다고 보고 있다.

이 노래에서 '검은 눈'이란 울고 또 울면서 절망이 극도에 도달해 공포 분위기로까지 연결되는 피로한 눈이요, 겹치는 과로로 녹초가 돼 회색에서 검은 색으로 바뀌어 기능이 파탄난 간이요, 청색을 진하게 입혔을 경우 검게 변한 나무와 통한다.

이러한 이론에 입각하지 않더라도 "가슴이 숯덩이처럼 탔다"는 우리말에서 검은 가슴은 절망과 분노의 상징이다. 눈도 같은 이치로 이해할 수 있다. 자고로 '눈은 마음의 거울'이라는 말이 있다. 검은 눈이야말로 슬픔과 아픔의 상징이다. 우리가 이 점을 상기하면서 배호의 〈누가 울어〉를 다시 부르면 그 슬픔과 아픔의 농도가 진하고, 그 울음의 연원이 깊음을 깨달을 수 있으리라.

죽음으로 끝난 사랑에 대한 묵상

우리는 사랑의 깊은 상처를 받은 사람들을 주제로 한 예술 작품이 많음을 앞에서 살핀 바 있다. 그러나 이 세상에는 남녀 간의 협의의 사랑 외에 광의의 사랑으로 깊은 상처를 받았거나 받고 있는 사람이 얼마나 많은가? 그런 사람이 많은 사회일수록 행복지수가 낮아질 것이다.

수학여행을 떠난 경기도 안산시의 단원고 학생들과 그들을 인솔한 교사들, 그리고 일반인 등 304명이 2015년 4월 16일 전남 완도 앞바다에서 침몰해 익사한 사건은 청해진해운의 몰염치와 아울러 구조 작업에 중대한 허점을 보인 해경 등 관계기관의 무능으로 인해 한국민은 물론 세계의 뜻있는 인사들로부터 거센 비난의 표적이 되었다.

4월 16일 오전 10시 17분. 한 학생이 부모에게 카카오톡을 통해 "배가 기울고 있어. 엄마 아빠 보고 싶어"라고 쓴 문자는 죽음을 예상한 어린 학생의 간절한 마음을 담고 있다. 그리고 다른 학생이 보낸 "이제 끝인 것 같아요." "엄마, 아빠 사랑해요"라는 문자는 사랑의 단절을 예고한 가슴 아픈 메시지였다.

이에 앞서 2003년 2월 18일 오전에는 정신지체 장애인의 방화로 대구지하철 1호선 중앙로역에서 불이나 192명이 사망하고 148명이 부상했다. 평화로웠던 지하철역이 순식간에 생지옥으로 변한 끔찍한 광경이 신문, 방송에 자세히 보도되었다.

그 시각에 한 학생은 용돈을 적게 주는 어머니에게 화가 나서 어머니의 전화를 일부러 받지 않았다. 그러나 그는 어머니가 지하철 사고로 별세한 사실을 알고 뒤늦게 전화를 확인했다. 두 개의 문자 메시지가 찍혀 있었다.

"용돈 넉넉히 못 줘서 미안해 쇼핑센터에 들러 신발과 가방을 사서 집으로 가는 중이야." "미안하다. 가방이랑 신발을 못 전하겠어 돈가스도 해주려고 했는데… 미안 내 딸아 사랑한다."

사람을 이렇게 불현듯 앗아가는 사태를 누가 정확히 예측할 수 있겠는가? 그리고 숨져 가는 어머니의 비통한 심경을 헤아릴 길이 없이 사소한 불만으로 어머니의 전화마저 받지 않았던 딸은 얼마나 깊은 통회를 했을 것인가?

1991년에는 사랑하는 남자 친구의 마약을 운반하다 경찰에 검거된 타오 징이라는 중국 여성이 20살의 젊은 나이에 사형선고를 받았다. 그녀는 어머니가 사망하자 계부에 의해 강간당한 후 집에서 쫓겨나 윤락으로 연명하다가 붙잡혀 감옥살이도 하고 집으로 돌아가 고문을 당하는 등 시련으로 점철된 여성이었다.

뿐만 아니라 이 시각에도 아랍권에서는 여성이 사랑하다가 임신하거나 사랑의 현장에서 발각되면 붙잡아 가족들이 '명예살인'이라는 이름으로 불태워 죽이는 소름끼치는 인권 유린행위가 자행되고 있다.

한 여성은 온몸에 휘발유가 뿌려진 채 화형당하기 직전 아랍에서 탈출해 국제여성인권보호기관 관계자들의 도움으로 프랑스로 망명해 『명예살인』이란 책에 자신의 체험을 기록하고 이 시각에도 억울하게 죽어가는 아랍 여성들의 실태를 고발해 뭇사람의 심금을 울린 바 있다.

사랑의 깊은 상처를 치유하기는커녕 목숨까지 뺏김으로써 사랑을 꽃피우지 못하는 사람들의 사무친 원한이 하늘과 땅에 얼마나 맺혀 있을 것인가.

배호의 〈울고 싶어〉 (1)

배호는 사랑을 주제로 한 수많은 노래 중 1971년 6월에 황규영 작사, 배상태 작곡의 〈울고 싶어〉를 세상에 태어난 후 가장 아픈 목소리로 부른다. 이것은 울음으로 사랑의 깊은 상처를 씻는 노래다.

자신의 아픔에 대한 배호의 고백일 뿐 아니라 죽음으로 끝난 사랑의 주인공들에게 바치는 헌사이기도 한 이 노래를 배호는 오열하다시피 하면서 부른다. 그가 노래한다기보다는 차라리 통곡한다고 표현해야만 더 정확하다고 말할 수 있을 정도다.

> 왜 그런지 나도 몰라 울고만 싶은 마음
> 너무나도 그 사랑의 상처가 깊었는지
> 몸부림쳐 울고 싶네 소리치며 울고 싶네
> 아무리 흐느끼며 울어도 소용없는
> 이 마음 누가 알랴 어쩐지 울고만 싶어
>
> 왜 그런지 나도 몰라 울고만 싶은 마음
> 그 누구가 그 사랑을 앗아가 버렸는지
> 못 견디게 아픈 마음 소리치며 울고 싶네
> 내리는 빗소리는 슬픔의 눈물인가
> 이 마음 누가 알랴 어쩐지 울고만 싶어

배호는 잠긴 목소리로 "왜 그런지 나도 몰라 울고만 싶은 마음"이란 한 마디를 외치면서 '울고만'이란 낱말에 온몸을 비틀어 짜는 듯한 신음을 담는다. 그리고는 "너무나도 그 사랑의 상처가 깊었는지"를 원인을 분석하는 과학자처럼 차분하게 읊는다.

이어서 배호는 고사포를 발사하듯 "몸부림쳐"에서 격발하는 감정을 고조시키면서 "울고 싶네"를 반복한다. 그러나 그는 "몸부림쳐 울고 싶네"에서는 '몸부림쳐'에 포인트를 가한 이상 '울고 싶네'에서 숨을 거둬들인 후, "소리치며 울고 싶네"

에서는 '소리치며'를 연성으로, 바로 다음의 '울고 싶네'를 해일처럼 솟구치면서 강성으로 발성한다.

그리고 "아무리 흐느끼며 울어도 소용없는"에서 '아무리'로 긴장을 고조시키자마자 '흐느끼며'로 몸을 비트는 슬픔을, '울어도'로 격렬한 파장을 일으키는 울음을 표현한다. 배호가 이처럼 깊은 슬픔과 살을 에는 아픔으로 몰입해 노래할 때의 느낌은 숙연함을 지나쳐 처절하기까지 하다.

배호의 창법은 마지막 구절 "이 마음 누가 알랴 어쩐지 울고 싶어"의 '어쩐지'라는 한 마디에서 가장 빛난다. 그는 '어쩐지'라고 발음하는지 깊은 한숨을 쉬는지 구별하기 어려울 정도로 정교하게 노래에 깊은 한숨을 실어 연원을 알기 어려운, 죽음보다 더 깊은 울음을 터뜨린다.

배호의 〈울고 싶어〉 (2)

배호가 애절한 창법으로 빛낸 이 노래는 황규영의 가사로도 정채를 발한다. 이 노래는 질문의 형식으로 노래를 시작하고 도치법으로 리듬을 타면서 주의를 끈다. "왜 그런지 나도 몰라 울고만 싶은 마음"이란 구절이 그것이다. 또한 이 노래는 "몸부림쳐 울고 싶네 소리치며 울고 싶네"에서 보듯 반복어법으로 울고 싶은 심정을 강조한다.

이 노래는 제1절과 제2절이 균형을 맞추면서 제1절의 "몸부림쳐 울고 싶네 소리치며 울고 싶네"에서 몸의 동작을, 제2절의 "못 견디게 아픈 마음 소리치며 울고 싶네"에서 마음의 형상을 묘사한다. 그리고 제2절의 "내리는 빗소리는 슬픔의 눈물인가"는 비와 눈물을 연결하는 고리다.

뿐만 아니라 이 노래는 배상태의 곡으로도 이목을 받는다. 그의 곡은 사랑을 주제로 한 〈안개 속으로 가버린 사랑〉과 〈누가 울어〉 등 서정적인 명곡을 남긴 나규호와 달리 서사적이고, 핵심을 찌르며 논리와 감정을 집약하는 장점을 지니고 있다. 사실 어쩐지 울고 싶을 때 확실하게 우는 것 외에 그 어떤 수사도, 미사여구도 군더더기에 지나지 않을 것이다.

노래 〈울고 싶어〉에서 황규영의 가사와 배상태의 곡은 배호라는 창법의 대가를 만나 힘찬 날개를 펼칠 수 있었다. 약간 평범한 듯한 이 가사와 곡은 배호의 목소리와 감정이 실림으로써 죽음으로 끝난 사랑의 주인공들을 비롯해서 숱한 사랑의 희생자들과 아픔을 함께하고 처절하게 울어 아픔을 푸는 위로의 효능을 발휘한다.

관이 막히면 뚫어야 하고, 근육이 뭉치면 풀어야 하듯, 한이 맺히면 터뜨려야 한다. 이것은 만고의 이치다.

그러나 "아무리 흐느끼며 울어도 소용없는 이 마음"을 어느 누가 알 수 있단 말인가? 그럼에도 불구하고 "어쩐지 울고 싶어"라고 배호는 노래한다. 우리가 이 순간의 그의 음성을 유심히 들으면 겉으로는 "울고 싶어"라고 노래하지만 배호가 속으로 울고 있음을 직감할 수 있다.

우리는 흐르는 눈물을 모두 쏟아 눈물의 심연으로 풍덩 빠진 후 그 바닥에 도달해 서서히 반등할 때 슬픔을 해소할 수 있다. 해녀가 바다에서 솟아오르듯 우리는 슬픔에서 벗어날 수 있다.

슬픈 노래야말로 막히면 뚫고, 뭉치면 풀며, 맺히면 터뜨리는 묘약이요, 눈물을 단비로 머금고 피워 올리는 애잔한 꽃이다.

헛소문에 대하여

흔히 연예인들은 헛소문 또는 괴소문에 시달린다. 그러한 소문들은 근원을 알 수 없는 곳에서 나와 사람들의 입에서 입으로 퍼져 주인공들에게 크고 작은 타격을 준다. 헛소문 또는 괴소문이 악질적인 것일 경우 장본인들이 입는 손해란 상상을 초월하기도 한다.

나는 배호에 관해 취재하는 동안 수도권의 한 대학교의 학생회장 출신인 남성을 만난 적이 있다. 그가 무슨 일로 바쁘냐고 물었다. 내가 배호의 평전을 준비하고 있다고 대답했다. 그는 대뜸 이렇게 말했다.

"배호, 그 친구 매독으로 죽었다며?"

"예끼, 이 사람, 그런 당치도 않는 소리를 어디서 들었나?"

"어디라기보다는 그런 소문이 널리 퍼져 있던데?"

"그런 괴소문은 전혀 사실이 아냐! 고인에 대한 모독이기도 하고. 매독이 아니라 모독이라는 사실을 명심하고 그런 말은 앞으로 하지 말게."

나는 배호가 지병인 신장염으로 별세했다고 설명했다. 신장이 약한 사람은 비뇨기 기능이 쇠퇴해 성생활도 변변하게 할 수 없다는 점까지 나는 덧붙였다. 그리고 29살에 숨졌으며, 마지막 6년간 눈코 뜰 새 없이 병마와 싸우면서 사람들의 심금을 울리는 노래를 부른 배호가 한가하게 섹스나 즐길 시간은 없었다고 강조했다.

그는 지식인답게 신장염-섹스 기능 저하-매독이라는 등식이 성립될 수 없음을 알아차리고 앞으로는 매독이라는 말을 하지 않기로 약속했다. 성병 중에서도 악질에 속하는 매독은 사창가를 자주 출입하는 바람둥이들이 흔히 지닌다. 이 괴소문은 배호가 미남이요, 총각이었다는 점에서 누군가가 상상력으로 지어낸 악의에 찬 모함이라고 생각된다.

배호는 여성을 많이 거느리고 깊은 관계를 맺어다는 헛소문도 있다. 인기 있는 남성 연예인들에게 여성 팬들이 몰리고, 여성 연예인들에게 남성 팬이 몰리는 현상은 자연스럽다. 배호는 1966년부터 숨진 1971년까지 인기의 정상에 올랐다. 그러므로 헤아릴 수 없는 팬들이 그를 좋아했다. 그러나 자신의 목숨을 앗아간 신장염을 앓고 있었고, 그로 인해 성기능이 약화된 그가 과연 여성들과 놀아나는 일에 몰두했을 것인가?

짧은 생애 동안 고의로 남에게 상처를 주는 행위를 하지 않았던 배호는 사랑을 결혼과 동격으로 파악하고, 4대 독자로서의 사명에 충실하기 위해 노력했다. 그러나 그는 요절함으로써 결혼과 가문 잇기에 실패하고 말았다. 이 같은 사실은 동정의 대상이지 비난의 요인이 될 수는 없을 것이다.

어떤 여성이 배호의 딸을 낳았다든가, 누군가가 배호와 함께 살았다든가, 배호가 연상의 인기가수와 특별한 관계가 있었다든가 하는 소문들은 근거가 없다. 이런 뜬소문들이 배호의 생시와 사후를 막론하고 나돈 사실이 빈곤과 질병과 싸우면서 독보적인 음악세계를 구축하고 요절한 배호의 업적을 훼손할 정도의 위력을 가진 것은 아니다.

수심에 잠겨 있는 배호. 비원. 1971

7. 찬란한 불꽃

사람은 마음속에 정열이
불나고 있을 때가 가장 행복하다.
— 라 로슈푸코

배호의 짧은 생애

배호는 이 세상에서 29년의 생애를 누렸다. 이 기간을 유년
기, 소년기, 청년기로 나누면 다음과 같다.

○ 유년기

그는 1942년 4월 24일 중국 산둥성의 성도인 지난시에서 4
대 독자로 태어나 1946년 4월 귀국하기까지 4년 동안 그곳에
서 살았다. 어렸을 때 이름은 배만금이었다. 동생 천금은 태어
나자마자 곧 사망했다.

○ 소년기

그는 귀국하여 서울시 숭인동 81번지 궁안에서 살면서 1946
년부터 1948년까지 3년 동안 친구들과 함께 새로운 거주지인
낙산, 동망봉 일대에 펼쳐진 숭인동과 창신동을 뛰어다니면서
자랐다.

그는 배신웅으로 개명하여 1949년에 창신초등학교에 입학한 후 1955년 3월 5일에 이 학교를 37회로 졸업한 후 신당중학교에 입학했다. 그러나 1955년 8월 11일 아버지 배국민이 간경화로 타계하자 상주 겸 호주가 된다. 1953년 5월 6일 여동생 명신이 태어났다.

그의 어머니 김금순은 생계를 꾸릴 길이 없어 신웅과 명신을 데리고 부산에 있는 언니가 운영하던 고아원 사택으로 내려갔다. 배호는 그곳 삼성중학교에 전학했지만 학교에 취미를 붙이지 못하다가 어머니가 남동생 김광빈에게 편지를 써서 서울로 올려 보내 1956년 7월 상경했다.

그는 이듬해까지 서울시 회현동의 김광빈 댁에 머물면서 학교를 가기보다는 음악을 배울 의향을 외삼촌에게 표명했다. 그는 2년 동안 외삼촌 김광수가 운영했던 카바레 무학성에서 청소와 잔심부름을 하면서 악단 멤버에게 드럼을 사사했다.

○ 청년기

그 후 김광빈으로부터 드럼을 본격적으로 배워 실력을 갖춘 배호는 17살이던 1959년부터 2년 동안 인천시 부평동에 있는 미군부대의 드러머로 취업해 부평2동 760번지 삼릉의 허름한 월세방을 얻어 어머니와 여동생을 부양했다.

배호는 1961년 외삼촌 김광빈의 부름으로 활동무대를 서울로 옮긴다. 그는 19살이던 1961년부터 1963년까지 서울시 청량리동의 허름한 월세방에서 생활하다가 1964년에 용두동 판자촌의 월세방으로 추락했다.

배호가 가수가 될 기회를 외삼촌이 주었다. 김광빈은 1963
년에 배신웅이란 본명 대신 배호라는 예명을 지어 주는 동시
에 자신이 작곡한 〈굿바이〉〈사랑의 화살〉을 취입하고 오리
엔트 레코드사에서 10인치짜리 음반을 내는 등 획기적인 변화
를 시도했다.

그러나 배호는 이 두 곡으로 가요계에서 이목을 끌지 못했
다. 대체로 무명의 설움을 톡톡히 치르는 신인가수는 가수로
서의 수입이 거의 없는 대신 외화내빈의 생활에 허덕인다. 부
산 생활 1년을 마감하고 상경해 1년 동안 외삼촌 김광빈의 댁
에서 머문 배호는 외삼촌 김광수의 카바레에서 드럼을 배우기
시작해 밤에는 카바레의 의자에서 잠을 자기 시작한 1957부터
드러머와 가수를 겸한 1964년까지 8년 동안 점심을 거의 먹어
본 적이 없을 정도로 고생했다.

가난을 떨치지 못한 채 몸을 혹사한 배호는 1964년 2월, 야
간 공연이 끝난 심야에 서울 종로에서 동료들과 저녁 식사를
하고 돼지고기 안주에 소주를 마신 후 체했다. 이것을 신호로
배호는 자주 토하고 기운이 빠졌다. 신한의원에서 진찰한 결
과 신장염이 발병했음을 그는 알았다.

배호의 신체와 성품

어떤 사람이 전문가로서는 뛰어나지만 인간으로서는 결함

이 많을 경우 그에 대한 호오는 쫙 갈라진다. 평전을 쓰는 사람의 입장에서는 그런 사람을 미화하거나 높이 평가하기는 어렵다. 불초도 그런 사람은 아예 서술의 대상에서 제외한다.

생시는 물론 사후까지 열광적인 인기를 얻고 있는 배호는 잘생기고 키가 컸다. 여기에 성품까지 부드럽고 깔끔했다. 그러므로 그는 자신의 전문분야에서 호평을 받는 것은 말할 것도 없고 인간적인 측면에서도 모범을 남기고 있다.

배호는 초등학교까지는 친구들 사이에서 보통 키였다. 당시의 얼굴은 평범했다. 여기에 내성적인 성품을 지녀서 학교에서 두드러지지 않았다. 일반적으로 초중고등학교에서 동기생이나 선후배들은 공부를 아주 잘하거나 운동을 잘하거나 주먹이 세서 주위를 놀라게 하는 학생을 오래도록 기억한다. 배호는 이런 기준에 들지 않으므로 그의 초등학교 때의 이름 '배신웅'과 그의 존재를 많은 동기생들이 기억하지 못하고 있다.

그러나 배호는 초등학교를 졸업하고 중학교 1학년 때 부산으로 전학하여 1년간 그곳에서 생활하는 동안 키가 무럭무럭 자라서 '꺽다리' 또는 '짝대기'란 별명을 얻었다. 이어서 청년시절에 어려운 생활을 하면서도 그는 키가 자라 1미터 75센티미터가 됐다. 이것은 동양인으로서는 큰 키다.

그는 운동신경이 잘 발달했다. 그는 아버지가 간경화로 앓아누웠을 때 숭인도축장에서 정씨에게 얻은 선지피와 구더기가 녹여 넣은 뼈국물이 담긴 항고를 들고 집을 향해 전속력으로 뛰었을 때 달리기 실력을 유감없이 발휘했다.

또한 그는 부산 감천 앞 바다에서 헤엄치는 동안 익사 직전에 처한 친구 정실훈의 목을 한 팔로 감아 쥐고 다른 팔로 물살을 헤쳐 그를 구했을 때 수영 실력을 여실히 드러냈다.

뿐만 아니라 그는 친구 동생 정광훈 등과 함께 부산에서 천막 천으로 덮인 남의 집 지붕의 일부를 몰래 뜯어 글러브를 만들어 피처 역할을 했을 때 야구 실력을 선보였다. 배호는 얼마 후 지붕이 뜯긴 집 주인의 추적으로 들통나 어머니에게 넘겨진 후 호된 꾸지람을 들었다.

배호는 20대 후반에 가수로서 활동하는 동안 나이가 들어 보이기 위해 선글라스나 도수 없는 안경을 끼었다. 그의 시력은 정상이었다. 그러나 평소에 정상이었던 그의 시력은 신장염이 악화되는 동안에 크게 떨어졌다. 배호의 유품 중 도수 있는 안경과 없는 안경이 섞여 있는 까닭은 여기에 있다.

무엇보다도 배호는 7정 즉 희로애락애오욕 중 어떤 경우에도 노하거나 증오하지 않았다. 그는 정이 깊은 사람이었다. 부산에서 구호물자가 들어오면 가난한 아이들에게 나눠 주었다.

어린 시절 가난한 이웃들의 고통을 지켜보고 자랐으며 성인이 되어서는 질병에 시달리는 동안 말수가 적었지만 타고난 심성은 낙천적이었던 그는 동료 가수들을 편안하게 대했고, 예의가 바랐으며 농담도 잘했다. 그러나 그는 가끔 세상 이야기를 할 때 번뜩이는 재치 속에 시니컬한 비유를 구사했다. 이러한 사실은 그가 사회 현상에 대한 날카로운 비판의식을 지녔지만 부드러운 심성 안에 숨겨 두고 있었음을 의미한다.

열광의 6년

배호의 전성기는 24살이던 1966년에 시작돼 29살이던 1971년에 별세하기까지 6년에 불과하다.

해병대에서 제대한 지 얼마 안 된 작곡가 배상태가 1965년 6월 신장염이 악화돼 서울 용두동 59번지에 있던 판잣집에서 요양 중이던 배호를 찾아갔다. 배상태가 자신이 작곡한 〈돌아가는 삼각지〉의 악보를 내밀고 배호에게 노래를 불러 줄 것을 간곡히 청한 것은 배호의 일생에서 일대 사건에 속한다.

배호는 몸이 쇠약해지고 숨이 차서 노래를 부를 수 없는 형편이었다. 그러나 그는 변변히 연습도 못한 채 장충동 녹음실에서 겨우 녹음한다. 이것은 불가능한 것을 가능하게 만드는 기적의 한 유형이었다. 그 순간을 배호는 이렇게 설명한다.

　이튿날 아침에 가 가지고서… 연습을 했죠. 녹음실에서… 음… 그때 당시 내가 (기침 소리) 숨이 굉장히 찼어요. 음… 겨우 머… 한 번 일어섰다간 앉고, 일어섰다가는 앉고 이런 경우인데… 딱 한 곡 부르고 그냥… 집으로 왔어요. 오고 난 다음에 그 곡이 나는… 절대 되지 않을 줄 알았거든요….

병환 중에 녹음한 이 곡을 계기로 그는 무명가수에서 일약 대한민국을 석권하는 대가수로 발돋움한다. 배호는 또 작곡가 배상태의 〈안개 낀 장충단공원〉을 불러 고공행진을 계속한다. 그의 곡을 완전히 소화하는 능력과 투병 중의 처절한 목소리가 사람들의 심금을 울렸다.

배호는 2년 전에 녹음했지만 레코드사가 망하는 바람에 음반이 나오지 못해 사장될 뻔한 전우 작사, 나규호 작곡의 〈안개 속으로 가버린 사랑〉과 〈누가 울어〉를 1968년에 재취입하여 많은 이에게 감동을 주면서 자신의 주가를 한층 끌어올렸다. 배호가 같은 해에 부른 전우 작사, 나규호 작곡의 〈안녕〉 또한 심오한 철학을 함축하고 있다. 필자는 짧지만 인생의 의미를 깊게 천착한 이 곡을 에필로그 편에서 해설할 예정이다.

그리고 배호는 1968년 이인선 작사, 김영종 작곡의 〈파도〉를 취입해 발표했다. 이 노래야말로 배호가 부른 다른 어느 노래보다도 정결하고 의미심장하다. 필자는 다음 장인 '애련(哀憐)' 편에서 이 곡을 해설하겠다.

배호는 이어서 전우 작사, 나규호 작곡의 〈당신〉을 불러 크게 히트시켰다. 이 무렵 배호는 노래를 불렀다 하면 대인기를 끌어 '히트 제조기'라는 별명을 들었다.

1969년에 배호는 배상태 작사 작곡의 〈그 이름〉을 불렀다. 이 노래는 세인의 이목을 크게 끌지는 못했지만 돌풍이 휘몰아친 대한민국 현대사의 이면에서 반추하면 그 의의가 굵은 궤적으로 부각된다. 필자는 이 곡을 '뜨거운 눈물 (2)' 편에서 해설한 바 있다.

배호는 전성기에 이상과 같이 녹음실에서 취입한 노래로 선풍적인 인기를 끌었지만 라이브 현장에서는 혁명적 열기를 분출했다. 청중들은 배호가 투병 중에 자신들의 앞에 나타나 혼신의 힘으로 노래를 부를 때 인간으로서 깊은 동정심을 표함과 아울러 감전되는 것과 같은 전율을 느꼈다.

전성기 6년 동안 목숨을 걸고 노래에 매진한 배호는 음파에 실려서, 또는 무대에서의 역동적인 모습으로 많은 이를 휘어잡았다. 그는 당대에 다른 가수의 추종을 불허한 특별한 가수였다.

빈곤과 질병 그리고 죽음 등 모든 장애 요소를 태워 버리고, 노래를 통해 세상을 밝히는 찬란한 불꽃으로 그는 활활 타올랐다.

메어질 듯한 극장

파주시의 문산읍, 법원읍, 용주골 등은 시골 중의 시골이었지만 이곳에 미군부대와 한국군부대가 있어서 극장이 많은 편이었다. 그러나 요즘은 대부분 없어졌다. 시골의 극장이 텔레비전과 인터넷 시대에 살아날 수 없는 것은 당연하다고 말할 수 있겠다.

1971년 2월 파주시 일원에 배호와 몇 명의 가수들이 출연한다는 포스터가 붙었다. 배호의 단독 출연이 아닌데도 '배호 쇼'라는 주먹만 한 글자가 얼굴과 함께 포스터를 장식했다. "배호가 온대, 배호가"라고 사람들이 수근대는 소리가 여기저기서 들렸다. 포스터치고 찢겨지지 않는 것들이 거의 없다. 그러나 배호의 사진이 크게 붙은 이 포스터는 건재했다.

문산읍의 문산극장, 법원읍의 해동극장, 용주골의 문화극장은 배호가 출연하는 오후 1시부터 오후 3시까지, 오후 6시부터 오후 8시까지 표가 매진됐다. 사람들은 입석으로라도 표를 팔라고 아우성이었다. 극장 측은 정원의 120%에서 150%까지 표를 팔아 혼란이 예고되고 있었다.

표를 사지 못한 시민들은 공무원, 경찰, 군인 또는 지역 유지 등을 통해 표를 구하려고 안달했다. 그러나 도저히 좌석을 살 수 없는 사람들은 극장으로 몰려가 입석을 더 팔라고 강요하다시피 했다.

제대 말년에 탄현면의 한 부대에서 복무하던 정광훈은 거리에서 배호 사진이 크게 실린 포스터를 보고 깜짝 놀랐다. 형님으로 모신 배호가 이곳에서 공연을 하니 표를 사고 말고 할 것 없이 일단 구경할 수 있으리라는 확신을 가졌다.

그는 중대장에게 이 사실을 귀띔해 중대장과 함께 공연 시간에 문산극장으로 갔다. 극장 앞에 장사의 진을 친 사람들이 표를 팔라고 아우성이었다. 그러나 극장 측은 "표를 너무 많이 팔면 위법이요, 불의의 사고가 날 가능성이 있기 때문에 팔고 싶어도 못 팝니다"라고 열성 팬들을 설득하고 있었다.

정광훈은 중대장을 뒤에 두고 "저는 배호 씨의 동생입니다. 좀 들여보내 주세요"라고 극장 앞을 지키는 어깨에게 사정했다.

"네 이름이 뭔데?"

"저는 정광훈이라고 합니다."

"예끼 이놈, 배씨와 정씨가 왜 형 동생이냐? 저리 가!"

"아니에요. 사촌 형님이란 말이에요."

"그래? 사실이라면 확인해 봐야지. 그러나 여기 정문은 사람들의 이목이 쏠려 특혜를 베푼 것처럼 보이니 뒷문으로 와 봐!"

어깨는 분장실에 있는 배호에게 정광훈을 아느냐고 물어 동생이라고 대답하자 정광훈을 입장시키려 했다. 그러자 정광훈은 "제가 모시고 온 중대장님까지 입장시켜 주지 않으면 안 됩니다"라고 사정했다. 배호와 다시 상의한 어깨는 중대장과 정광훈을 무대 앞 특별석에 앉혔다.

좌석이 800석인 문산극장은 1,500여 명의 손님들이 좌석은 물론 앞뒤, 옆과 모든 통로에 사람이 발을 움직일 수 없을 정도로 꽉 차 바깥의 냉기를 무색하게 하는 후끈한 열기로 가득 찼다. 조금 과장해서 표현하면 극장은 거대한 용광로였다.

〈돌아가는 삼각지〉

무대에 배호가 등장하는 순간 모든 극장에서 하늘을 찌를 듯한 환호성과 아울러 우레와 같은 박수가 쏟아진다. 좌석을 산 사람들은 용이하게 몸을 일으켜 기립박수를 보내기도 한다. 그러나 콩나물시루처럼 끼어 앉은 사람들은 손을 흔들어 이 신화적 존재를 환영한다.

엄동에 좌석 수가 340석인 법원읍의 해동극장도 후끈 달아올랐다. 배호가 만면에 웃음을 지으며 문산극장 무대에서 걸어 나온다. 휘파람 소리, "배호, 배호"라는 연호, 박수가 터져 나온다. 사회자가 배호를 소개하기 전부터 극장은 용광로로 변하고 만다.

소심한 가수는 청중들에게 압도당하면 가사를 잊기도 하고, 청중들의 열광적인 페이스에 말려 자신의 역량을 충분히 발휘하지 못하기도 한다. 그러기 때문에 인기인들은 배짱을 기르는 것이 신상에 좋다.

배호는 이 점에 관해 달인의 경지에 올라섰다. 10대 가수들이 함께 모인 자리건, 그만의 특별공연이건 간에 배호는 독보적인 존재로 환영받았다. 그러나 배호 자신은 전혀 스타로서 우쭐대지 않고 미소와 순종으로 서민들을 모셨다.

삼각지 로타리에 굿은비는 오는데
잃어버린 그 사랑을 아쉬워하며
비에 젖어 한숨짓는 외로운 사나이가

배호가 팔을 뻗어 높은 음을 소화하자 청중들도 따라한다.

서글피 찾아왔다 울고 가는 삼각지

다 같이 서글픈 처지인 청중들이 가슴을 조인다.

삼각지 로타리를 헤매 도는 이 발길
떠나버린 그 사랑을 그리워하며
눈물 젖어 불러 보는 외로운 사나이가

7. 찬란한 불꽃 231

자신의 외로운 처지를 배호가 대변하듯 청중들은 감흥을 새롭게 펼친다.

　　남 몰래 찾아왔다 돌아가는 삼각지

배호가 노래를 끝내자 청중들은 손수건이나 보자기에 싸온 땅콩을 배호를 향해 소나기를 쏟듯 던진다. 미군부대 주변에서 바닥생활을 하는 듯한, 짙은 화장을 한 여성들은 "오빠!" "오빠!" "배호 씨 사랑해!" "배호 씨 최고!"를 연호하면서 하루 수입의 상당 부분을 할애해서 사온 땅콩을 아낌없이 뿌린다.

당시 땅콩은 요즘의 꽃처럼 인기 있는 가수들에게 청중들이 던지는 지지와 사랑의 표지였다. 땅콩 세례에 눈을 다친 가수도 있었다. 무수히 쏟아지는 땅콩으로 뒤덮인 무대는 구두 아래서 뿌드득 뿌드득 소리를 냈다.

〈누가 울어〉

배호는 파주 공연에서 〈돌아가는 삼각지〉 〈안개 낀 장충단 공원〉에 이어 〈누가 울어〉를 불렀다. 〈누가 울어〉는 앞의 두 노래에 비해 슬픔과 아픔의 농도가 훨씬 짙다.

그러나 전우 작사, 나규호 작곡인 〈누가 울어〉는 사랑에 실패했거나, 다른 일로 쓴맛을 보고 있는 사람들에게 엄청난 슬픔을 자아내게 하면서도 부르거나 듣고 나면 아픔을 깨끗이 닦아 내는 마력이 있다.

특히 미군부대 주변에서 설움 받는 이 땅의 가난한 서민의 딸들은 극심한 가뭄 끝에 내리는 단비처럼 기쁘게 배호를 맞았다. 밤에는 일을 해야 하는 그들은 낮 공연 때는 거의 모두 가게를 비우고 극장으로 가서 배호와 함께했다.

동고동락의 화신, 아픔을 씻어 주고 희망을 주는 구세주처럼 배호는 등장했다. 여성팬들이 극장을 석권했다. 아주머니들도 좋은 옷을 차려 입고 극장으로 몰려들었다.

배호는 열광적인 호응을 얻었다. 특히 마지막 〈누가 울어〉는 폭발적인 반응을 불러일으켰다. 배호는 특히 구슬픈 목소리와 슬픈 제스처로 노래를 시작한다.

소리 없이 흘러내리는 눈물 같은 이슬비
누가 울어 이 한밤 잊었던 추억인가
멀리 가버린 내 사랑은 돌아올 길 없는데
피가 맺히게 그 누가 울어울어 검은 눈을 적시나

수많은 청중들이 노래처럼 피가 맺히게 운다. 그 눈물이 얼마나 뜨거운가를 그들 외에는 아무도 모른다. 눈은 충혈되다 못해 검게 변한다. 길게 붙인 검은 눈썹 아래로 검은 눈물이 흘러내린다.

하염없이 흘러내리는 눈물 같은 이슬비
누가 울어 이 한밤 잊었던 상처인가
멀리 떠나간 내 사랑은 기약조차 없는데
애가 타도록 그 누가 울어울어 검은 눈을 적시나

우렁찬 박수 속에 통곡 소리가 묻히긴 했으나 여기저기서 훌쩍이는 청중이 눈에 띠었다 청중들은 가장 많은 땅콩을 배호에게 던졌다. 이 극장에 쏟아진 땅콩은 큰 말[大斗] 하나에 가득 찰 정도로 많았다.

〈파도〉

이인선 작사, 김영종 작곡인 〈파도〉는 헤어져서 더욱 그리운 사람과 역사의 희생자들에게 연민의 정을 쏟는 노래다. 이것은 배호의 곡 중 인간애와 사회의식을 가장 강하게 함축하는 노래다.

파도는 파도끼리 어울려 흥겨운 어깨춤을 추거나 싱싱하고 광활한 연대를 형성하다가도 바위에 부딪치면 놀라고 신음하며 산산이 부서지거나 물기둥으로 벌떡 일어섰다가도 이내 화를 재우고 수평으로 돌아간다. 파도는 생명이요, 리듬이다.

파도가 선구자요 민중이라면 바위는 권력이다. 물체의 견고함만으로 따지면 파도는 약하고 부드럽지만 바위는 강하고 견고하다. 외형상 파도가 바위를 이길 수 없다. 그러나 파도는 오랜 세월 생명과 리듬으로 약동하면서 바위를 닳게 해 모습을 일그러뜨리거나 깨뜨려 버리기도 한다.

부딪쳐서 깨어지는 물거품만 남기고
가버린 그 사람을 못 잊어 웁니다
파도는 영원한데 그런 사랑을

맺을 수도 있으련만
밀리는 파도처럼 내 사랑도 부서지고
물거품만 맴을 도네

그렇게도 그리운 정 파도 속에 남기고
지울 수 없는 사연 괴로워 웁니다
추억은 영원한데 그런 이별은
없을 수도 있으련만
울고픈 이 순간에 사무치는 괴로움에
파도만이 울고 가네

배호는 〈파도〉의 머리 "부딪쳐서 깨어지는 물거품만 남기고"(제1절)와 "그렇게도 그리운 정 파도 속에 남기고"(제2절)에서 바위를 질타하는 파도와 깨어지는 파도의 아픔과 물거품처럼 사라지는 정을 처절한 고음으로 열어젖힌 후 "가버린 그 사람을 못 잊어 웁니다"(제1절)와 "지울 수 없는 사연 괴로워 웁니다"(제2절)라고 한탄한다.

모든 관객들이 숨을 죽이고 배호의 입과 몸으로 시선을 꽂는다. 자신들이 파도가 되고 바위에 부딪쳐 깨지는 파도의 아픔을 순식간에 공유한다.

배호는 애절하게 "파도는 영원한데 그런 사랑을 맺을 수도 있으련만"(제1절)과 "추억은 영원한데 그런 이별은 없을 수도 있으련만"(제2절)을 부를 때 '있으련만'에서 몸을 떤다. 하나로 있어야 할 둘이 떨어지면 어찌 몸부림을 치지 않을 수 있으랴.

배호는 제1절에서 "밀리는 파도처럼 내 사랑도 부서지고 물 거품만 맴을 도네"를 부르면서 '내 사랑도'를 몸서리치듯 발음 하고 '맴을 도네'를 낮지만 간절한 목소리로 '맴을 도오─네'라 고 소용돌이치듯 표현한다. 차마 떠나지 못하는 물거품이 그 자리에서 뱅뱅 돌듯이 나도 배회한다.

마지막으로 배호는 제2절에서 "울고픈 이 순간에 사무치는 괴로움에 파도만이 울고 가네"를 부를 때 '내 사랑도'의 대귀 인 '사무치는'을 예리한 칼로 몸을 베듯 묘사한 데 이어 '울고 가네'를 울먹이는 목소리로 '울고 가아─네'라고 상체를 움츠린 다. 쏠리는 파도처럼 나도 울면서 떠난다.

배호가 〈파도〉를 끝냈을 때 청중들의 태반이 벌떡 일어나 박수를 쳤다. 파도의 아픔을 그들은 가슴에 새겼다.

용주골 문화극장의 이변

행정구역상 파주시 주내면 연풍리에 있는 용주골은 문산읍 과 법원읍보다 변두리에 속한다. 평상시도 용주골의 문화극장 은 문산읍 문산극장의 800석보다 작은 640석을 갖췄지만 손님 은 항상 문산극장보다 많았다. 그 이유는 용주골에 있었던 대 규모 미군부대의 미군들과 그들을 상대로 한 이른바 '양공주' 들이 극장을 가득 채웠기 때문이다.

배호가 열렬한 환영을 받은 문화극장의 낮 공연은 이 지역 의 갑부 우정록이 해방 후 이 극장을 지은 이래 가장 많은 인파를 확보했다. 오후 1시에 시작된 배호의 노래를 듣기 위해 용주골에서 살고 있던 1,300여 '양공주'들 중 1,000여 명이 몰리고, 나머지를 농민, 상인, 주부 등이 200명을 차지해 정원의 2배에 가까운 1,200명이 발 디딜 틈도 없이 들어찼다. 이것은 문화극장이 생긴 이래 최대 인파였다.

이날 문화극장 정문에서 기도를 섰던 송재범은 건장한 체구를 자랑했지만 입장객들을 통제하는 동안 진땀을 빼고 축 늘어졌다. 그는 "사람이 너무 많이 몰리면 사고가 날까봐 들여보내지 않으려 하자 아가씨들이 욕을 하며 벌떼처럼 달려들어 할 수 없이 무제한 입장시켰다"라고 회고한다. 양공주들이 낮에 극장으로 몰리는 바람에 홀들은 개점휴업 상태가 되었다.

배호의 노래를 들으며 시종 환호하거나 눈물을 흘리고, 노래 한 곡이 끝날 때마다 땅콩을 던지거나 꽃다발을 걸어 준 관객들은 마냥 행복했다. 그리고 입장객이 1,000명 이상 되는 날은 '만수금(萬壽金)'이라 해서 직원 모두가 특별 상여금을 받는데 배호 덕택에 특별 상여금 봉투를 받은 극장 직원들도 싱글벙글했다. 당시 '양공주'로서는 대선배 격인 30살, 지금은 70대 중반의 할머니가 된 김보배(가명)는 지금도 용주골 가까운 곳에서 살고 있다. 그녀는 이렇게 회상한다.

나도 그때 배호 쇼를 봤다. 사람들은 우리 같은 불쌍한 여자들과 잠이나 자려고 하지, 우리들을 눈여겨보고 우리들의 설움을 대변한 적이 한 번도 없었다. 그러나 배호는 노래로 우리들을 위로했다. 그는 우리 세계에서 등불이었다. 그가 노래 부를 때 함께 울고 나면 속이 시원했다.

　나는 배호의 노래가 끝나는 순간 동료들과 함께 "오빠!" "오빠!"를 목이 터져라고 불렀다. 그가 웃을 때 나는 까무라칠 뻔했다. 그 말고는 지금까지 불러 보고 싶은 오빠가 없다. 그런데 나중에 알고 보니 배호가 나보다 나이가 어리더구만….

당시 파주경찰서 소속 경찰관이었으며, 지금은 80대 후반의 노인으로서 용주골의 유지인 박기태는 다음과 같이 증언한다.

　배호 쇼가 있던 날 나는 바빠서 극장에 못 갔지만 용주골의 '양공주'들이 모두 극장으로 몰려가는 바람에 개점휴업을 면치 못했다. 그날 낮에 '양공주'들을 포함해 상인, 농민 등 1,200여 명이 극장 안을 가득 메웠다는 보고를 들었다. 압사 사고가 나지 않을까 걱정했다. 공연이 끝난 후 극장 앞 골목은 사람들이 한꺼번에 몰려나와 데모 군중을 연상케 했다.

그러나 배호는 이날 낮 공연을 무리하게 진행한 탓으로 밤 공연에 나서지 못한 채 서울 세브란스병원으로 옮겨져 3개월 간 입원해야만 했다. 이것은 배호도, 사회자도, 청중들도 전혀 예상치 못한 돌발사태였다.

　배호가 공연 시각이 되어도 나타나지 않자 사회자 최성일은 백방으로 수소문한 결과 그가 병원에 있음을 알았다. 그러나 극장 안에서 배호를 애타게 기다리는 청중들의 눈을 보자 최성일은 덜컥 겁이 났다. 다급한 최성일이 호소했다.

　"배호를 사랑하시는 여러분, 많이 기다리셨죠? 그러나 배호는 지금 서울에 있는 병원에 누워 꼼짝도 못하고 있습니다. 여러분, 배호가 신장염을 앓아 거동이 불편함에도 불구하고 낮 공연 때 여러분 앞에서 혼신의 힘으로 노래를 불렀습니다. 그러나 그가 본의 아니게 여러분 앞에 설 수 없으니 이를 어찌하면 좋겠습니까?"

청중들은 배호의 딱한 사정을 듣고도 휘파람을 불거나 야유를 퍼부었다. 그러자 최성일은 "여러분, 제가 배호의 노래를 대신 부를테니 용서해 주십시오"라고 말하며 허리를 90도로 굽혔다. 청중들은 야유를 조금 줄였지만 여전히 불만스러워했다. 최성일이 최선을 다해 배호의 노래를 끝내자 청중들은 아쉽지만 박수를 보내면서 배호의 완쾌를 빌었다.

혁명적 열기 (1)

배호의 극장 공연은 혁명적 열기를 낳았다. 나는 그것을 혁명 자체라고는 말하지 않는다. 그러나 배호의 공연 현장이 혁명과 방불한 열기를 분출했으므로 나는 '혁명적 열기'라는 표현을 쓰겠다.

모든 혁명은 타도해야 할 체제나 불만을 극도로 자극하는 모순을 전제로 한다. 배호가 1971년 2월 사흘 동안 주야의 공연으로 휩쓸었던 경기도 문산읍, 법원읍, 용주골은 타도해야 할 체제를 지니고 있지 않았다. 그러나 이 지역엔 불만을 안으로만 삭이던 민중이 광범하게 포진하고 있었다.

6·25전쟁이 정전협정으로 휴전됐지만 휴전선과 가까운 이 지역은 군사작전이 수시로 펼쳐지면서 언제 또 동족상잔의 불행이 닥칠지 모르는 긴장과 초조의 심리를 벗어날 수 없는 주민들이 밀집한 곳이다.

이들에게 당면한 적은 휴전선 너머에 집결한, 그러나 보이지 않는 북한 인민군 자체라기보다는 또 전쟁을 일으킬 수 있는 그들과 그들을 격퇴하기 위해 맹훈을 하는 국군이 중첩되면서 수시로 엄습하는 불안의 그림자다. 이것이 주민들의 불만을 지속적으로 자극했다.

이 지역에 사는 중소 상공인, 농민, 노동자 들은 적과의 접경지역인데다가 고도경제성장을 추진하던 박정희 대통령에 대한 기대감 때문에 여당에게 우호적인 성향을 보여 왔지만 고도경제성장의 혜택을 눈에 띄게 누리지 못해 불만을 포지하고 있었다.

더구나 문산읍과 법원읍에 국군이 주둔하고 용주골엔 미군이 주둔하고 있었다. 한국군부대와 미군부대 주변엔 어김없이 국군과 미군을 상대로 한 상가가 형성된다. 식당, 술집, 게임방, 윤락촌 등을 운영하는 사람과 종업원들이 밀집한 곳은 거의 매일 번잡하다.

그러나 거대한 군사조직은 무력을 동원한다는 점에서 막강한 힘을 가지고 있지만 민중의 딸들을 소비 또는 향락의 대상으로 파악할 뿐 그들의 행복을 보장해 줄 아무런 능력도 가지고 있지 않다. 그러므로 군부대 주위의 여성 노동자들은 아무리 발버둥치면서 노동하고, 양심을 견지하면서 살아도, 심지어 인간으로서 소중한 성을 팔아도 신분을 상승시킬 수 없다.

참을 수 없는 성의 본능을 풀기 위해 그들을 찾는 군인들과 단순히 향락을 위해 그들을 찾는 민간인들이 있기에 상가는 형성된다. 그럼에도 불구하고 여성들의 인격을 모독하거나 그들에게 물질적 손해를 끼치는 불한당 또는 기둥서방이 있기에 그들의 한은 더욱 커지고 불만은 팽배해진다.

지루한 일상생활에서 형성된 광범한 불만의 벨트에 배호라는 가수가 나타났다. 미모의 가수 배호, 가슴을 울리는 목소리의 주인공, 함께 울면서 설움을 터뜨릴 수 있는 형 또는 동생, 막힌 속을 시원하게 뚫어 줄 오빠야말로 이들에겐 구세주 못지않은 존재였다고 말하지 않을 수 없다.

혁명적 열기 (2)

배호는 건강이 좋지 않았지만 문산지역의 극장 안에 넥타이를 맨 사람은 거의 눈에 띄지 않고 노동자, 농민복 차림의 남자들, 허름한 원피스를 입은 처녀와 아주머니들의 서럽고 간절하게 이글거리는 눈빛을 보았다.

자신이 서울 숭인동과 창신동에서 살았던 소년 시기에 낙산, 동망봉과 청계천 변을 가득 메웠던 판자촌과 그 안에서 인간 이하의 삶을 영위했던 이 땅의 가난한 민중들, 일본 제국주의자들 및 그들과 야합해 자연파괴에 가담한 우리나라 모리배들의 반동으로 비참하게 일그러진 낙산과 동망봉이 떠올랐다.

'저는 약자의 편입니다. 여러분과 함께합니다. 고된 생활 얼마나 힘드십니까? 그러나 생의 마지막 순간까지 힘을 잃지 맙시다. 부족한 제가 조금이라도 힘이 되고, 위로가 된다면 얼마나 다행이겠습니까? 제가 쓰러지더라도 최선을 다하겠습니다.'

배호는 마음속으로 이렇게 다짐했다. 그러기 때문에 이날 그의 노래는 안온하게 녹음실에서 노래해 취입한 음반과는 차원이 다른 격렬한 감동을 극장을 가득 메운 팬들에게 선사할 수 있었으며, 팬들 또한 대스타의 밝은 모습과 함께 음반에서 느낄 수 없었던 강하고 신선한 감동을 받을 수 있었다. 이 지역에서 사흘 동안 태양처럼 뜨거운 순간이 이어진 것은 이 때문이었다.

하필 문산지역에서만 배호의 혁명적 열기가 분출한 것은 아니었다. 배호가 가는 곳마다 정도의 차이는 있었지만 팬들의 뜨거운 호응은 이어졌다. 1968년 9월 20살의 나이로 서울 서대문로터리의 한 서점에 근무했던 김수영은 병가를 내고 150미터쯤 떨어진 동양극장(지금의 문화일보 자리)에서의 배호 공연을 세 차례 모두 보고 형언할 수 없는 감동을 받았다.

이것이 인연이 돼 후에 화가 겸 배호기념사업회 회장이 된 그는 "극장은 인파가 운집해 폭발 직전의 탄약고처럼 달아올랐다. 입석표를 사서 들어온 관객들이 무대 주변으로 몰려들어 좌석표로 입장해 앉은 관객들이 불만을 토로했다. 그러자 우람한 체격의 극장 기도들이 통로와 무대 앞에 서서 환호하던 관객들을 앉히려고 대막대기를 수평으로 휘둘러서 아우성 소리가 진동했다"라고 당시의 분위기를 회상한다.

전국의 극장에서 공연된 가수들의 쇼에서 배호는 단연 주인공이었다. 극장 안의 열기는 항상 다른 가수들을 압도했다. 배호는 지방 공연을 끝내고 야간열차 편으로 귀경할 때면 팬들이 사인해 달라고 몰려드는 바람에 눈을 붙일 수 없었다. 그가 부산 공연을 마치고 밤새 기차로 달려와 서울역에서 내릴 때면 이른 새벽에 대기하고 있던 수백 명의 팬들이 우렁찬 박수로 맞았다.

천지호텔 카바레에서 연주했던 배호의 동료 악사 유영철의 아내가 어느 캄캄한 밤에 급히 친구를 만날 일이 있다면서 집을 나가 택시를 타고 서울역으로 달려갔다. 그녀는 기차에서 내리는 배호를 맞는 팬들 틈에 끼어 "배호!" "배호!"하고 목이 쉬도록 외쳤다. 후에 이 사실을 안 유영철은 "드럼을 치다가 가수가 된 배호의 인기가 하늘을 찌를 기세였다. 악사 시절에 동료였던 나로서 약간 질투도 났다"라고 하며 웃었다.

모든 혁명은 이론가, 행동가, 민중이 3위일체를 이루어 격동하는 가운데 임무를 수행한다. 배호의 극장 공연의 경우 작사가, 작곡가는 이론가, 배호 자신은 행동가, 팬들은 민중이다. 혁명이 격렬한 소용돌이를 수반하는 것처럼 배호의 극장 공연도 혁명 못지않게 달아오르며 격동한다. 특히 배호의 팬들은 그만 보면 열광했다. 그가 열창한 극장은 순식간에 거대한 용광로로 돌변했다.

또한 모든 혁명은 폭력을 수반한다. 프랑스대혁명, 러시아혁명, 중국의 공산혁명의 경우 이 점을 여실히 입증한다. 폭력이라는 수단은 총칼은 기본이고, 폭발, 단두대, 즉결처분, 피비린내 나는 숙청 등으로 공포를 야기시킨다.

그러나 배호가 일으키는 혁명적 열기는 폭력 수단을 동반하지 않는다.(동양극장에서의 기도들의 위협도 폭력이라기보다는 질서 유지를 위한 엄포였다고 해석해야 옳을 것이다.) 오히려 배호의 혁명적 열기는 울음이 함축된 슬픈 목소리, 하늘을 향한 호소, 풀어 버림으로써 차분해지는 감동을 불러일으킨다. 불초는 배호의 혁명적 열기를 구태여 혁명이라는 범주에 포함시킬 수 있다면 '부드러운 혁명'이라고 표현할 수 있으리라고 생각한다.

5·18 광주민중항쟁시 〈5월의 노래〉가 광주시민과 전남 도민 사이에 광범하게 불리었다. 이 노래의 가사에 "꽃잎처럼 금남로에 뿌려진 어여쁜 너의 붉은 피" "두부처럼 잘려 나간 어여쁜 너의 젖가슴"이란 섬뜩한 구절이 나온다. 이 가사는 사실 여부를 떠나서 사건의 현장의 처절함을 연상시킨다.

그러나 배호는 이와 달리 간절한 목소리로 혁명적 열기를 고취하고 또한 민중들과 애환을 함께했다. 상황과 여건이 다르지만 배호의 '부드러운 혁명'은 평화시에 국민을 결집하는 강력한 힘을 발휘한다.

한편 민중가수로 일컬어지는 최도은은 노동자들의 파업 현장에서 혁명가라고 부를 수도 있는 〈불나비〉를 기타를 치면서 열띠게 부른다.

최도은이 "오, 자유여/ 오, 기쁨이여/ 오, 평등이여/ 오, 평화여/ 내 마음은 곧 터져 버릴 것 같은 활화산이여/ 뛰는 맥박도 뜨거운 피도 모두 터져 버릴 것 같애"라고 뜨겁게 외치면 주위가 화끈하게 달아오른다. 그것은 폭발하기 직전의 활화산으로 주변사람들을 이끈다.

그러나 배호는 이러한 격렬한 목소리와 달리 애끓는 목소리로 숙연하게 청중을 이끌면서 '부드러운 혁명'을 수행한다. 목숨을 건 투쟁의 현장에서는 선동가가 피를 토하고, 슬픔과 아픔을 공유하는 공연장에서는 배호가 열창한다. 사람들에게 공포심을 유발하지 않는 부드러운 혁명가 ─ 그가 배호다.

쓰러지면 다시 일어서고 (1)

배호는 1969년 11월 7일 장충체육관, 동원극장, 뉴서울극장 등 3곳을 연달아 출연해 건강을 극도로 상해 마지막 2회 공연은 포기하고 전세로 든 정릉3동 894번지 스카이아파트 7동 202호로 돌아가 쉬었다. 이 무렵 배호가 사망했다는 소문이 나돌았다.

배호는 1969년 11월 9일과 30일 두 차례에 걸쳐 종로구 관훈동 신한의원에 입원한다. 그는 병원에서 12월 2일 MBC 10대 가수에 뽑혔다는 연락을 받는다.

주간지 선데이서울 기자가 신한의원으로 가 배호를 취재했다. 배호는 몸을 침대에 기대로 녹음기 앞에서 가쁜 숨을 가다듬었다. 그가 연습하는 노래는 '미워도 다시 한 번'이라는 영화주제가인 '아빠 품에'였다. 기자는 선데이서울 1969년 12월 4일자 기사에서 당시의 장면을 이렇게 묘사한다.

불편한 몸으로 녹음기의 마이크를 매만지는 그의 집념은 애처롭다 못해 무서울 지경이었다. 병원에 누워서도 그는 노래 연습을 하고 있다.

반주곡이 담긴 테이프를 틀어 놓고 악보를 펼쳐 들었지만 가쁜 숨결 때문에 목소리가 이어지지 않았다. 1소절을 다 부르지 못하고 끊어졌다.

"웬만큼 회복된 다음에 했으면 좋으련만 성화에 못 이겨 해보려니 되질 않아요. …"

말소리도 더듬더듬했다. 창백한 얼굴엔 혈색이 거의 없다. 눈모습만이 유달리 날카로울 뿐.

이런 배호가 12월 2일 저녁 작사가 전우, 가수 이상열 등의 부축을 받으며 서울 시민회관 무대에 나타났다. 시민들은 죽었다던 배호가 보이자 눈이 동그래졌다.

홀로 설 수 없었던 배호는 의자에 앉은 채 〈누가 울어〉 〈당신〉 〈만나면 괴로워〉 등 3곡을 잇따라 불렀다. 이 순간을 위의 기사는 다음과 같이 표현했다.

3곡을 연속 부를 때 — 부른다기보다는 노래하는 시늉이란 게 더 적절한 표현이지만 — 장내는 박수갈채와 눈물의 뒤범벅을 이

뤘다.

배호는 다시 신한의원에서 입원생활을 계속한다. 이렇게 노래를 끊고 쉬면 그의 건강은 회복된다. 이 시기가 그의 생애에서 쉼표에 해당된다. 사람에게 쉰다는 것이 얼마나 중요한가를 그는 역설적으로 보여준다.

배호는 신한의원에서 3개월 만에 퇴원해 전세로 살던 정릉 스카이아파트에서 요양한다. 청와대 뒤 북악산으로 정기를 떨어뜨리는 보현봉이 홀립하고, 우람하게 이어지는 북한산의 연봉들을 내려다보는 이 아파트는 꽃망울을 터뜨리는 꽃들이 여기저기서 피어나서 그림처럼 아름다웠다.

그러나 병원에서 건강을 되찾았으니 집에서 더 쉬어야 한다는 의사의 충고를 그는 따를 수 없었다. 집에서 쉬는 동안 다시 노래를 가까이 한 그는 〈비 내리는 명동〉(백영호 작사, 작곡)을 취입해 호평을 받은 데 이어 1970년 봄 한국일보사가 주최하는 미스코리아 선발대회에 초대가수로 초청 받아 〈안개속으로 가버린 사랑〉을 부른 것을 신호로 공연을 계속한다.

쓰러지면 다시 일어서고 (2)

배호는 1970년 12월 광주 태평시네마 공연에서 급기야 무대에 서기도 전에 쓰러졌다. 무대에는 10대 가수가 다 등장했다. 그러나 배호는 분장실에서 누워 신음하며 "도저히 노래할 수가 없다"라고 호소했다.

사회자 이대성과 최성일은 관중들에게 배호의 딱한 사정을 전하고 양해를 구했다. 관객들은 10대 가수들이 모두 출동했지만 그들의 존재를 눈여겨보지 않은 채 "우린 배호를 보러 왔다! 안 나오면 돈 물어내라!"라며 아우성쳤다.

　참으로 긴장이 감도는 순간이었다. 관중들은 병약한 배호를 데리고 나오라는 점에서 잔인한 측면이 없지 않지만 배호를 그만큼 사랑하고 갈구하기 때문에 꼭 보자고 다그치는 것이라고 해석할 수 있다. 이런 경우에는 사회자가 아무리 유능해도 관중들을 설득할 수가 없다.

　이대성과 최성일로부터 객석의 상황을 전해들은 배호는 "그럼 무대에 나가야 지요"라고 말하며 최성일에게 "좀 부축해 주세요"라고 부탁했다. 배호는 최성일의 등에 업힌 채, 이대성이 들고 있는 마이크에 대고 눈물을 흘리며 노래했다.

　최악의 조건에서도 최선을 다하는 가수, 프로의 기질을 유감없이 발휘하는 가수, 자신의 위험보다는 공중의 요청을 우선하는 가수의 가슴 찡한 상황을 극장 안의 모든 이가 공유했기에 배호도, 이대성과 최성일도, 관객들도 울었다.

　슬픔의 끝자락에서 터져 나오는 울음처럼 진실하고, 솔직하고 애잔한 감정은 없다. 강렬한 울음은 거센 파도처럼 사람들을 덮친다. 이것이 몰아칠 때 어떤 냉혈한도 슬픔에서 벗어나기 어렵다.

　1971년에는 배호 스스로 죽음을 감지할 수 있을 정도로 처연한 상황이 잇따랐다. 배호는 1971년 2월에 문산 지방 공연의 후유증으로 3개월 간 세브란스병원에 입원했다. 그는 퇴원 후 4월 26일 태어나서 처음으로 단층 슬라브로 방 3개가 딸린 미아3동 215-103 집을 460만 원에 매입하기로 계약하고 집값을 마련하기 위해 다시 무대에 오른다.

그는 1971년 10월 서울 장충체육관 무대에서 이곳과 밀접한 관련이 있는 〈안개 낀 장충단공원〉을 1절만 부른 후 피를 토하며 퇴장한다. 이어서 그는 필자가 삼각지를 이루는 블록 중 가장 후지며 민중들의 설움이 고인 한강로와 영등포지역이라고 표현했던 영등포의 연흥극장에서 〈돌아가는 삼각지〉를 1절만 부른 채 기력이 다해 물러선다.

배호는 쓰러지면 일어나서 노래하고, 일어나서 노래하다가 쓰러지고, 쓰러진 후 다시 일어나서 노래하는 동안 오뚜기나 철인이나 아니기 때문에 몸이 망가질 대로 망가진다. 그럼에도 불구하고 배호는 자신의 장기요, 희망이요, 팬들의 열망이기도 한 노래를 위해 일신의 안일을 돌보지 않은 채 죽음 앞으로 장렬하게 나아가다가 1971년 11월 7일 타계한다.(필자는 그 순간을 '에필로그' 편에서 묘사할 것이다.)

1981년 한국인이 가장 좋아하는 가수 1위

배호는 MBC가 창사 20주년을 기념하여 1981년에 조사해 발표한 '한국 가요 베스트 20'에서 한국인이 가장 좋아하는 가수 1위로 뽑혔다. 1981년은 배호가 작고한 지 10년 되는 해다.

일반적으로 죽은 장사는 살아 있는 어떤 약자보다 힘이 없고, 이미 죽은 단거리 달리기 세계 선수권자는 살아 있는 선수들에 의해 자신의 기록이 깨지는 아픔을 씹을 수도 없으며, 죽은 사람은 말을 못하고 글을 못 쓰므로 살아 있는 누구보다도 자신을 알리는 데 불리하다.

그러나 "인생은 짧고, 예술은 길다"라는 격언은 정설을 반영하고 있다. 위대한 예술은 그것을 남긴 주인공이 이 세상에서 사라져도 그의 생사와 관련 없이 위력을 발휘한다.

학문에 있어서도 좋은 논문이 주인공의 생사와 무관하게 생명력을 유지하기는 한다. 그러나 학자는 그것을 알아주는 사람이 예술가보다 훨씬 적다. 이 말은 학문이 당대에 인간에게 직접적으로 미치는 영향력에 있어서 예술에 못 미친다는 것을 의미한다.

대중가수 배호는 사람들의 심금을 울린 가수였기에 살아서나 죽어서나 사람들의 뇌리에 박혀 있고, 그것도 좋아하는 가수로서 대접을 받는다고 해석할 수 있다.

MBC의 같은 조사의 한국 가요 베스트 20곡 중 1위는 〈돌아가는 삼각지〉, 2위는 〈누가 울어〉, 3위는 〈안개 낀 장충단공원〉, 9위는 〈안개 속으로 가버린 사랑〉, 10위는 〈당신〉이었다. 배호가 상위를 석권했다.

지지자(괄호 안은 %)의 추세를 살피면 〈돌아가는 삼각지〉 2,026,027명(7.5%), 〈누가 울어〉(2,008,412명(7.4%), 〈안개 낀 장충단공원〉 2,007,153명(7.4%), 〈안개 속으로 가버린 사랑〉

1,934,891명(7.1%), 〈당신〉 1,933,598명(7.1%)이다.

지지자가 많다는 사실은 해당 노래가 가요계에 그만큼 기여하고 있음을 의미한다. 그러므로 배호의 〈돌아가는 삼각지〉는 자신의 다른 노래는 물론 당대의 어떤 가수의 노래들보다 가요계에 으뜸으로 기여한 수작임을 입증하고 있다.

참고로 MBC가 이 조사를 진행하던 당시 '한국 가요 베스트 20'에 든 다른 가수 5명은 가수 경력이 수십 년씩 된 살아 있는 사람들이었다. 그러므로 예술에 전념하여 뛰어난 업적을 남기는 사람은 생사와 무관하게 생명력을 확보하고 있음을 배호는 말해 주고 있다.

바꾸어 말하면 사람들은 인품이 훌륭하고 작품이 빼어난 예술인이 죽은 다음에도 그의 작품을 추앙하지만, 여기에 추모의 정까지 더해 그가 살아 있을 때 못지않게 지지를 보낸다.

2003년 배호에게 추서된 옥관문화훈장

대한민국 정부는 각 분야에서 공을 세운 사람에게 무궁화대훈장, 건국훈장, 국민훈장, 무공훈장, 근정훈장, 보국훈장, 수교훈장, 산업훈장, 새마을훈장, 문화훈장, 체육훈장, 과학기술훈장, 문화훈장, 체육훈장 등을 수여한다.

이 가운데 문화훈장이란 문화·예술발전에 공을 세워 국민 문화향상과 국가발전에 기여한 공적이 뚜렷한 자에게 수여하는 훈장이다. 이 훈장 중 금관은 1등급, 은관은 2등급, 보관은

3등급, 옥관은 4등급, 화관은 5등급이다.

1971년에 작고한 배호는 공을 세운 문화예술인에게 수여되는 문화훈장 중 옥관문화훈장을 2003년에 추서 받았다.

훈장을 받으면 무슨 혜택이 있는가? 일반적으로 훈장은 명예로 그치므로 특별한 혜택을 부여하지 않는다. 다만 전시 또는 이에 준하는 비상사태 하에서 전투에 참가하여 뚜렷한 무공을 세운 자에게 수여되는 무공훈장과 국가 안전보장에 뚜렷한 공을 세운 자에게 수여되는 보국훈장을 받으면 국가유공자가 될 수 있다.

무공훈장 수훈자는 사망시 국립묘지에 묻힐 수 있고 항공료 30퍼센트 할인, 보훈병원 사용료 60퍼센트 할인 등의 혜택을 받는 것으로 알려졌다.

배호는 숨진 후에 아무런 혈육도 없는 상태에서 옥관문화훈장을 받았지만 실익을 누릴 수는 없었다. 다만 대중가수로서의 그가 생시에 쌓은 업적을 정부가 평가하고 명예를 부여했다는 데서 일정한 의의를 찾을 수는 있겠다.

뮤지컬 〈천변 카바레〉

배호의 생애와 노래를 소재로 한 뮤지컬 〈천변 카바레〉가 2010년 서울 두산아트센터에서 초연, 2011년 같은 장소에서 재연, 2012년에는 서울 강동아트센터에서 세 번째 공연되는 등 음악인들과 배호 팬들의 관심을 끌었다.

시골 출신 춘식이 서울의 한 공장에 취직했지만 견디기가 어려워 낙향하려고 결심하지만 어느 날 배호가 출연하는 카바레에 간 것을 계기로 그곳 웨이터로 취직한다. 춘식은 배호를 만나 새로운 삶을 열 희망에 부풀었다. 그러나 배호가 요절하고 흠모하던 여가수 미미가 미국으로 떠나자 실의에 빠진다.

이때 카바레 사장은 실의에 빠진 춘식에게 배호 모창 가수가 되는 것이 어떠냐고 제의한다. 그리하여 배호 모창 가수가 된 춘식이 생시의 배호의 모습을 실감 있게 재연하는 데서 이 뮤지컬은 배호를 자연스럽게 회상하면서 그의 예술을 드러내는 역할을 수행한다.

이 작품에서 배호와 춘식 역을 맡은 배우 최민철은 배호의 노래와 춘식의 삶을 2중으로 소화해 작품의 취지를 살렸다. 사실 배호와 춘식은 전혀 다른 차원의 사람이다. 본래의 기념비적 가수와 모창 가수가 어떻게 같을 수 있겠는가?

그러나 이미 타계한 배호를 다시 불러와 생시와 똑같은 노래를 부르게 할 수 없는 현실에서 배호의 삶을 각색해 무대에 올려 그 의미를 되새기는 것은 뮤지컬이 해낼 수 있는 독특한 영역인 것만은 틀림이 없다.

이 뮤지컬의 음악 감독인 말로는 배호의 음악을 때로는 블루스, 재즈, 스윙 등의 기법으로 편곡해 젊은 세대들도 느낌이 와 닿도록 배려했다. 젊은 세대를 대변하는 최민철은 배호의 노래를 이해하고 서양 음악의 흐름까지 꿰뚫는 말로와 호흡을 맞추며 작품을 잘 소화해 냈다.

뮤지컬이라는 역동적인 장르의 고객은 대부분 청소년층이다. 이들이 "오, 예!" "꺄악" "꺄르륵" 등 젊은 목소리로 튀는 반응을 보이는 무대 주변의 풍속과 달리 이 작품이 강동아트센터에서 공연됐을 때 노년과 중년 관객들이 무대에서 가까운 자리를 꽉 메웠다.

이들은 최민철이 연기할 때 중요한 대목에서 배호를 떠올리면서 아낌없는 박수를 보냈다. 일반적으로 중노년들이 덤덤하게 앉아 작품의 흐름을 반추하는 모습과는 큰 거리를 두었다.

2012년 말로가 부른 배호

트로트와 재즈는 음악에 있어서 장르가 판이하다. 전자가 갓이라면 후자는 메코 모자라 할 수 있다. 갓은 동양인이 오래전에 썼던 모자요, 메코는 서양인이 즐겨 쓰던 모자다.

배호는 트로트 가수였다. 트로트는 동양인의 심성에 적합한 음악이지만 일부 서양인도 관심을 갖는 음악이다. 재즈는 서양인, 특히 미국인이 환호하는 음악이지만 일부 동양인도 심취하는 음악이다.

두 음악은 태생 배경이나 음률이 다르지만 넘을 수 없는 벽에 갇혀 있는 것은 아니고 접목 또는 소통이 가능한 분야다. 더구나 지구촌이라는 말이 함축하듯 하나인 지구에서 트로트와 재즈를 접목 또는 소통하는 것은 신선한 시도라고 말할 수 있다.

2012년 겨울에 대한민국의 여성 재즈 가수 말로가 요절한 대한민국의 트로트 가수 배호를 주제로 한 '말로가 배호를 노래하다(Malo sings Baeho)'라는 음반을 세상에 내놓았다. 그녀는 "40년의 세월을 가로질러 내 앞에 선 젊은 그대에게 다시 부른 이 노래를 바친다"라는 헌사로 이 음반을 고인에게 헌정했다.

1971년 11월 7일 29살의 젊은 나이로 숨진 배호가 '40년의 세월을 가로질러 내 앞에 선 젊은 그대'로 재즈 가수에게 나타나고, 재즈 가수는 '다시 부른 이 노래'를 바치는 행위는 생사와 세대의 차이를 넘어선 예술적 교감이요, 트로트와 재즈의 접목 또는 소통이 아니고 무엇이겠는가?

가수 말로는 2010년 배호를 소재로 한 뮤지컬 〈천변 카바레〉에서 음악감독을 맡아 달라는 제의를 받고 이에 응하면서 극에서 밴드 마스터이면서 배호를 짝사랑한 '정수' 역도 맡은 것을 계기로 배호에 대해 관심을 갖기 시작했다.

그녀는 이 이색적인 음반에서 배호의 〈돌아가는 삼각지〉를 보사노바와 스윙 리듬으로, 〈안개 낀 장충단공원〉을 장조곡에서 단조 블루스 풍으로, 〈안녕〉을 '누에보 탱고' 풍으로, 〈마지막 잎새〉를 영원한 이별을 앞둔 레퀴엠 풍으로 전환했다.

가수 말로는 2012년 12월 25일 경향신문 기자와의 인터뷰에서 배호의 노래에 관해 이렇게 마무리한다.

대체로 그의 음악은 까다롭습니다. 섣불리 덤비기도 힘들어, 음악적 특징을 알고서야 조심스레 손을 댈 수 있는 종류였죠. 코드 자체는 심플하고 이해할 만하지만, 편곡은 무척 정교한 편이지요. 그리고 편곡도 고인의 창법도 노래의 일부라 할 만큼 전체적으로 완결성을 갖추고 있었고요. 그의 음악은 빈자리가 보여 달려들 수 있을 만한 성질이 아니었습니다.

전문가들이 본 배호 (1)

대중예술에 종사한 작사가, 작곡가, 가수, 영화배우, 개그맨, 음악평론가 등 전문가들은 찬란한 불꽃으로 자신을 태우고 29세를 일기로 타계한 가수 배호를 어떻게 보는가? 그들이 각종 매체에서 밝힌 평을 종합하면 다음과 같다.

○ 반야월(작사가): 천부적인 허스키 가수 배호는 무대에서 드럼을 치다가 〈두메산골〉을 들고 나와 비로소 가수가 되었다. 당시 아코디언 연주가이자 밴드마스터이며 작곡가였던 김광빈 씨와 나의 결합은 배호를 호화 무대에 올려놓게 된 계기가 되었다.

○ 백영호(작곡가): 1969년 말이라고 기억된다. 당시 일본 후지TV에서 나, 곽규석, 패티김, 그리호 배호, 가야금 하는 국악인 포함 총 5명을 초청했다.

나는 배호를 빅타레코드사에 전속시키기 위해 〈비 내리는 명동 거리〉 〈막차로 떠난 여자〉 와 함께 〈동백 아가씨〉 〈황포

돛대〉를 배호 목소리에 담아 일본으로 떠날 채비를 차렸다.

그러나 배호는 건강상의 문제도 있었지만 병역 문제로 해외로 출국할 수 없는 처지였다. 나는 이 상황을 그대로 묵과할 수 없었다. 병무청으로 찾아가 "언제 세상을 떠날지도 모르는 사람에게 너무 하는 것 아니냐?" "소원 좀 들어 주시오" 등 온갖 방법으로 간청을 해보았지만 막무가내였다.

결국 배호만 국내에 남겨 두고 일행 4명 그리고 다른 한 명과 함께 일본으로 건너간 가슴 아픈 일화가 있다. 배호 목소리에 담아 일본으로 가져갔던 그 테이프를 25년 만에 일본으로부터 돌려받았다. 잃어버린 자식이 되돌아 온 기분이었다.

○ 박춘석(작곡가): 작곡가인 나와 가수 배호는 인연은 비단 짧았으나 아픈 몸을 이끌고 혼신을 다하여 녹음을 하는 그의 모습에서 항상 깊은 감동을 받았으며 평소에는 점잖은 언행으로 말이 없는 사나이로 알려져 있으나 친한 사람들과는 농담 못지않은 유머와 말재간으로 명랑하게 주위사람을 즐겁게 했던 것으로 기억한다.

그는 백 년에 한 번 나올까 말까 한 매혹의 저음가수였다. 흐느끼며 토해 내는 매혹의 목소리와 환상의 창법으로 대중들의 심금을 울려 주던 가수 배호는 비록 요절하였지만 그의 흐느끼는 고독한 슬픈 목소리가 지금도 대중들의 가슴에서 맴도는 것을 볼 때 "인생은 짧지만 예술은 영원하다"라는 명언을 생각한다.

○ 김인배(작곡가): 배호는 정말 노래를 잘하고 멋있었다. 배호는 매끄러운 고음과 감정 표현이 대단했다. 그처럼 노래의 맛을 내는 가수는 지금도 없다. 그의 요절을 생각하면 너무 아깝다.

○ 정두수(작사가): 배호는 천재가수. 음악성이 뛰어난 가수였다. 내가 작사하고 백영호 선생이 작곡한 〈내 고향 남촌〉도 그는 탁월하게 불렀다.

○ 배상태(작곡가): 배호의 음악성은 그 누구도 따를 수 없는 애절한 호소력, 풍부한 감정, 정확한 발음, 넓은 음폭 들을 들 수 있다. 특히 가슴에 와 닿는 애끓는 호소력은 누구라도 그를 사랑하게 한다.

나는 그를 잊을 수가 없으며 또 그의 노래를 현역 가수에게 리바이벌시켰지만 그가 지녔던 호소력을 들을 수가 없었다. 그는 모든 가요 팬들의 가슴속에 영원히 남을 것이다.

그의 성격은 매우 온순하여 색시라는 별명을 얻었다. 차분하고 노력형의 인간으로서 많은 연예인들에게 신임이 두터웠다. 그렇지만 그는 내성적이고 말수가 적어 잘 모르는 사람들로부터는 건방지다는 오해도 받았다.

○ 정귀문(작사가): 배호는 200년이 되어도 나오기 어려운 가수다. 내가 작사한 〈마지막 잎새〉를 그가 부른 후 29세의 나이로 세상을 떠났다. 이 노래가 그의 운명을 암시하지 않았나 하는 생각에서 가수에게 미안한 마음이 든다.

○ 정홍택(전 한국영상자료원 이사장): 배호는 훌륭하다. 우

리나라 가요계에 한 획을 그은 사람이다. 짧은 기간 활동했는데 너무 아깝다. 타고난 가수라고만 하는데 꼭 그렇지만은 않고 노력이 대단했던 사람이다.

○ 박성서(음악평론가): 우리나라 대중가요사에서 누구누구 창법이라는 칭호를 받은 사람은 현인, 이미자, 배호 씨 3명뿐이다. 현인 씨는 탁탁 끊기는 창법, 이미자 씨는 원곡 그대로 부르는 창법, 배호 씨는 굉장히 거칠기도 하고 호흡이 짧기고 하고 또 절규하기도 하는 열정적인 창법이다.

○ 임진모(음악평론가): 배호는 한국가요사에서 가장 완벽한 음을 구사했던 천재가수다.

○ 이영미(음악평론가): 1960년대 트로트를 대표하는 남자 가수다. 짧은 시기에도 대단한 인기의 가수였다. 투병과 요절로 인기가 증폭됐다. 저음에서는 굉장히 부드러우면서도 큰 바이브레이션을 하고 고음으로 올라가면서 꺾고 흐느낀다. 여기서 트로트를 아는 사람들에게 만족감을 준다.

전문가들이 본 배호 (2)

○ 김희갑(영화배우): 우리들의 가슴속 깊이 파고드는 배호의 수많은 노래들. 후배 연예인으로서 젊은 나이에 사라져갔지만 노래만은 지금도 우리들 곁에 남아 맴도는 것을 보면서 그 주옥 같은 노래에 선배로서 깊은 관심을 갖고 있다.

또한 노래는 사람의 마음이며 감정이며 혼이라는 말이 있다. 배호의 영혼으로 토해내는 노래를 들으면 들을 때마다 어쩌면 그렇게도 내 가슴을 도려내는지 어떤 때에는 처절한 심정일 때도 있다.

백 년을 통해 한 번 태어나기 어렵다는 매력의 저음 가수 배호! 〈0시의 이별〉〈울고 싶어〉〈마지막 잎새〉 등의 노래에는 들으면 들을 때마다 삶의 애환과 감동이 있었다.

○ 최성일(극장 공연 사회자): 배호는 아무거나 닥치는 댈 잘 먹는 잡식성이었다. 그런데 식사를 끝내고 나면 꼭 호주머니에서 소화제 같은 것을 어김없이 복용했다. 하루 세 끼에 세 차례 소화제 복용은 단 하루도 예외가 없었다.

○ 트위스트 김(개그맨): 배호는 나와 공연을 자주 해 친했다. 수유리극장에서 쇼를 할 때 옆에서 부축해 줘야 노래를 부를 수 있었는데도 그는 열창했다.

○ 이미자(가수): 1969년 배호와 함께 파주 공연을 가는 길에 교통사고를 당해 공연은 하지도 못하고 병원에 있었다. 혼자 공연을 끝낸 배호가 이상렬과 함께 병문안을 왔다. 그는 선물이라며 속옷을 사와 "짠" 하면서 보여주는 게 너무나 웃겼다.

○ 최희준(가수): 배호는 1960년대 후반 독특한 창법으로 개성파 가수의 1인자였다. 그는 노래의 맛을 자기 나름대로 소화하는 역량이 있었고, 드럼을 쳤기에 리듬감이 남다르고, 노래를 멋들어지게 처리하는 능력이 있었던 가수였다.

○ 신중현(가수): 1970년대 초 노래 연습장에서 마주쳤던 배

호는 병색이라곤 하나도 없던 드러머였다. 드럼을 치며 미발표곡을 부르고 있던 그에게 나는 가수로 나서라며 진심어린 박수를 쳐줬다. 얼마 후 그는 〈돌아가는 삼각지〉의 히트로 답했다.

○ 문주란(가수): 배호 오빠는 곡보다는 가사를 자꾸만 봤다. 무대 뒤에서 다른 가수들이 악보를 열심히 쳐다보면서 곡을 외우느라 바쁜 시각에 그 오빠는 가사를 외우느라 바빴다. 오빠는 곡은 한 번 보면 척 아는 천재였다.

○ 진송남(가수): 배호는 대중의 심금을 울리는 뛰어난 가수였다. 그의 노래에는 모두가 빠져 들었고 그 이후 그의 목소리와 창법을 흉내 내는 가수들이 많이 나왔지만 그처럼 대중을 파고드는 맛이 없다. 역사에 남는 좋은 가수다.

○ 조영남(가수): 배호 선배는 늘 피로한 얼굴에 약간의 갈색이 들어있는 금테 안경을 착용했다. 그러나 선배님은 얼마 안 있어 젊은 나이로 세상을 하직했다. 바로 그 시기에 나는 안경을 쓰기 시작했다. 내가 쓰던 통기타 하나를 세워 놓으면 내가 숭배했던 배호 선배를 위한 비석이 될 수 있으련만….

○ 현철(가수): 아세아 전속으로 그분이 레코드 취입할 때 느낀 점인데 목소리가 특이하고 박력이 있었다. 그게 매력이었다. 내가 무명일 때인데, 어머님이 스튜디오 밖에서 애태우던 모습이 기억난다. 병든 아들에 대한 따뜻한 마음이 느껴졌다.

○ 설운도(가수): 나는 신인 시절에 배호 선배님의 노래를

즐겨 불렀다. 그분은 가슴과 영혼으로 노래를 불렀다. 노래에 철학이 담겨 있고, 인생이 깔려 있고, 서민의 삶과 애환을 노래했다. 내가 가수가 되는 데 동기 부여를 하신 셈이다.

○ 장사익(가수): 배호 씨를 어릴 때부터 참 좋아했다. 나는 그분이 부른 노래를 발뒤꿈치도 못 따라간다.

○ 조관우(가수): 배호의 〈안개 속으로 가버린 사랑〉을 감명 깊게 들었다. 1960년대에 이렇게 노래한 사람이 있었다니 놀랍다.

○ 양희은(가수): 배호 선배가 살았다면 가요계의 판도가 달라졌을 것이다.

○ 에티앙(프랑스 재즈 가수 겸 작곡가): 배호의 노래는 창법과 멜로디는 매우 한국적인데 편곡 방식과 음악은 60년대의 프랑스, 유럽, 미국에서도 들을 수 있는 것입니다. 한국 사람들에게 배호에 대한 이야기를 했는데…, 요즘 그를 기억하는 사람이 거의 없다는 것에 놀랐습니다. 오늘날 음악을 하는 사람들은 모두 5년 전, 10년 전, 20년 전에 만들어진 음악과 이어진 하나의 음악을 하는 것입니다. 그들의 부모와 조부모 세대가 만든 음악을 들어봤으면 좋겠습니다. 그런 음악을 잊는다는 건 정말 안타깝습니다.

팬들의 동향

전국 단위로 활동하고 있는 배호 팬클럽은 배호기념사업회

(회장 김수영), 배호를 기념하는 전국모임(회장 박애초), 배호 팬클럽 전국모임, 배호사랑연합회(회장 양진) 등이다.

배호 팬클럽 중 가장 먼저 결성했으며 배호를 추모하면서 그의 노래를 기리는 정통 행사를 치르는 곳은 배호기념사업회 (약칭 배기사)다. 이 모임은 확고한 전통을 수립하면서 유망한 신인들을 대거 배출한 '대한민국 트로트 가요제'와 '전국 배호 모창 가요제'를 매년 실시하여 이목을 끌고 있다.

배호 팬클럽 중 가장 규모가 큰 곳은 배호를 기념하는 전국 모임(약칭 배기모)이다. 이 모임은 전국의 16개 시도지부, 미주의 6개 지부, 중국, 일본, 오스트레일리아, 칠레 등 13개 해외 지부 등으로 조직됐으며 회원이 3만 명 이상인 것으로 알려졌다(다른 전국 조직들은 회원이 수천 명에서 수백 명에 이르고 있다). 이 모임은 열성적인 회원들의 참여로 전국 곳곳에 배호 노래비를 세우는가 하면 강릉에서 '파도가요제'도 열고 있다.

배호 팬클럽 전국모임과 배호사랑연합회도 배호의 탄신일 과 타계일에 반드시 고인의 묘소를 찾아 조의를 표함과 아울러 수시로 배호의 노래를 함께 부르고 배호와 관련된 행사들을 자발적으로 치르고 있다.

배호의 팬들은 '불세출의 가수' '백 년 아니 몇 백 년에 한 명 나올까 말까 한 가수' '영웅' '트로트의 황제' '핸섬 보이' '비운의 천재' '최고 가수' '완전히 독보적인 창법의 가수' 등 최고의 찬사를 배호에게 헌정하고 있다.

그들은 1971년에 배호가 타계했음에도 불구하고 그가 살아 있을 때보다 더욱 똘똘 뭉쳐서 살아 있거나 숨진 다른 어느 가수의 팬클럽 구성원들보다 열성적으로 배호와 그의 노래를 사랑하며 그를 열렬하게 지지하고 있다. 그들은 모든 영광을 배호에게 돌리고 고인의 영혼을 위로하며, 그의 혼이 깃든 아름답고 사려 깊은 노래를 함께 부르면서 그것을 세상의 끝까지 전하기 위해 혼신의 힘을 쏟고 있다.

대한민국의 성인 중 많은 사람들이 "한 번 해병은 영원한 해병"이란 슬로건을 듣고 있다. 해병대 출신들이 용감하고 의리가 강하며 단결을 잘한다는 뜻에서 이 슬로건은 과장이 없다. 그들이 제대 후에 '해병전우회'를 조직해 각종 봉사를 하고 있는 사실도 이 점을 입증한다.

마찬가지로 "한 번 배호 팬은 영원한 배호 팬"이란 공식도 성립할 수 있다. 배호가 대한민국에서 타계한 어느 가수보다 더 많고 헌신적인 팬들을 사후에 확보하고 있는 사실은 그의 노래에 대한 사랑이 지극하고 고인에 대한 추모의 정이 시간이 흐를수록 강해지고 있음을 의미한다.

배호의 팬들은 아직 배호기념관이나 독립된 기념사업회 건물이 없음에도 불구하고 최소한 한 달에 한 번 씩은 모여 단결력을 과시하고 자발적으로 성금을 모아 배호의 묘소에 시설물을 설치하거나 여러 가지 행사를 주관해 오고 있다.

그들은 월례회 중이나 모임이 끝난 후 배호의 창법과 거의 방불한 노래 실력을 과시하고 있다. 팬들 간의 우애도 돈독한 것으로 널리 알려져 있다. 뛰어난 가수 한 사람과 다수의 팬들은 이렇게 강인한 유대를 형성하고 있다.

배호의 열성적인 팬들은 노래비 건립에도 적극적으로 나서 스스로 노래비를 세우거나 지자체의 협조를 얻어 2001년부터 2014년까지 배호의 노래비를 7개 세웠다. 노래비를 세운 날짜와 장소 및 노래비의 내역을 보면 다음과 같다.

○ 2001. 11. 13 서울 용산구 한강로 1가 〈돌아가는 삼각지〉
○ 2002. 4. 21 신세계공원묘원 내 배호의 유택 〈두메산골〉
○ 2003. 6. 22 경주시 현곡면 남사저수지 〈마지막 잎새〉
○ 2003. 7. 12 강릉시 주문진 아들바위공원 〈파도〉
○ 2011. 10. 8 인천시 중구 연안부두 해양광장 〈비 내리는 인천항 부두〉
○ 2012. 8. 11 보령시 성주면 개화예술공원 〈두메산골〉
○ 2014. 10. 26 정읍시 내장산 워터파크광장 〈잘 있거라 내장산아〉

팬레터에 담긴 사연

"저의 오빠가 되어 주신다면 얼마나 기쁠까요"

배호 오빠님께.

처음 뵙겠습니다. 그동안 안녕하셨습니까? 추운 날씨에 건강은 회복되셨는지 무엇보다 궁금하군요.

오빠! 시골에 있는 상희는 오빠의 아주 열렬한 팬입니다. 오빠라고 부르고 싶어요. 이 미약한 글을 올리게 됨을 진심으로 기쁩니다.

지금 라디오에서 오빠의 흐느끼는 목소리로 KBS 전파로 〈추억의 백마강〉을 듣고 몇 번 망설이던 글을 이제사 씁니다.

저의 욕망을 외면하지 말아 주세요. 부탁이에요. 이 소녀의 가슴에 한 가닥의 기대를 주세요. 오빠의 쓰디쓴 웃음은 미워요.

오빠! 꼭 사연 주세요. 네? 저의 오빠가 되어 주신다면 얼마나 좋을까요. 저는 중학교 2학년 학생이랍니다. 꿈이 많은 소녀의 부푼 가슴이죠.

오빠! 하루 빨리 건강이 회복되시기를 빌겠어요.

푸른 꿈 드림

"병사들이 따뜻한 위로를 받습니다"

배 형의 노래만 나오면 외로운 이국땅에 머물고 있는 병사의 가냘픈 웃음 위에 따뜻한 위로를 받곤 합니다.

맹호부대 5152정보과
박용남

"건강이 팬들에게 노래보다도 더 좋은 선물입니다"

배호 선생님! 가을도 짙어졌습니다. 차가워진 일기에 어머님 모시고 건강하신 몸으로 평안하신지요. 지금도 웃음을 지으신 선생님의 사진에 시선을 모으며….

뵙지도 못하고 주소도 모르고 있었기에 서신도 띄우지 못하던 안타까움을 벗어나 부족한 글이나마 드리게 되니 조금은 안심할 수가 있게 되었어요.

지난 9월 24일 국제극장에서 너무도 평상시에 가장 보고 싶었던 선생님이기에 용기를 내서 뵈었지만 당황하여 하고 싶었던 말도 다하지 못한 채 적어 주신 주소를 받게 되었습니다.

무게 있는 선생님의 팬은 교양 있는 사람이어야 한다는 생각이 왠지 떠올라 쉼없는 노력을 하기로 했어요.

선생님! 현재로서는 건강하시는 것이 팬들에게 노래보다도 더 좋은 선물이라고 해도 과언이 아닐 것입니다.

이 순간도 몸이 편찮으시지는 않으세요? 팬들의 글도 읽기 싫고 귀찮지는 않으신가요? 이처럼 외람되게 펜을 들고서도 불안한 마음 없지 않습니다.

선생님께 부탁하고픈 게 하나 있어요. 1970년도 배호 선생님의 인기를 모으게 한 〈비 내리는 명동〉을 작곡하신 백영호 씨에게 감사의 글과 선생님에 대해 부탁의 말을 전하고 싶어요. 어디로 주소를 쓰면 될까요. 사연은 안 적어 주셔도 좋아요. 주소만이라도 꼭 좀 적어 보내주세요. 네?

언제 또 수원에 오실 수 있을는지. 선생님을 뵐 수 있을 때까지 건강이 함께하여 패기에 찬 나날 되시기를 빌면서 이만 아쉬운 펜을 가름합니다.

1970. 10. 12

수원의 팬 민옥 드림

"신장염, 조속한 시일 내에 완치할 수 있습니다"

나는 배호 씨를 아끼는 한 사람입니다.

배호 씨가 신장염으로 고생하고 있다는 주간한국 보도를 보고 무척 안타깝게 생각했습니다.

마침 나는 신장염에 대한 병을 다년간 연구한 바도 있고 또 이

병에 걸린 수많은 사람을 치료한 경험이 있기에 배호 씨의 병이 보도된 바와 같이 신장염이라면 조속한 시일 내에 완치할 수 있다고 생각합니다.

그래서 배호 씨의 행방을 대구 시내 각 신문사로 문의했지만 알 수가 없고 부득이 귀댁으로 이렇게 편지를 합니다.

치료비는 우리 약방에서 모든 것을 부담할 터이니 조속한 시일 내로 당 약방에 일차 내방하시기 바랍니다. 나는 배호 씨를 아끼는 마음에서 이 편지를 하니 꼭 찾아 주십시오.

배호 씨를 아끼는 마음 간절합니다.

1969. 11. 21

대구시 중구 동인동 4가 50 한일한약방

이근호

가짜 음반 소동

배호가 살아서 인기가 하늘을 찌를 때 그의 노래를 부러워하며 그 노래를 몰래 팔아서라도 돈을 벌고 싶었던 사람들이 있었을 것이다. 하지만 저작권이 배호를 보호하였으므로 배호의 생시에 그러한 불한당들은 발을 붙일 수 없었다.

그러나 배호가 숨지자 파렴치한들은 서서히 고개를 내밀기 시작했다. 법은 엄연히 저작권자가 죽어도 그의 가족들에게 저작권료를 지불하도록 규정하고 있다. 그럼에도 불구하고 이러한 법조항을 비웃기라도 하듯 배호의 사후 가짜 배호, 가짜 배호의 음반이 판을 쳤다.

배호의 어머니 김금순은 "음반 시장에 가서 '배호 히트곡'이라고 크게 적힌 음반을 샀는데 아들의 목소리를 흉내 내는 데 귀신 같은 솜씨를 발휘한 사람이 있어서 나도 속은 적이 있다" 라고 혀를 내두른 적이 있다.

배호가 생시에 전속 계약한 레코드 회사에서 낸 음반 외에는 거의 모두가 가짜 목소리를 담은 음반이라고 말해도 지나치지 않을 것이다. 전체가 가짜인 경우도 있고, 부분적으로 가짜인 경우도 있다.

음반에서 단 한 곡이라도 가짜가 끼어 있으면 그것을 식별할 능력이 없는 소비자들은 배호 아닌 배호의 노래를 들으면서 오해를 할 가능성이 크다. 이것은 문화예술을 오염시키는 독소다.

가짜 배호 행세를 하다가 반성하고 깨끗한 길로 들어선 사람은 그래도 양심이 있는 경우에 속한다. "10여 년 동안 작고한 가수 배호 목소리를 흉내 내서 가짜 배호로 알려져 온 신행일이 배호 유족들의 항의를 받고 가짜 생활을 청산, 뒤늦게 독자적인 가수 생활을 펴기로 했다"라고 일간스포츠는 1980년 3월 10일자 기사로 보도한 바 있다. 이밖에도 가짜 배호가 많았다.

배호의 유족들은 가짜 음반을 제작한 유니버설, 히트, 신세계 등 레코드회사에 내용증명을 보내 항의하고 가짜 음반 제작행위를 즉각 중단하라고 요구했다. 이들 음반사들이 배호의 사후 목소리가 비슷한 신행일을 부추겨 가짜 음반을 제작해 팔아서 이득을 취했으며 유족들에게 한 푼도 전달하지 않았다.

　이처럼 배호의 노래가 유난히 사람들의 매력을 끌고 음반도
잘 팔려 불법으로라도 사리사욕을 취한 회사들 때문에 배호의
노래는 왜곡되고 문화예술계에 악영향을 끼쳤다. 이들은 천민
자본주의의 음습한 골짜기에서 피어난 독버섯이요, 망자의 살
을 뜯어 먹는 하이에나와 동류라는 비판을 받을 수 있다.

'배호 현상'의 특징 (1)

　'배호 현상'이란 배호가 생시와 사후를 막론해 많은 팬을 확
보하고 그의 노래가 애창되는 현상을 가리킨다. 다른 가수가
사후에도 사랑을 받을 수는 있다. 그러나 배호는 극적인 삶의
내용이 알려질수록 더욱 강한 추모의 정을 유발해 사후에도
생시와 별로 다름없이 사람들의 마음속에 살아 있다는 점에서
다른 이의 추종을 불허한다. '배호 현상'의 특성을 인간적인
측면에서 살피면 다음과 같다.

　첫째, 배호는 격동하는 한국 현대사의 고비를 넘고, 자신의
열악하고 척박한 환경의 굴레를 떨치고 일어서서 조국과 민족
의 한을 꿰뚫고 온 마음과 온몸으로 아파했다.

　그는 비록 연예계에서 활동했지만 독립운동가의 아들로서
빈곤과 질병에도 굴하지 않고 의연하고 당당하게 처신하면서
주옥같은 노래들을 남겼다. 많은 이가 그의 애절한 생애에 넓
고 깊은 공감대를 형성하고 있다.

둘째, 배호는 인생의 짧은 전성기에 속하는 6년 동안 지병인 신장염을 앓으면서도 노래에 전념하여 쓰러지면 일어서고, 일어서면 쓰러지고, 쓰러진 후 또 일어서는 감투정신을 발휘하면서 수명을 단축한 측면도 없지 않지만 한번 죽음으로써 가수의 생명을 끝내지 않고 불사조(不死鳥)와 같이 되살아나고 있다.

일찍이 예수 그리스도는 인류의 구원을 위해 십자가상에 못박혀 숨졌지만 사흘날에 부활하여 하늘나라로 오르셨으며, 부처님은 사해의 대중들을 돌보기 위해 형극의 길을 걸으며 열반했지만 많은 불자들의 마음속에 연꽃처럼 살아 있다.

그러나 배호는 예수 그리스도와 부처님 같은 성현이 아니고 대중가수의 신분이었음에도 불구하고 죽어도 죽지 않는 자신의 강인한 기질에 팬들의 열정을 보태 불사조라는 신화를 창출하고 있다.

셋째, 배호는 4대 독자로서 결혼도 못하고, 당연히 자녀도 낳지 못한 채 외롭게 숨졌기에 가문의 일원으로서는 애석함을 남겼지만 혈육보다 더 친밀하며 철통같은 의리로 뭉친 팬들의 사랑을 받고 있다.

사람이 태어나서 자녀를 낳고 가문을 번성케 하는 것도 삶의 보람인 것은 틀림이 없다. 그리하여 내노라 하는 가문들은 족보를 요란하게 만들고 집안의 조상들의 묘를 호화롭게 꾸미며 비석을 성인의 키보다 더 크게 세우고 있다. 그러나 그런 가문의 영광이 국가와 사회와 인류의 행복에 아무런 기여도

하지 못하는 경우가 얼마나 많은가?

배호는 족보를 빛내기는커녕 대를 끊어지게 하고 말았지만 한 가문의 차원을 넘어서서 사람들의 입에 아름다운 이미지로 오르내리고 있다. 이러한 삶은 공공의 개념으로는 매우 가치가 있다.

넷째, 배호는 덕불고필유린 즉 덕을 베풀면 외롭지 않고 반드시 이웃이 따른다는 유교의 정신을 확실하게 구현했다.

덕을 베푸는 방법은 여러 가지가 있다. 이 가운데 노래도 덕이다. 그가 빈곤과 질병과 싸우면서 굴하지 않고 슬프지만 아름다운 노래, 생각할수록 삶의 깊이가 묻어 나오는 노래를 불렀을 때 많은 이가 함께 슬퍼하면서 아름다움을 느꼈으며, 그의 노래를 통해 마음 깊은 곳으로부터 위로를 받았다. 이 때문에 팬들은 사후에 배호를 더욱 그리워하면서 그의 영혼을 위로하고 있다. 덕은 진실로 위대하다.

'배호 현상'의 특징 (2)

필자가 '배호 현상'을 먼저 인간적인 측면에서 살핀 까닭은 인간과 업적이 모두 모범적이어야 사람들이 그를 길게 사랑하기 때문이다. 가령 어떤 사람이 자기의 전문 분야에서 기량이 뛰어나지만 철학이 빈곤하고, 난잡한 사생활을 영위하며, 공공의 이익에 도움을 주지 못한다면 나는 결코 그를 평전의 대상으로 삼지 않는다. 앞에서 배호의 인간 됨됨이를 통해 '배호 현상'의 특성을 짚어 본 나는 이제 예술적 측면에서 접근하고자 한다.

첫째, 배호는 한국가요사에 있어서 트로트의 위상을 확고하게 굳혔다.

남인수, 현인, 김정구, 손인호, 이난영 등 기라성 같은 가수들이 일제강점기와 해방공간에서 트로트의 영역을 화려하게 빛냈다. 이분들의 업적은 가요사뿐 아니라 사회사, 인류학, 문학 등의 차원에서도 조명할 필요가 있다.

그러나 해방 이후 정신과 물질의 거의 모든 분야에서 서양 문물이 물밀듯이 몰려온 가운데 미국과 유럽풍의 노래들이 거세게 한국인의 뇌리를 잠식하기 시작했다. 젊은 세대들은 트로트를 구닥다리라고 외면하면서 호흡이 짧고 경쾌한 노래들을 선호했다.

이미자가 외롭게 지키면서 명맥을 유지하던 트로트 가요판에서 배호가 트로트로 돌풍을 일으키지 않았다면 트로트는 진멸지경에 처했을지도 모른다. 그러나 배호는 기존의 애조 일변도의 트로트풍을 쇄신하여 슬픔 속에서도 기쁨이, 아픔 속에서도 희망이 있는 노래를 선보였다. 배호는 트로트의 구원자요, 쇄신자였다.

둘째, 배호는 가사와 곡과 창법을 삼위일체로 결합해 노래에서뿐 아니라 영상 이미지 차원에서도 세련된 종합예술을 선보였다.

작사가와 작곡가가 혼연일체로 심혈을 기울여야 좋은 가사와 곡을 낳을 수 있으며, 가수가 그 가사와 곡을 완벽하게 소화해야 삼위일체를 이룩할 수 있다. 배호는 여기에 해당되는 많은 노래를 남겼다. 나는 이 가운데 5곡을 고르라 한다면 〈누가 울어〉(전우 작사/ 나규호 작곡), 〈안녕〉(전우 작사/ 나규호 작곡), 〈파도〉(이인선 작사/ 김영종 작곡), 〈돌아가는 삼각지〉(이인선·배상태 작사/ 배상태 작곡), 〈안개 낀 장충단공원〉(최치수 작사/ 배상태 작곡)을 꼽는다.

셋째, 배호는 매력적인 저음과 19음계까지 튀어 오르는 고음을 아울러 구사하는 독특한 창법을 구사했다.

그의 저음에는 낮은 데서 부대끼며 흘리는 민중의 눈물, 창신동과 숭인동 언저리의 파괴된 바위를 돌아 흐르는 냇물의 아픔이 녹아 있으며, 창자를 끊는 듯한 고음에는 창신동과 숭인동 시절의 빈민들의 통곡, 죽어가는 소들의 비명, 깨지는 바위의 고통이 배어 있다.

그의 노래는 '건방지게 멋있다'는 평을 들었다. 배호는 이 점에 대해 의아한 반응을 보인 바 있다.

제가, 제 창법은 저 자신이 잘 모르겠는데요. 처음부터 노래 부를 적에부터 '참 건방지게 멋있다' 이런 말을 들었어요. 그래서 참 거기에 대해서 굉장히 고민이 많았습니다. '이게… 건방지게 멋있다' 이건 도대체 어떤 의민지, 알 수가 있어야지요. '신인티가 안 난다' 그런 뜻인지 말예요. 그렇잖으면 노래를, 노래는 잘 부르는데 모양이 좀 멋을 부리고 다니는 게 건방진지 말이에요….(기침 소리)

배호 사후에 그의 독특한 창법을 수많은 모창 가수들이 모방해 오고 있다. 그러나 그것은 어설픈 흉내에 지나지 않는다. 배호는 단순히 특수한 목청으로서가 아니라 한국 현대사의 비극의 심층을 천착하고, 민중의 고통을 목격하는 동시에 스스로 빈곤과 질병을 체험하여 그것을 온 마음과 온몸으로 노래에 쏟아 그만의 창법을 창안했다. 이것을 누가 따를 수 있겠는가?

넷째, 배호는 노래를 부를 때 슬픔과 한에 젖으면서도 그것을 정화하고 쇄신하는 창조적 능력을 발휘했다.

어느 분야의 전문가든 슬픔과 한의 울타리 안에서 맴돈다면 사람들은 그를 오랫동안 좋아하지 않는다. 왜냐하면 대부분의 사람들은 슬픔과 한이 역사의 소산이요, 현실의 반영이라 할지라도 슬픔과 한에서 벗어나고 싶지 그 안에 갇히고 싶지 않기 때문이다.

가령 흑인 영가들은 슬픔과 한의 대명사다. 그러나 이 곡들은 역사성과 사회성을 지니고 있으며 저항을 유발하거나, 슬픔과 한의 연원으로 이끌어 각성을 촉구하는 것들이 적지 않다. 이 때문에 흑인 영가들은 세계인의 감동을 촉발한다.

민족의 정신사의 한 맥락을 이루는 배호의 노래는 흑인 영가를 능가하는 슬픔과 한을 바탕에 깔면서도 어머니의 목소리처럼 슬픔과 한을 위로하고, 치유사의 손길처럼 슬픔과 한을 쓰다듬는다.

배호의 묘소를 찾은 어머니 김금순과 여동생 배명신.

에필로그

태양에 바래지면 역사가 되고,
월광에 물들면 신화가 된다.

— 이병주

마지막 병실

배호는 24살이던 1966년 초에 신장염을 앓기 시작한 이래 29살인 1971년에 타계하기까지 서울 관훈동의 신한의원, 휘경동의 위생병원(현 삼육의료원 서울병원), 인사동의 최규식 내과의원, 신촌의 세브란스병원 등에 여러 차례 입원한 바 있다.

셋방이 좁고 멀기에 카바레의 소파 위에서 잠을 잔 적이 많았고 점심을 거의 먹어 본 적이 없을 정도로 고전했던 드러머 배호의 16살이던 1958년부터 23살이던 1965년까지 8년간의 어려운 생활의 결과는 그의 생명을 앗아가는 신장염으로 나타난다.

배호가 1971년 10월 20일 자정 이종환이 진행하는 MBC의 인기 음악 프로그램 '별이 빛나는 밤에'에 출연하고 심야에 귀가하려고 나설 때 굵은 빗방울이 쏟아졌다. 그날은 '별이 빛나지 않은 밤'이었다. 바람을 타고 사선으로 쏟아지는 폭우는 우산을 받아도 소용없이 배호를 맹렬히 공격했다. 오한이 엄습하고 쓰러지려 한 배호는 가까스로 집에 가서 요양했지만 기력이 떨어져 급히 최규식 내과의원에 입원했다.

최규식 내과의원에서 기력을 회복하지 못한 배호는 10월 29일 밤 세브란스병원으로 급히 옮겨져 538호실에 뉘어진다. 배호는 거의 인사불성의 상태로 들어갔다.

김금순은 급히 베들레헴교회에 연락해 신도들로 하여금 아들을 위해 기도해 줄 것을 간청했다. 수십 명의 신도들이 달려왔다. 어떤 신도는 조그만 십자가를 들고 있었다. 그들은 한목소리로 기도했다.

치료의 하나님이시여! 지금 병환 중에서 고통당하는 배호를 위해 기도드립니다. 그가 병환으로 말미암아 심히 고통당하고 있사오니 전능하신 주님의 능력을 허락하시사 치료의 빛이 아침 햇빛같이 비치게 하시며 치료가 급속하게 이루어지도록 하소서.

신도들의 기도소리가 울려 퍼지는 병실에 동료 가수와 지인들이 끊임없이 다녀갔다. 그들은 몸이 퉁퉁 붓고 사람을 못 알아보는 배호를 보고 통곡했다.

배호는 의식이 돌아온 순간 작곡가 배상태가 지켜보는 가운데 마지막으로 팬들에게 인사했다.

팬 여러분! 그동안의 성원 눈물이 흐르도록 감사했습니다. 나는 죽는 그날까지 노래를 부르고 싶습니다. 허지만 이젠 틀렸나 봐요.

"이젠 틀렸나 봐요"라는 힘없는 말은 죽는 순간까지 노래를 부르고 싶어 했던 배호의 한숨의 응결이었다.

어머니 앞에서 울먹이는 배호

"나무가 고요하고자 하지만 바람이 그치지 않고, 자식이 부모에게 효도하고자 하지만 부모가 기다려 주지 않는다."

아버지 배국민이 효도할 겨를도 주지 않은 채 너무 빨리 세상을 떠났을 때 『한씨외전』에 나오는 이 구절이 배호의 가슴을 송곳처럼 찔렀다.

그는 아버지의 슬픔을 고스란히 자신의 슬픔으로 받아들였을 때 그 어떤 교육, 그 어떤 체험보다 속속들이 세상을 알아차렸다. 세상이 불공평해도 불평만 하지 않고 주어진 여건에서 최선을 다하고 사라지면 된다는 것이 15살의 배호가 파악한 교훈이었다. 그러나 불효의 죄를 그는 일생의 멍에로 졌다.

그런데 이제는 한 술 더 떠서 자신이 어머니보다 먼저 세상을 떠나려 한다. 자식이 부모보다 먼저 죽는 것을 참척이라 한다. 자식을 먼저 보내는 부모의 마음이 어찌 갈기갈기 찢어지지 않으랴. 이 세상에서 가장 슬프고 아픈 것은 죽어가는 자녀를 바라보는 부모의 마음일 것이다.

배호는 가끔 의식이 돌아오면 어머니의 손을 잡고 눈물을 흘렸다. 슬프지 않은 이별이 어디에 있으랴만 선친을 일찍 여읜 아들이 또 어머니와의 이별에 앞서 울음만이 자신의 느낌을 표현할 방법이었다.

그는 병상에 누워 자신이 무대에서 노래할 때처럼 고개를
이리저리 옮기며 입을 옴지락옴지락했다. 뜨거운 눈물이 부은
얼굴에 긴 자국을 남겼다. 그는 무슨 노래를 하고 있는 듯했
다.

일찍이 진방남은 김영일 작사, 이재호 작곡의 〈불효자는 웁
니다〉를 불러 많은 이를 울렸다. 그 가사와 곡이 세상에 미만
한 불효자들의 가슴을 쳤기 때문이다.

불러 봐도 울어 봐도 못 오실 어머님을
원통해 불러 보고 땅을 치며 통곡해요
다시 못 올 어머니여
불초한 이 자식은 생전에 지은 죄를
엎드려 빕니다.

손발이 터지도록 피땀을 흘리시며
못 믿을 이 자식의 금의환향 바라시고
고생하신 어머니여
드디어 이 세상을 눈물로 가셨나요
그리운 어머니

배호는 건강한 어머니 앞에서 아들로서 죽음을 앞두고 있으
므로 이 노래를 부를 리가 없으며 부를 수도 없다. 그는 생시
에 다른 가수의 노래들을 리바이벌했지만 자신이 어머니보다
먼저 갈 것을 예상했는지 김영일 작사, 이재호 작곡의 〈불효

자는 웁니다〉만은 부르지 않았다(이 제목으로 배호의 노래인 것처럼 시중에 나도는 음반은 가짜임).

　배호가 죽음에 임박해서 참척을 남기는 불효자임을 깨닫고 〈불효자는 웁니다〉를 다음과 같이 가사를 바꿔 마음속으로 불렀으리라고 나는 짐작한다.

　　불러 봐도 울어 봐도 못 뵈올 어머님을
　　애타게 그리면서 목이 메어 통곡해요
　　사랑하올 어머니여
　　불초한 이 자식은 어머니의 가슴에
　　못을 박고 갑니다.

　　뜬눈으로 밤을 새고 애간장 녹이시며
　　못난 자식 쾌유를 바라고 바라시던
　　불쌍한 어머니여
　　불효한 이 자식을 용서해 주십시요
　　그리운 어머니

　배호는 11월 2일 어머니에게 유언한다.

　어머니…. 만약에 제가… 영원히 잠을 자게 되더라도, 어머니는… 울지 말아야 합니다. 그리고… 오래오래 사셔요.

　이 비극 앞에서 어머니가 어찌 울지 않을 것인가? 그러나 어머니께 오래 사시라는 아들의 마지막 말이 우리를 울린다.

어머니의 손을 잡고 영면하다

의사들은 배호를 11월 6일 중환자실로 옮겼다. 7일 오후, 의료진은 어머니 김금순에게 "운명할 시간이 얼마 남지 않았다"라고 예고했다. 가족들이 회의를 했다. 병원에서 숨지면 객사다. 집으로 돌아가 편안하게 가도록 하자. 그들은 이렇게 의견을 모으고 의사에게 퇴원하겠다고 말했다. 이날 오후 8시 반 배호는 앰블란스에 실린 채 병실을 떠났다. 텅 빈 병실의 불이 꺼졌다.

배호가 걸어온 길은 길었다. 중국 산동성 지난시 경7로 위1로 제15호, 무료로 살았던 서울 숭인동 81번지 궁안, 부산 괴정동 성현모자원, 단칸 사글세방으로 살았던 인천 부평2동 760번지 삼릉의 누옥, 청량리동 60번지의 누옥, 서울 용두동 59번지 판자촌, 단칸 전세방으로 격상한 숭인동 56-2의 집, 방 2칸으로 다시 격상한 정릉3동 894번지 스카이아파트 7동 202호, 그리고 결혼에 대비해 산 방 3칸의 미아3동 215-103호 1층 슬라브 집 등이 파노라마처럼 지나갔다.

배호는 자신의 마지막 집을 향해 달리고 있다. 배호는 이동 침대에 누웠다. 그 주위로 어머니 김금순, 누이동생 배명신, 외숙부 김광빈, 작곡가 배상태가 앉았다. 문병객들은 버스를 탔다. 사람이 태어나서 먹고 자는 보금자리요, 가정을 이루는 가장 작은 단위인 집은 사람이 숨을 거두는 공간이기도 하다.

천자문은 천지현황 우주홍황 즉 하늘은 검고 땅은 노라며 우주는 넓고 거칠다고 가르친다. 이 우주는 집 우, 집 주로 읽는다. 즉 우주는 집이요, 집 중 큰 집이다. 반대로 우주 중 작은 집이 사람이 사는 공간이다. 그러므로 우리가 집으로 돌아간다는 것은 우주에 안긴다는 것을 뜻한다.

배호를 실은 차가 미아리고개로 오른다. 6·25전쟁 중 납치됐거나 어디론가 사라져 행방을 알 수 없는 사람들의 한이 맺힌 〈단장의 미아리고개〉는 슬픈 이별의 상징이다.

오후 9시. 배호가 어머니 쪽으로 몸을 들썩이며 어머니의 손을 잡는다. 몇 초 후 김광빈과 배상태가 배호의 맥을 짚어 보니 아무런 반응이 없었다.

배호는 숨진 채 귀가해서 안방에 안치됐다. 근심을 털고 우주의 중심에서 잠든 그의 얼굴에 평화가 감돌았다. 비보를 들은 팬들과 주민들이 줄을 지어 애도했다. 소복을 입은 이웃의 여성 팬들이 흐느꼈다. 노란 조등이 말없이 상가를 지켰다.

영결식장, 그 울음바다

11월 11일 낮 12시 10분 예총회관 광장을 1천 명에 가까운 조객들이 꽉 메운 가운데 영결식은 가수협회장으로 엄수됐다.

고인을 친동생처럼 아꼈던 가수분과위원장 최희준이 호상을 맡았다. 침울한 그의 얼굴에는 앞길이 창창한 후배를 먼저 보내는 선배의 슬픔이 회색의 그림자처럼 드리워져 있었다.

베들레헴교회 박덕종 목사는 "하나님께서 고인을 안아 주셨을 것으로 믿습니다. 성실한 신도 배호 씨가 하나님 가까이서 근심 없이 살면서 하늘나라에서 새들과 함께 노래하기 바랍니다"라고 기도했다.

원로 가수인 현인 장례위원장이 애끓는 목소리로 추도사를 낭독했다. 〈돌아가는 삼각지〉와 〈안개 낀 장충단공원〉으로 고인을 부동의 반석 위에 올려놓은 작곡가 배상태가 고인의 약력을 소개했다.

여가수 리타 김이 울먹이면서 조사를 낭독했다. 그녀는 울음 때문에 간간이 조사를 끊어야 했다. 베들레헴교회 신도들이 구슬픈 조곡을 부를 때 조객들의 어깨가 출렁였다. 착한 신도, 깨끗한 매너의 신사, 빼어난 창법의 가수와의 너무 빠른 헤어짐이 어찌 깊은 슬픔을 동반하지 않으랴.

특히 어머니 김금순과 여동생 배명신은 가문을 이어갈 배호, 집안의 주춧돌이요 기둥인 배호를 갑자기 잃게 된 것이 꿈인지 생시인지 구별이 안 되는 듯 대성통곡했다. "오빠, 오빠!"를 절규하면서 혼절하는 배명신을 바라보는 조객들의 가슴이 아렸다.

동료 가수 몇 명이 애끓는 조사로 고인과의 이별을 슬퍼했다.

○ 정훈희 "오빠! 우리들의 이별이 너무도 허망하군요"

오빠! 호 오빠! 오빠는 정녕 그렇게 떠나야만 했습니까? 왜! 왜! 왜! 사람의 생명이란 그렇게도 허무한 것인가요? 더 오랜

날 더 먼 앞날을 두고, 오빠는 그렇게 가야만 하는 것인가요? 그 많고 많은 사람들 중에서 하필이면 오빠가 가셔야만 하는 것인가요?

오빠! 우리들의 이별이 너무도 허망하군요. 모든 것이 이것으로 끝나 버린 아쉬움이 너무도 가슴 아프군요. 울어도 소용없는 일인지 알면서도 눈물이 자꾸만 눈앞을 가리네요!

○ 남진 "실로 안타깝고 아까운 노릇입니다"

군에 가 있던 몇 년 동안 배호 형이 그토록 위중해졌으리라고는 생각지도 못했습니다. 어느 누구에게도 없는 특이한 음색의 애조 어린 창법은 아마도 그 뒤를 이을 만한 사람이 없을 것입니다.

차중락 형 노래보다도 더욱 폭넓게 그리고 더욱 많이 애창되었던 그의 노래를 더 이상 들을 수 없게 된 것은 무어라 말할 수 없이 애석한 일입니다. 괴롭고 허전한 마음뿐입니다. 실로 안타깝고 아까운 노릇입니다.

○ 김세레나 "가슴이 메어지는 것 같습니다"

한마디로 비통합니다. 참으로 지금부터라고 생각했던 그분의 인생이 이것으로 끝이라니 하느님이 너무도 야속할 뿐입니다. 차중락 씨 때도 충격이 컸는데 이번에는 너무도 절망적입니다. 가슴이 메어지는 것 같습니다.

박시춘, 이봉조, 박춘석, 김정구, 김정남, 최무룡, 엄앵란, 송해, 배삼룡, 김용만, 금호동, 신 카라리아, 이미자, 문주란, 정훈희, 남진, 이상열, 김세레나, 이현, 펄시스터즈, 최동길, 한동일, 송대관, 배성, 박형준, 신세영, 박일호, 하춘화, 이순주, 서영수 등 고인을 사랑했던 동료 선후배들이 시종 애통한 마음을 가누지 못했다.

　소복을 입은 수백 명의 여성 팬들은 연신 흐르는 눈물을 손수건으로 닦거나 고개를 푹 숙인 채 울먹였다. 그들은 고인의 유해를 실은 영구차가 영결식장에서 장지인 신세계 공원묘지를 향해 서서히 움직이기 시작하자 차를 붙잡고 통곡했다.

신세계 가는 길

　영구차가 예총회관을 떠나 경기도 양주시 장흥면 일영리에 있는 신세계 공원묘원으로 향했다. 특별히 마련된 버스 1대에 주로 여대생들이 가득 타고 영구차를 따랐다. 고인을 가요계의 후배로서 특별히 귀여워하고 동료로서 아꼈으며 호상으로서 영결식을 주관한 최희준은 자신이 불렀던 정풍송 작사 작곡의 〈길〉을 새로운 세계로 떠나는 배호에게 바친다.

　　세월 따라 걸어온 길 멀지는 않았어도
　　돌아보니 자욱마다 사연도 많았다오
　　진달래꽃 피던 길에 첫사랑 불태웠고
　　지난여름 그 사랑에 궂은 비 내렸다오

종달새 노래 따라 한 세월 흘러가고
뭉게구름 쳐다보며 한 시절 보냈다오
잃어버린 지난 세월 그래도 후회는 없다
겨울로 간 저 길에는 흰눈이 내리겠지

배호의 장지로 결정된 신세계 공원묘원은 재단법인의 형태로 운영되고 있지만 그 이름이 특이하다. 신세계란 새로운 세계 즉 이 세상을 떠난 사람들이 가는 저세상이지만 끝이 아닌 새로운 세상을 함축한다. 사람은 죽어서 모든 것이 끝나 버리는 절망의 세계가 아니라 다시 출발하는 희망의 세계로 옮겨간다면 죽음을 무서워할 이유가 없을 것이다.

사람이 살았을 때 이 집과 저 집을 자유로 드나들 듯이 죽어서도 혼백으로 자유롭게 자기 집을 선택할 수 있다면 좋은 집으로 가고 싶을 것이다. 그러나 대부분의 사람은 죽는 순간을 자신의 뜻대로 결정할 수 없으며 더구나 죽은 후의 거취를 자신이 좌우하지 못한다.

어떤 특정한 무덤으로서의 신세계가 아니라 천국 또는 극락으로서의 신세계는 이상향이다. 많은 사람이 갈 수는 없지만 극소수 착한 사람들이 가는 그곳, 죽은 사람이 자유롭고 평화롭고 행복하게 사는 그곳은 보이지 않지만 어디엔가 있을 것이다.

영구차는 북악스카이웨이, 북악터널, 홍제동, 홍은동, 구파발을 거쳐 경기도 고양시, 양주시로 들어선다. 북한산의 서울 반대쪽 오봉의 오목한 샘에서 발원한 물이 이 계곡 저 계곡에서 합치고 굽이굽이 돌아 흐르며 유원지를 이루고 계곡을 낀 산들이 첩첩으로 이어지다가 양지 바른 남쪽으로 광활한 터를 내민다.

'신세계 공원묘원'으로 들어선 영구차는 가파른 길을 따라 왼쪽에서 오른쪽으로 빙글빙글 돌아 오르다가 정상 가까운 곳에서 멈추고 가족과 친지들이 사놓은 공간에 배호가 잠자는 관을 내려놓았다. 장의사의 일꾼들이 익숙한 손놀림으로 땅을 팠다. 가족과 친지들은 시계, 반지, 안경 10개, 넥타이 30여 개, 음반 수십 개 등 부 장품을 비닐에 싸서 관과 함께 묻었다.

조객들은 무덤 안으로 고인의 관을 내리고 삽으로 흙을 퍼서 덮을 때 크게 오열했다. 그 순간 이슬비가 쏟아졌다. 이것은 거짓말 같은 사실이다. 마음으로 울면서 숱한 사람들의 눈물을 자아내는 노래를 불렀으며, "눈물은 흘러내림으로써 영혼을 진정시킨다"는 세네카의 말처럼 수많은 가슴 아픈 이들을 위로한 고인을 하늘도 울면서 위로한 것일까.

마지막 이별은 슬펐다. 돌아올 수 없는 흙 속으로 들어간 고인은 말이 없고, 유족과 친지들은 막혀 버린 말문으로 울음을 토할 뿐이었다.

어머니와 여동생의 고생 (1)

배호는 태풍이었다. 배호가 서울 미아3동 215-103 마지막 집을 사기 전 그 집은 누구의 시선도 끌지 못했다. 그러나 배호가 그 집을 샀을 때 담을 넘어 구경하는 사람들이 줄을 이었다. 배호가 1971년 11월 7일 별세하자 그 집으로 사람들의 충격과 통곡이 태풍처럼 휘몰아쳤다. 그리고 시간이 흐르면서 찾아오는 사람도 줄어들고 그 집은 정적이 감돌았다.

사랑하는 아들을 잃고 시름에 잠겼던 어머니는 얼마 지나지 않아 예수님 태어나신 크리스마스를 경건하고 기쁘게 맞았다. 교회의 권사였던 그녀의 집으로 신도들이 찾아와 예수님의 탄생을 축하하고 참척으로 가슴이 상한 어머니를 위로했다. 어머니는 "주님께서 아들을 안아 주셨을 것으로 믿어요"라고 신도들에게 답변했다.

그해 말 교회의 장로가 김금순의 집으로 찾아와 말했다.

"권사님, 그리고 배호의 어머님, 하나뿐인 귀한 아들, 천상의 가수를 잃은 슬픔이 크시죠? 아들이 없으니 권사님이 편안하고 풍족하게 여생을 즐기셔야 할텐데요…."

"즐기다뇨? 세상에 태어나서 예수님과 함께 있는 동안은 즐거움에 가득 차 있는 사람들이 신도 아닙니까? 따로 즐길 필요가 있을까요?"

"그래도 만일 궁핍하게 사시면 큰일이요, 사람들이 보기에도 가슴 아플 것이 아니겠습니까?"

"모든 것을 하나님 뜻에 맡깁니다."

"권사님, 재산은 벌지 않으면 줄어들고, 결국에는 없어지기도 합니다. 그러므로 적극적으로 돈을 투자해서 늘여 가야 합니다. 신도끼리 믿으면서 돈을 많이 벌면 좋지 않겠습니까?"

"그래, 무슨 방법이라도 있나요?"

"아, 제가 아주 유망한 사업을 하고 있는데 잘되고 있습니다. 권사님도 투자하셔서 은혜 받으세요."

"돈이 없는데요."

"집도 돈 아닙니까? 이렇게 큰 집을 지니고 사시면 적적하실테니 집을 줄여서 투자하는 것이 어떻겠습니까?"

순진한 어머니는 장로의 꾐에 빠져 집을 팔아 투자하고 길 건너 신일고등학교 쪽에 있는 방 2개 딸린 기와집으로 이사했다. 얼마 후 배호의 부산 시절 후배 정광훈이 어머니를 뵙고 식량과 일용품을 드리기 위해 전 집으로 갔으나 이사했단 말을 듣고 수소문해 이 집으로 찾아왔다.

어머니는 반갑게 그를 맞았다. 그러나 배명신은 방에서 나오지도 않았다. 정광훈이 배명신의 방문을 열고 "왜 그러느냐?"라고 물었다. 배명신은 "속상해서 죽겠어요"라고 대답했다. "무슨 일이야?"라고 정광훈이 물었다. "우리 집에 교회 장로가 찾아와서 집 팔아서 투자하라고 어머니를 꾀었는데 그자가 곧 부도를 내고는 잠적해 버렸어요. 그래서 오빠가 남긴 소중한 집이 없어져 버렸지요"라면서 배명신은 가슴을 쳤다.

그날 정광훈은 어머니와 여동생을 위로한 후 두 사람을 자신의 승용차에 태우고 어린이대공원을 거쳐 강화도 일대를 구경했다. 그는 배명신이 조용한 절에 가보고 싶다 해서 배를 타고 보문사에도 다녀왔다.

그 후 배호의 어머니와 여동생은 계속 집을 줄이면서 빈곤

의 늪으로 빠져든다. 모녀가 이사한 집은 1974년 미아5동 311-
52, 1979년 미아3동 302-42, 1987년 미아3동 211-21, 1992년
미아7동 852-288 등으로 시간이 흐를수록 산동네의 변두리로
옮기고 방은 작아져 갔다.

이 시기에 모녀를 정기적으로 찾아가 위로하고 생활비를 보
태준 사람은 정광훈(1972-1980년)과 정용호(1989-1992년) 두
명뿐이었다. 사업을 하던 정광훈이 1980년 초 부도가 나서 잠
적하고, 정용호가 배호의 어머니의 쓸쓸한 근황을 쓴 어느 기
자의 글을 보고 찾기 시작하는 1989년까지의 10년의 공백기에
배호의 어머니와 여동생은 얼마나 고독했을 것인가?

그렇기에 예수님은 2천여 년 전에 "너희가 내 형제들인 이
가장 작은 이들 가운데 한 사람에게 해 준 것이 바로 나에게
해 준 것이다"(마태 25, 40)라고 말씀하셨다.

어머니와 여동생의 고생 (2)

1991년 12월 서울의 산동네들은 얼어붙었다. 판자와 거적
으로 얽은 판잣집들이 백설에 덮인 채 오순도순 머리를 맞대
고 몸을 비비고 있었다. 연탄난로로 방을 덥히는 빈민들이 골
목으로 뽑아낸 길고 짧은 연통들은 대부분 삭아서 주황색으로
변했으며, 뚫린 구멍으로 갈색 녹물을 떨어뜨렸다.

정용호가 1991년 겨울 미끄러운 산동네 길을 더듬어 미아7
동의 김금순과 배명신의 판잣집을 찾아갔을 때 두 사람은 재

봉틀을 앞에 놓고 삯바느질을 하고 있었다. 찬장에는 김치와 단무지, 그리고 젓갈이 담긴 그릇만 보였다. 어머니의 주름살은 나날이 늘고 숭인동 시절 교통사고로 다친 어머니의 허리는 점점 더 굽어 30도 가량 휘어져 있었다.

찾아오는 사람이 없고, 종일 말을 할 상대도 없어서 기도하고 성경을 읽으며 찬송가를 부르는 것으로 나날을 보내며, 가끔 이웃이 말을 걸어와도 한때 세상에서 모르는 사람이 별로 없었던 아들의 어머니가 보잘것없이 산다는 소문이 날까봐 신분을 숨기는 이 어머니는 정용호가 찾아오면 아들을 만난 것처럼 반기고 시간 가는 줄 모르며 살아가는 이야기를 했다.

그녀의 한담의 요지는 아들이 없어서 허전하기 이를 데 없지만 오직 예수님만 믿으면서 신앙 안에서 살고 있다, 아들이 저세상으로 간 직후에는 아들의 노래 값이 만만치 않게 들어왔지만 차츰 줄어들더니 이제는 거의 끊겼다, 아들의 인기가 죽어서도 만만치 않고 음반도 계속 팔린다는데 무슨 일인지 모르겠다, 나는 괜찮지만 과년한 명신이의 장래가 걱정이라는 것이다.

6·25전쟁 중인 1953년에 서울 숭인동 궁안에서 태어난 배명신은 오빠 배호가 드러머로서 힘들게 살았던 시기에 서울 휘경초등학교를 다녔다. 그녀는 몇 년 늦게 들어간 인천시 인화여중고 학생 시절 오빠가 〈돌아가는 삼각지〉와 〈안개 낀 장충단공원〉으로 일약 스타덤에 오르자 학교에서 활달하기 이를 데 없는 특별한 신분의 주인공으로 사랑을 받았다.

그러나 그녀는 오빠가 갑자기 숨지자 극도의 충격을 받고 우울증에 빠진다. 그리고 자포자기 상태에서 등교하지 않다가 21살이던 1974년 2월에야 인화여고를 졸업하고 그해에 경기초급대 관광학과에 입학했다. 그러나 가까스로 자립하려던 그녀에게 운명은 대학 졸업장을 쥐어주지 않았다.

이 무렵 배명신에게 혼담이 오갔다. 한 청년이 그녀에게 관심을 가졌다. 그와 배명신은 1년 가까이 교제했다. 그러나 청년은 떠났다. 배명신은 24살이던 1977년 9월 30일 부산의 이모 댁으로 내려갔다. 이것은 혼처를 결정하기에는 미아리의 누옥보다 이모 댁이 더 나으리라는 고육책의 일환이었다.

그러나 배호의 경우도 그랬지만 배명신에게 낯선 부산이 인생의 분위기를 일신할 수 있는 곳은 못 됐다. 집의 겉모습은 좋지만 아는 사람이 없는 타향은 그녀를 답답하게 했다. 그녀는 부산에 머무르다 1년 안에 상경했다.

그리고 세월은 흘러만 갔다. 무겁지만 아름다운 노래로 세상을 떠들썩하게 했던 오빠가 떠난 자리는 무덤처럼 괴괴하고 외로운 마음은 쇠뭉치처럼 무겁게 그녀를 눌러댔다. 무정한 세상이 미웠다. 그녀는 때때로 가슴을 치며 몸부림쳤다. 우울한 나날이 안개처럼 자욱하게 그녀의 마음에 고였다.

김금순과 배명신은 1992년 12월 16일 서울시 월계동 600번지에 있는 13평짜리 영구임대아파트에 당첨되어 오랜만에 깨끗한 방에서 살 수 있었다. 그러나 쇠약해진 어머니는 외출도 못한 채 방안에서 왔다 갔다 하면서 기도만 하다가 1995년 9월

9일 77세를 일기로 숨진다.

아파트를 홀로 지키게 된 배명신은 툭하면 방문을 걸어 잠근 후 이불을 둘러쓰고 누운 채 식음을 전폐하다시피 했다. 그 무렵 환청이 심했던 그녀는 가끔 복도로 나가 "누가 나를 잡으러 온다. 불을 질러 쫓아 버리겠다"라고 외쳤다. 이웃들은 그녀가 방화할까봐 불안했다. 며칠씩 연락이 안 되자 부근 교회의 목사가 아파트 베란다로 넘어 들어가 배명신을 구출해 용인 정신병원에 입원시켰다.

정용호는 한 달에 한 번씩 면회를 갔다. 그는 특별히 허가받아 폐쇄병동으로 들어가 욕창에 시달리는 배명신의 몸을 닦아 주었다. 그녀는 멘스 때는 자신의 옷이 노출되는 것을 창피해 했다. 2002년 11월 정용호가 폐쇄병동을 들어서서 그녀를 보고 "나 왔어!"라고 인사하자 그녀는 고개를 끄덕이며 반겼다. 어느 날엔 그녀가 정용호를 바라보며 "당신 사랑해!"라고 외쳤다. 정용호가 "나, 임자 있어"라고 대답하자 그녀는 "있으면 어때?"라고 반문했다. 어느덧 49세가 된 노처녀가 얼마나 사람이 그리웠는가를 생생하게 보여준 순간이었다.

정광훈도 1999년 봄에 병원의 허락을 받고 폐쇄병동으로 들어가 배명신을 문병했다. "명신아! 내가 누군지 아느냐?"라고 정광훈이 물었다. "광훈이 오빠 아냐?"라고 배명신이 즉시 대답했다. 정광훈은 극악의 상태는 아니구나 하고 안심했다. 면회가 끝나자 의사는 "환자가 과대망상증, 정신분열증 증세를 보이고 있다"라고 말했다.

배명신은 2002년 겨울 합병증으로 온 당뇨병의 상태가 악화되자 급히 안양 메트로병원으로 옮겨져 치료를 받았다. 그러나 그녀는 2003년 1월 2일 50세를 일기로 세상을 떠난다. 정용호는 조객들의 편의를 위해 그녀의 시신을 서울 신길동 한독병원 영안실로 옮긴 후 사실상의 상주가 되어 장례를 치렀다. 그녀의 시신은 벽제 화장터에서 한 줌의 연기로 사라진다. 유골 가루를 받는 정용호의 눈에 눈물이 고였다.

마침내 한자리에 모인 가족

뻐꾸기들이 종일 울며 망자들의 영혼을 달래 주는 신세계 공원묘원의 양지바른 곳에 있는 배호의 무덤. 그 옆에 1995년 9월 11일 어머니 김금순이 찾아온다. 아들이 먼저 간 후 찢어진 가슴을 기울 길 없었던 그녀는 꿈에도 보고 싶은 아들 곁을 죽어서야 찾아오는 아픔이 오죽했을까? 독실한 신앙인인 그녀는 주님 앞으로 다가서는 마음을 평소에 자주 불렀던 찬송가 〈내 주를 가까이 하려 함은〉으로 표현했으리라.

내 주를 가까이 하려 함은
십자가 짐 같은 고생이나
내 일생 소원은 늘 찬송하면서
주께 더 나가기 원합니다

내 고생하는 것 옛 야곱이
돌베개 베고 잠 같습니다

꿈에도 소원이 늘 찬송하면서
주께 더 나가기 원합니다

천성에 가는 길 험하여도
생명길 되나니 은혜로다
천사 날 부르니 늘 찬송하면서
주께 더 나가기 원합니다

아들을 먼저 떠나보낸 아픔을 일생 동안 간직하면서도 모든
것을 주님의 소관사항으로 믿고 주님께 충성하면서 "주께 더
나가기 원합니다"를 반복하며 노래하고 기도 안에서 생활해
온 그녀가 소원대로 주님 앞에 도달했으니 주님께서 이 딸을
포근히 안아 주셨을 것으로 나는 믿는다.

2003년 1월 4일 오전 주님의 또 하나의 딸 배명신이 배호 묘
소로 찾아와 뼛가루로 오빠 뒤에 묻힌다. 그녀는 2년 후엔 납
골 상태로 조그만 비석을 앞에 두고 영원히 자고 있다. 오빠의
빛에 가려진 그림자, 갑의 명성과 요절을 고스란히 부담으로
안고 세상의 뒷전에서 쓸쓸하게 몸부림치다 삶을 마감한 을을
주님께서 반갑게 맞아 주었을 것이다.

이 가족 묘소의 오른쪽 앞에 반야월 작사, 김광빈 작곡, 배
호가 노래한 〈두메산골〉의 노래비가 서 있다. 배호를 기념하
는 전국 모임이 협찬해 오석에 새긴 가사는 이렇다.

산을 넘고 물을 건너 고향 찾아서
너 보고 찾아왔네 두메나 산골

도라지 꽃 피던 그날 맹세를 걸고 떠났지
산딸기 물에 흘러 떠나가고
두 번 다시 타향에 아니 가련다
풀피리 불며불며 노래하면서
너와 살련다

재를 넘어 영을 넘어 옛집을 찾아
물방아 찾아왔네 달 뜨는 고향
새 소리 정다운 그날 맹세를 걸고 떠났지
구름은 흘러흘러 떠나가고
두 번 다시 타향에 아니 가련다
수수밭 감자밭에 씨를 뿌리며
너와 살련다

　이 두메산골에서 배호의 어머니, 배호, 그리고 여동생은 함
께 산다. 그러나 홍제동 화장터에서 허공으로 사라진 아버지
는 보이지 않는다. 배호의 아버지 배국민을 생각하면서 인생
의 무상을 한탄하는 나의 뇌리에 한 생각이 바람처럼 스쳤다.
　〈두메산골〉 노래비 주위에 나무 두 그루가 서 있다. 하나는
푸른 하늘을 향해 수직으로 뻗은 향나무요, 다른 하나는 허리
가 굽은 소나무다. 아, 허리 굽은 소나무가 실제로 허리가 굽
었던 배호의 어머니라면, 그 옆에 꼿꼿하게 선 향나무는 심지
가 곧았던 배호의 아버지가 아니겠는가! 허공을 맴돌던 배국
민의 고혼이 사무치게 그리운 가족에게 다가와 이 향나무로
현현한 것이라고 나는 믿는다.

수고하고 무거운 짐 진 자들아, 다 내게로 오라. 내가 너희를
쉬게 하리라.(마태 11, 28)

예수님의 이 말씀이 쟁쟁하게 울렸다.

배호의 생애, 그 의의 (1)

29년이란 짧은 생애를 산 배호는 인간으로서 어떤 모범을
보였는가?

첫째, 배호는 이 세상에서 가난하고 병들고 가슴 아픈 이웃
들의 진정한 벗이다.

그는 창신동과 숭인동에서 어린 시절을 지내면서 소외된 이
웃들을 무수히 보고, 세상에는 빈부의 차이가 엄존하며 가난
한 사람들이 훨씬 많다는 사실을 깨달았다. 권력에 억눌리고
판잣집 단칸방에서 뒹굴며 살아도 남을 해치지 않고 오순도순
돕는 우리의 이웃들에게 그는 경의를 표했다.

배호 스스로 가난한 소년시절을 보내고 청년으로 옮기는 길
목에서부터 카바레를 청소하고, 그 소파 위에서 자며, 드럼을
칠 때는 외화내빈으로 점심을 먹은 적이 없고, 야간의 공연이
끝나면 손님들이 남긴 음식을 먹기도 한 8년은 그에게 가난을
생체험하는 소중한 기회를 제공했다. 그에게 낮은 곳으로 임
하는 자세를 가르쳐준 최고의 교사는 가난이다.

둘째, 배호는 생의 대부분을 지배한 빈곤과 질병에 맞서 끊
임없이 싸운 저항가다.

그는 빈곤의 한복판을 뚫고 잘 살아보기 위해 몸부림을 쳤다. 야간업소에서 번 돈을 아껴 어머니께 드리고, 늦은 귀가시간에 택시비를 아끼기 위해 카바레의 홀 귀퉁이에서 자면서도 그는 재벌이나 자본가들을 욕하지 않았다. 스스로 가난을 이겨내려는 노력만이 그의 무기였다.

또한 그는 고생의 막바지 단계인 24살 때 신장염이라는 질병을 얻었지만 1년 후에 가수로서의 전성기를 맞아 숨지기까지 6년 동안 자신의 모든 것을 걸고 진력하는 동안 병마를 정면으로 돌파하려 했다. 결과적으로 배호는 요절하기는 했지만 병 때문에 엄살을 피거나, 화를 내거나 변명하지 않았다.

셋째. 배호는 사는 동안 분노하거나 증오한 적이 없는 인격자다.

보통 사람은 화가 날 때 눈이 뒤집어지며 그 화풀이를 가까운 사람들에게 하거나 폭력을 행사하고 무조건 뒤집어엎으려는 유혹을 받는다. 그러나 배호는 살면서 어찌 화가 나지 않았으랴만 그것을 억제하고 결코 표면에 드러내지 않았다. 높은 목소리를 낼 수 있는 그였지만 한 번도 분노를 목에 실어 발설하지 않았다.

배호는 다른 사람, 단체, 정당이나 체제를 증오한 적이 없다. 증오는 그의 사전에 흔적도 없다. 그는 그리스도교의 사랑을 바탕으로 아버지로부터 인과 의를, 어머니로부터 예와 지와 신을 배워 세상 사람들이 흔히 터뜨리는 분노와 증오 대신 위로와 격려의 덕성을 실천했다.

넷째, 배호는 주어진 여건에서 부모를 위해 최선을 다한 효자다.

그는 아버지가 과음으로 간경화 증세를 초래했을 때 아버지의 건강을 위해 선지피와 뼈국물이 든 항고를 들고 도축장에서 집까지 매일 뛰었다. 그는 아버지가 돌아가신 후 가장이 되어 고생하시는 어머니를 격려하고 생활비를 드리며 말벗이 되는 등 최선을 다해 효도했다. 그러나 그 스스로 요절함으로써 효도 기간이 짧다는 한을 남겼다.

그럼에도 불구하고 불교의 『부모은중경』의 가르침대로 "가령 어떤 사람이 왼쪽 어깨에 아버지를 업고 오른쪽 어깨에 어머니를 업고서 살갗이 닳아 뼈가 드러나고 뼈가 닳아 골수가 드러나도록 수미산을 돌고 돌아 백 천 번을 지나치더라도 부모님의 깊은 은혜를 갚을 수 있으리오"라는 엄격한 기준에 서면 배은망덕자 또는 불효자 아닌 사람이 이 세상에 있을 것인가?

배호의 생애, 그 의의 (2)

다음으로, 배호는 가수로서 어떤 위상을 점하고 있는가?

첫째, 배호는 빈곤과 질병을 이기고 최고 가수라는 자신의 목표를 달성한 진정한 프로다.

그는 소년 시절에 창신초등학교 담임교사와 거리의 넝마주이들과 숭인도축장의 백정이었던 정 아저씨로부터 최고 가수가 되라는 격려를 받았다. 그는 이것을 뇌리와 가슴에 새기고 정진했다. 청년 시절에 그를 괴롭힌 빈곤과 질병은 전혀 장애물이 못 되었다. 빈곤과 질병을 탱크처럼 돌파한 그의 저력은 낮은 곳에서 동력을 제공한 은인들에게서 나왔다.

둘째, 배호는 노랫말과 곡을 완전히 소화하고 그 이상의 것을 창출해 낸 천재가수다.

그가 가사를 중시한 데는 까닭이 있었다. 가사는 역사요, 논리며 곡은 예술이요 감성이다. 역사와 논리를 세우지 않고는 예술과 감성은 공허하다는 것이 배호의 신념이었다. 곡을 받으면 가사부터 음미하고 숙고할 때 배호는 그 노래의 본질을 파악했다. 곡은 훑어보고 단번에 외웠다. 그는 가사와 곡을 자신의 것으로 융합해 가사라는 단어의 사전적 의미에도, 오선지라는 음표의 외양에도 없는 별천지를 그렸다.

배호의 노래를 단순히 슬프거나 아픈 정도의 노래로 알고 부르거나 그의 음색과 공명을 모방하려고 하는 사람들은 도저히 그를 따라갈 수 없다. 배호의 노래는 자신만이 가진 혼의 노래다. 혼을 모방하거나 공유할 수 없음은 물론이다. 이것이 배호의 독보적인 예술의 경지다.

셋째, 배호는 소외되고 억울하고 힘없는 이웃들과 아픔을 함께하고 그들을 위로한 가수다.

배호의 노래는 슬픔과 아픔의 상징이다. 그는 소외된 이웃들의 슬픔과 아픔을 대변하면서도 슬픔과 아픔을 부채질하는 것이 아니라 그것을 진정시키고 위로하는 역할을 하는 탁월한 가수다. 배호의 노래에 매력이 있고, 힘이 있으며 많은 사람이 애창하면서 위로를 받는 까닭은 여기에 있다.

넷째, 배호는 노래를 위해 자신의 행복과 목숨까지 바친 순교자적 결단을 보여준 가수다.

배호는 위로의 노래를 최대한으로 그리고 집중적으로 부르기 위해 자신의 행복과 건강을 희생했다. 배호에게 노래가 신앙이었다면 그는 노래를 위해 목숨을 바쳤으므로 순교자와 비슷한 삶을 살았다고 말할 수 있다.

다시 찾은 무덤에서

배호가 태어난 지 73주년인 2015년 4월 24일 오후 그의 무덤은 중앙의 빨간 장미 7송이와 그것을 감싼 무수한 흰 안개꽃을 짙은 하늘색 보자기가 감싸고 있는 꽃다발로 유난히 빛났다.

장미는 강렬한 사랑이요, 안개꽃은 이루지 못한 사랑의 한이다. 눈에 가장 잘 띠는 보색의 관계를 이루는 빨강색과 흰색으로 사랑의 빛과 그림자를 선명하게 표현한 이 꽃다발은 여느 것들과 판연히 달랐다. 나는 그것을 자세히 관찰하려고 다가섰다.

그 안에 핑크색 사각봉투가 들어 있었다. 나는 그것을 얼른 열어 봤다. A4 용지 한 장이 네 겹으로 접히고 그 안에 'I ♥ U forever'라 적힌 편지였다. 붉은 하트가 눈부셨다. 가슴이 뛰었다. 나는 누구이며 당신은 누구인가? I(나)는 누구인지 알 수 없지만 U(당신)는 배호가 분명하다. 나는 당신을 영원히 사랑한다. 영원이라는 영어는 왜 비스듬히 누워 있는가? 이것은 시간의 흐름을 상징하고, 당신에게 기댄다는 의미를 내포한다. forever에 왜 마침표가 없을까? 이것은 끝없이 사랑하겠다는 뜻이리라.

사랑이 무엇이길래 이루지 못한 사랑을 이렇게 영속할 수 있을까? 사랑이 무엇이길래 사랑하는 사람이 고인의 기일이 아닌 생일에 영원한 사랑을 고백할까? 이것은 사랑하는 사람이 고인의 죽음을 받아들이지 않는다는 것을 의미하는 것은 아닐까? 사랑이 무엇이길래 이처럼 삶과 죽음을 초월할 수 있을까?

나는 배호가 과음으로 인한 아버지의 죽음에 충격을 받고 술을 조금씩 마셨지만 큰 잔에 막걸리를 가득 부어 그의 무덤에 올렸다. 그리고 그가 생시에 즐겨 피었던 미제 담배 팔말한 개비에 불을 붙여 그 옆에 놓았다. 두 번 절하고 한참 후 나는 퇴주잔을 들어 내 마른 목을 축였다. 담배에서 흘러나온 흰 연기가 거꾸로 세운 콩나물처럼 피어올랐다.

나는 그날 배호와 함께 종일 있고 싶었다. 헤아릴 수 없는 사람들이 태어나서 죽어간다. 그나마 좁은 땅이라도 확보한 사람은 거기에 묻히고 배우자, 애인, 가족, 친지 들이 찾아와 조의를 표한다. 묘지 위로 태양이 붉게 떠오르고, 달과 별이 부드러운 손을 뻗친다.

찾아오는 사람들이 드물고 시야에 움직이는 물체가 없는 광

활한 묘원을 뻐꾸기, 두견새, 까마귀 들이 번갈아 날면서 4월
의 창공에 울음을 토해 낸다. 그 울음이 망자들을 위로하고,
외로이 서 있는 나를 위로한다.

꽃봉오리가 아기 손톱만한 이름 없는 들꽃들은 배호의 무덤
주위에서 예쁜 얼굴을 내민다. 실바람에 한들거리며 속삭이는
듯한 이 작은 꽃들이 대자연의 품에 안긴 배호와 함께 지내면
서 그를 지키고 있다.

배호의 무덤에서 천리처럼 아득하지만 한 품에 들어오기라
도 하듯 도봉산, 오봉, 인수봉, 백운대, 만장대, 비봉이 왼쪽으
로 그림처럼 펼쳐진다. 연한 보라색 구름을 비집고 서 있는 산
들이 뽀얗다.

신세계의 무수한 무덤들은 비록 고인들의 육신이 땅에 묻혔
지만 봉분으로 세상을 향해 고개를 내밀고 먼 산과 하늘을 바
라보고 있다. 과연 하늘과 땅과 사람은 하나다.

영원히 사랑하는 사람이 있고, 수려한 조국이 있으며, 가족
이 함께 머무르는 공간이 있고, 그의 노래를 아끼고 따라 부르
며 감동하고 강고하게 뭉치는 팬들이 있기에 배호는 외롭지
않으리라.

음력 3월 초엿새의 작은 달이 서산 위로 솟았다. 새들도 잠
든 이 밤에 월광이 그의 묘를 고요히 감쌌다. "태양에 바래지
면 역사가 되고, 월광에 물들면 신화가 된다"는 소설가 이병주
의 명언이 떠올랐다.

배호의 〈안녕〉

우리는 흔히 '안녕'이란 인사를 한다. '안녕'은 만날 때 안부를 묻는 인사요, 헤어질 때 남기는 인사이기도 하다. 이 복합적 의미를 가진 낱말을 철학적으로, 예술적으로 최고의 경지까지 끌어올린 노래가 있다. 전우 작사, 나규호 작곡, 배호가 1968년에 부른 〈안녕〉은 그리움으로 물든 영원한 사랑, 생사를 넘나드는 정을 그린 노래다. 배호가 노래를 시작한다.

후회하지 않아요
울지도 않아요
당신이 먼저 가버린 뒤
나 혼자 외로워지면
그때 빗속에 젖어
서글픈 가로등 밑을
돌아서며 남몰래
흐느껴 울 안녕

후회하지 말아요
울지도 말아요
세월이 흘러 가버린 뒤
못 잊어 생각이 나면
그때 빗속에 젖어
서글픈 가로등 밑을
찾아와서 또 다시
흐느껴 울 안녕

배호는 가장 맑고 차분하고 깊은 목소리로 내가 당신을 생각하면서 "후회하지 않아요/ 울지도 않아요"라고 고백한다. 그러나 "당신이 먼저 가버린 뒤/ 나 혼자 외로워지면"이란 감정은 숨길 수 없어서 빗속에 젖어 서글픈 가로등 밑을 찾아와 돌아서며 남몰래 흐느껴 운다.

그는 제1절에서 "그때 빗속에 젖어"에서 한 없이 목청을 뽑은 후 "서글픈"에서 몸서리치는 공명으로 마음을 갈기갈기 찢는다. 그리고 "돌아서며 남몰래/ 흐느껴 울 안녕"에서 "남몰래"를 애조와 고독이 사무치도록 표현한다.

제1절은 회자정리 즉 만나는 자는 반드시 헤어지게 되어 있다는 불교의 철학을 함축한다. 이것은 사랑의 미완성이다. 이루지 못한 사랑 앞에서 흐느껴 울지 않을 사람이 얼마나 있을 것인가? 이 흐느낌은 슬픔과 회한의 표현이다.

그는 제2절에서 슬프지만 다정한 목소리로 "후회하지 말아요/ 울지도 말아요"라고 당신에게 타이른다. 그러나 "세월이 흘러 가버린 뒤/ 못 잊어 생각이 나면"이란 감정 또한 억제할 수 없어서 그때 빗속에 젖어 서글픈 가로등 밑을 찾아와서 또다시 흐느껴 운다.

제2절은 거자필반 즉 간 자는 반드시 되돌아온다는 불교의 철학을 내포한다. 이것은 미완성했던 사랑의 완성이다. 떠났다가 살아 있는 사람은 형체가 있는 걸음으로, 떠났다가 죽은 사람은 영혼의 걸음으로 다가와 당신을 그리며 흐느껴 운다. 이 흐느낌은 기쁨과 안도의 표현이다.

안녕이란 한 마디 말은 헤어짐과 동시에 만남을 상징한다. 사람은 좋은 만남이었다면 헤어지더라도 잊을 수 없기에 서로를 끌어들인다. 마음으로 이별을 극복하고, 죽음을 초월하며, 생을 확대한다. 필자는 배호의 노래 〈안녕〉에 짧은 생각을 덧붙이면서 졸문을 맺으려 한다.

1

후회하지 않아요
(만남과)

울지도 않아요
(헤어짐이)

당신이 먼저 가버린 뒤
(마음대로 되는 건)

나 혼자 외로워지면
(아니겠지만)

그때 빗속에 젖어
(추억의 끈을)

서글픈 가로등 밑을
(서로 당길 수 있다면)

돌아서며 남몰래
(당신과 나는)

흐느껴 울 안녕
(하나다)

2

후회하지 말아요
(이 세상과)

울지도 말아요
(저 세상의)

세월이 흘러 가버린 뒤
(아득한 공간을)

못 잊어 생각이 나면
(그리움으로)

그때 빗속에 젖어
(물들일 수 있다면)

서글픈 가로등 밑을
(삶과 죽음은)

찾아와서 또 다시

(둘이 아니고)

흐느껴 울 안녕
(하나다)

무대 위의 배호, 2015. 화가 겸
배호기념사업회장 김수영 그림.

노래 찾아보기